# NACHTASYL

# NACHT ASYL

*von Benno Kroll*
*mit einem Vorwort von*
*Dagobert Lindlau*
*und Fotos*
*von Henning Christoph*

EIN
STERN
BUCH

Herausgeber: Victor Schuller
Redaktion: Nicolaus Neumann
Gestaltung: Dietmar Meyer, Ekkhart Blunck
Produktion: Druckzentrale G + J
Druck: Mohndruck, Gütersloh

1. Auflage 1981
ISBN: 3-570-02217-X

# INHALT

Ziemlich am Anfang des Buches stellt Benno Kroll fest, er habe nur eine Reportage geschrieben. So, als hätte er um Nachsicht dafür zu bitten, daß er schreibt, was in unseren Städten wirklich los ist. Dafür, daß er es an einem Stadtviertel von Frankfurt beschreibt. Und dafür, daß es ihn nicht kalt läßt, was er berichten muß. Er schildert nicht nur, was ist, sondern auch, was auf uns zukommt. Nicht nur in Frankfurt. Auch in anderen Städten. Nicht nur in Städten. Auch in der „bordellisierten Provinz". So nennt man den Export organisierter Kriminalität aufs Land, wenn in Polizei-Symposien davon die Rede ist.

Seit es üblich geworden ist, Angelesenes, Hörensagen und andere journalistische Ersatzware als Analyse zu verkaufen, ist bloß noch die Reportage zur Definition der Realität übriggeblieben. Dem Reporter sagen die Graffiti in den Bahnhofstoiletten mehr als die Leitartikel der Frankfurter Allgemeinen Zeitung. Der biblische Finger schreibt neuerdings an ziemlich schmutzigen Wänden.

Es ist ein präzises Buch, in dem alles stimmt: Die Zahlen, die Namen und die Adressen. Man erkennt sie alle, ob sie genannt werden oder nicht. Ossi Büttner, aus dem die Luft ein wenig raus ist, seit man ihm den Bauch aufgeschlitzt hat. Dem Milieu entwachsene Veteranen, die alt geworden sind und in deren Augen man erkennt, daß sie resigniert haben und daß nicht einmal sie sich dem gewachsen fühlen, was da im kriminellen Untergrund nachdrängt. Und natürlich auch die Namenlosen sind zu erkennen. Zum Beispiel dieser Privatdetektiv mit seinem lächerlichen Hang zu britischer Lebensart. In dessen Amtsräumen man nicht rauchen darf, obwohl ihn der Geruch von Leichen im Keller nicht stört.

Es ist ein Buch, das man Politikern rechts und links um die Ohren hauen sollte. Denn nur ihre spontane Blindheit macht möglich, was da beschrieben wird.

War es nicht Frankfurt, wo der Ruffian eines Etablissements die Polizeibeamten, die eine Razzia machen wollten, mit den Worten empfing: „Nur herein, die Herren. Ihr Chef sitzt schon den ganzen Abend bei uns."?

Diese Blindheit ist überparteilich. Bei unseren Recherchen zum organisierten Verbrechen in der Bundesrepublik Deutschland für die Fernsehsendung „Die Bedrohung" haben die polizeilichen Hierarchen in zwei Städten erklärt, daß es so etwas nicht gibt. In Frankfurt und in München. Es gibt in dieser Frage eine Koalition zwischen CSU und SPD. Wie jede Koalition, so hängt auch diese mit übereinstimmenden Interessen zusammen. Man darf nicht zugeben, was los ist, um nicht ein Bedürfnis nach Verbrechensbekämpfung zu wecken, das keine Polizei befriedigen kann. Die Beziehungen der King-Pins reichen in das politische Establishment. Der Bürger darf nicht beunruhigt werden. Oder wie erklärt man es der Öffentlichkeit, daß in diesem besten aller Systeme nur der kleine Gesetzesbrecher dran ist, während der professionelle Intensivtäter in der Regel ein Rührmichnichtan bleibt. Denn er verfügt über Beziehungen und erstklassige Anwälte. Er kann Belastungszeugen einschüchtern lassen und Entlastungszeugen kaufen.

„Je mehr Geld in einer Straftat steckt, desto schwieriger ist es, sie aufzuklären", heißt es in Benno Krolls Text. Und: „Sobald einer von diesen Gangstern ein bißchen Geld hat, kann er machen, was er will, da passiert ihm gar nichts." Ach ja, es gibt schon gute Gründe dafür, daß die Existenz krimineller Konföderationen nicht nur von deren Nutznießern, sondern auch von unseren Behörden bestritten wird.

In wenigen Jahren, wenn Ausländerhaß und Antisemitismus wieder zum normalen Stoffwechsel der Bundesrepublik gehören werden, dann wird es auch dem Letzten klar sein, daß die organisierte Prostitution den finanziellen Treibstoff für das große organisierte Verbrechen geliefert hat.

Dann wird nicht mehr zu übersehen sein, daß in dem Bereich, den Benno Kroll zeichnet, für die Syndikate rekrutiert wurde. Daß da die Organisationsmuster geschaffen und die Techniken der Einschüchterung und der Drohung verfeinert worden sind. Dann allerdings wird uns diese Erkenntnis nichts mehr nützen.

Spätestens in zehn Jahren wird auch klar sein, daß wir bei der Behandlung von Ausländern eine negative, nein, eine selbstmörderische Auslese betrieben haben.

Nicht denen haben wir es leicht gemacht, die für ihre Arbeit ein Stück von unserer Freiheit wollten, sondern den Berufskriminellen, die alle Eigenschaften mitbringen, die man in einer gnadenlosen Wettbewerbsgesellschaft braucht, um dazubleiben und hochzukommen: „Heimtücke . . . Grausamkeit . . . Herzenskälte gegen den eigenen Bruder." Nur andere Worte für die Eigenschaften, die man sonst dem dynamischen Geschäftsmann zuschreibt, dem man auch Millionenbetrügereien nachsehen muß, weil er doch diese Wirtschaft in Gang hält. Ohnmacht, Verstrickung und diese Philosophie machen Toleranz gegenüber Berufskriminellen möglich und lenken autoritäre Energie auf den Schwachen, den Gestrauchelten oder den politisch Andersdenkenden.

Es sind im Grunde die Prinzipien einer Catch-as-catch-can-Gesellschaft, die Mechanismen eines wirklich und ganz und gar freien Marktes, die der Autor am Beispiel eines Stadtviertels von Frankfurt schildert.

Dagobert Lindlau

KAPITEL I

# Das Viertel

Frankfurt, die Metropole des Geldes, schläft in der Nacht. In der Finsternis fahren nur Taxis und Funkstreifen in den baumlosen Straßen Frankfurts. Sie rollen durch Lampenweiß und Ampelgrün, über sich schwarze Kirchturmschatten und das Aluminiumblinken steiler Hochhausfronten.

Doch das Bahnhofsviertel schläft nie. Nicht einmal in der Frühe, wenn das Morgengrauen und die Verfügungen des Ordnungsamts gegen das Laster aufstehen, wenn die staubscheckigen Flimmerschriften obszöner Reklamen verlöschen, die dem Bahnhofsviertel eine Nacht schalen Glanz verliehen haben, kommen seine 60 Hektar Asphalt und Granit zur Ruhe.

Wenn um sechs Uhr morgens vor „Henrys Pinte" in der Moselstraße die Jalousien herabgelassen werden und Hersch „Henry" Beker, der Chef, in den kalten Dünsten der verlassenen Kneipe nach dem Rechten und der Kasse sieht, wenn die Barfrau der „Sauna 2000" in der Elbestraße ihre hartnäckigsten Gäste mit müdem Lächeln zur Tür bittet, während die Huren ihrer Erschöpfung kaum noch Herr werden, wenn in den Hinterzimmern privater Spielklubs in der Kaiserstraße bei verhangenem Licht und verriegelter Tür zum Seven-eleven noch einmal die Einsätze erhöht werden, wenn Männer trunken und grölend vor enttäuschter Gier mit heulenden Motoren in die Münchener Straße jagen, weil dort um sechs Uhr die Destillen öffnen, wenn die Mädchen in ihrer Bordellzimmereinsamkeit tief atmend zum Joint, zum Glas oder zur Nadel greifen, dann erwacht im Bahnhofsviertel ein anderes Ungeheuer: Dann erhebt sich der Verkehr.

Nirgends in Frankfurt ergreift er allmorgens so absolut seine Herrschaft, nirgends beginnt er so triumphierend zu lärmen wie auf der Baseler und der Düsseldorfer Straße und dem Halbrund zwischen beiden, dem markthallengeschäftig untertunnelten Platz, der das kleine Bahnhofsviertel gegen den größten Bahnhof der Welt abgrenzt.

Zu dieser Stunde rollen die ersten Vorortzüge in den gläsernen Dom des Kopfbahnhofs. Sie entlassen die schlaftrunkene Vorhut einer Pendlerinvasion von wochentags 200 000 Menschen aus den Vorstädten Frankfurts in die Arbeitsinnenwelten der Bankenstadt. Teils in den Reihen dieser Offensive, die in die Straßen und Straßenbahnen vor dem Portikus des Hauptbahnhofs drängt, teils mit anderen öffentlichen Verkehrsmitteln oder im Auto strömen gleichzeitig jene 26 000 ins Bahnhofsviertel, die dort in Amtsstuben, hinter Bankschaltern, in Pelzwerkstätten, an Ladenkassen, in Hotelzimmerfluchten oder Kneipenküchen ihr Brot verdienen.

Dieser Sturzbach, der gegen acht Uhr morgens zum Strom wird, ergießt sich in ein beinahe hundertjähriges Stadtquartier, das seine Gründerväter allein dem Wohnen – dem Feierabenddasein in biederer Nachbarschaft – gewidmet hatten. Das Unheil des Bombenkrieges ist an ihm vorbeigegangen. Vor den Verhängnissen des Friedens jedoch, der dem Kriege folgte, vor Banken- und Bordellexpansion, flohen von einst 7000 Bewohnern nicht etwa nur ein Bruchteil, sondern ein Mehrfaches dieser Zahl. Denn die Bevölkerung des Bahnhofsviertels hat sich bei insgesamt abnehmender Tendenz alle zwei Jahre umgeschlagen. Wer hier Wohnung nahm, weil die Miete moderat war oder die Nähe zu Bahnhof oder Büro ihn lockte, war ein Flüchtiger zumeist schon am Tage seines Einzugs.

Heute leben noch knappe 3000 Menschen in den vier- bis sechsstöckigen Häusern, deren Altersverfall niemand aufhält, in kümmerlichen Wohninseln, die vom Vormarsch der Wirtschaft und der Wirte noch nicht verdrängt wurden, darunter weit über 2000 Ausländer, ein paar hundert Zuhälter und Huren und eine Handvoll deutscher Bürger, denen der Fortzug zu teuer käme oder die sich der Verdrängung aus ihrer städtischen Heimat mit aufsässigem Eigensinn widersetzen.

Um zehn Uhr vormittags öffnen wieder die Bordelle, um elf die engbrüstigen Plastikzellen der Peep Shows, nachdem ihre Rauchglasgucklöcher und ihre harten Eremitenhocker von griechischen, jugoslawischen oder türkischen Putzfrauen mit verhaltenem Atem und verkniffenem Mund von Speichel und anderem Auswurf gereinigt wurden. Um zwölf Uhr mittags flammen über den Türen rastloser Nachtlokale wieder die Reklamen auf, heben sich vor ihren Entkleidungsbühnen zur Frühschicht wieder die Vorhänge. Im Bahnhofsviertel gibt es keine Oasen der Stille und des Schlummers.

Nur im tristen Hinterhof des Bahnhofs schweigen nachts die Seufzer: Südlich seiner Gleise, in den Zinsruinen der Arbeiter und Ausländer des östlichen Gutleutviertels, das niemand nur beiläufig oder aus Neugier betritt, dem die Kräne des Westhafens und die Starkstromdrähte der Eisenbahn, dem Fabrikschlote und Kohlenhalden die Horizonte zeichnen. Nur im nördlichen Satellitenquartier des Bahnhofs veröden die Straßen nach Einbruch der Dunkelheit zur Nachtwächteridylle: Im östlichen Winkel des Gallusviertels, der vom Hauptbahnhof der Pendler und Penner bis vor die Rampen des Güterbahnhofs reicht, dessen knappes Hundert Kürschnereien und sattes Dutzend Kneipen von den Höfen riesiger Fuhrgeschäfte und den Amtsgebäuden der Post, der Bundesbahndirektion und des Polizeipräsidiums umzingelt sind.

Das Planungsdezernat des Frankfurter Magistrats hat die 56 Hektar Gutleutzipfel im Süden des Bahnhofs und die 20 Hektar Galluswinkel nördlich davon gemäß Paragraph drei, Absatz drei des Städtebauförderungsgesetzes zum gemeinschaftlichen Untersuchungsobjekt erklärt, denn die Stadtväter hatten, wie sie später bekundeten, für dieses augenfällig verwahrloste Gebiet den „Verdacht auf städtebauliche Mißstände" geschöpft. Sie haben ihrem Reißbrettbankert zur Unterscheidung vom schillernden „Bahnhofsviertel" den förmlichen Namen „Bahnhofsbereich" gegeben und ihm einen „Stadtteilentwicklungsplan" gewidmet. Dessen Enthüllungen und Empfehlungen fußen auf den Erkenntnissen einer mehrjährigen Analyse, einer vielsprachigen Befragung der Bürgerschaft dieses Vielvölkerviertels, in dem nur noch jeder dritte ein Deutscher ist und in dem nur jeder zweite ein Badezimmer hat.

In ihrem Gutachten, das sie im Jahre 1976 abschlossen, deuten die Planer auf die „deformierte Sozialstruktur" dieses Viertels hin, die „stark vom gesamtstädtischen Durchschnitt" abweiche, auf das „ausgeprägte Minoritätsmilieu" wie auf den Umstand, „daß es sich dabei um sich verstärkende Trends" handele. Zu deutsch: Aus einem Arbeiterviertel, das seinen Bewohnern kein Zuhause mehr ist, denn auch im Bahnhofsbereich bleiben sie nur kurze Zeit, ist ein Gettogemisch mit griechischen, jugoslawischen, türkischen, indischen und pakistanischen Wohnzellen geworden, und jede ist hinter Sprachbarrieren und sprachlosem Widerwillen gegen die andere isoliert. Außerdem erklären die Planer, „daß in diesem Gebiet für rund 7500 Menschen Wohnverhältnisse herrschen, welche den

Anforderungen an zeitgemäße gesunde Lebens- und Arbeitsbedingungen nicht entsprechen". Sie warnen vor einer drohenden „Verslumung" des Viertels und bezeichnen „Maßnahmen im Bereich Wohnen" als zwingend.

Diesen Stadtteilentwicklungsplan hat der Magistrat veröffentlicht. Gleichzeitig unternahm er, um das Schicksal seiner Armenhäusler zu wenden, eine zusätzliche Anstrengung: Er erklärte die verrottete, verachtete, mörtelgraue Wohnwildnis zwischen dem Kraftwerk, dem Straßenbahndepot und der Kasernenruine des ehemaligen preußischen Infanterieregiments Nr. 81 zum Sanierungsgebiet. In diesem Straßengeviert des östlichen Gutleutviertels hatten die Gutachter „eine starke Häufung von Mißständen" festgestellt. Dieses Viertel im Viertel, diese Verfallsecke im Abstiegsrevier, hat ein unbebautes Oval mit sterbenden Bäumen zum Zentrum, den Schönplatz, der zur Hundekloake verkommen ist, auf dem Schnapsbudenbezechte ihre arbeitslosen Nachmittage verdämmern und die Kinder vom Main gegen jene vom Balkan ihre heiseren Kolonialkriege führen.

Mit Zuschüssen aus dem Härteausgleich, den der Paragraph 85 des Städtebauförderungsgesetzes für die Bewohner eines Sanierungsgebietes vorsieht, mit Wohnungsbau- und Modernisierungsgeldern der öffentlichen Hand und Subventionen der öffentlichen Wirtschaftsförderung – mit einer mildtätigen Barschaft von alles in allem 30 Millionen Mark, an der sich die Bundesregierung und das Land Hessen mit je einem Drittel beteiligen wollten – hatte der Magistrat neue Wohnungen bauen und alte modernisieren, Fassaden erneuern, lärmende Handwerksbetriebe verlagern, Rasen säen, für alle eine Tiefgarage und für die Schnapsbude ein Pissoir erschaffen wollen. Doch im Dezember 1979 zog der hessische Innenminister seine Förderungszusage zurück, und Frankfurts Oberbürgermeister Wallmann erklärte, daß er gar nicht daran denke, „die hessische Landesregierung aus ihrer Pflicht zu entlassen" und die nunmehr ungedeckten zehn Millionen Mark aus dem Stadtsäkkel aufzubringen.

So blieb der Slum. Die Erhebungen der Sozialwissenschaftler, die Planungen der Architekten, ihre hübschen Bilder – sie hatten ihre Visionen künftiger Schönheit auch perspektivisch gezeichnet – hatten 700000 Mark gekostet und waren nun Makulatur. Um die Wünsche seiner Bürger zu hören, um sie zu motivieren und zu begeistern, hatte der Magistrat mit den Gnadenkindern seines Sozialplans Informationsabende veranstaltet, getrennt mit Hauseigentümern und Handwerkern, getrennt auch mit inländischen und fremdländischen Mietern, als hätten Deutsche und Griechen verschiedene Nasen, mit denen sie den Gestank ihrer Häuser riechen, verschiedene Ohren, in denen ihnen der Lärm ihrer Straßen schmerzt. Zustimmung oder Begeisterung hatte sich schon in der Sterbenslangeweile dieser Bürgerversammlungen nicht eingestellt. Nun blieben Verdrossenheit und Resignation zurück. In den Wiederaufbau ihres alten Opernhauses investierte die Stadt Frankfurt soeben ihre einhundertundsechsundachtzigste Million. Auf dem Schönplatz aber torkeln und pennen und pinkeln immer noch die Betrunkenen, und die Kinder prügeln sich immer noch.

Auch für das Bahnhofsviertel, für den umtriebigen Vorgarten des Hauptbahnhofs westlich seiner Halle, für den babylonischen Empfangssalon der Stadt Frankfurt am Main, wurde ein teurer Plan gemacht – auch er analytisch gestützt, auch er akribisch gezeichnet, bebildert, tabelliert und geschrieben. Diesen Stadtteilentwicklungsplan hat der Magistrat nicht veröffentlicht.

Nachdem die Stadtväter ihn gelesen hatten – die amtsdeutsch maßvolle, die vorsichtige Beschreibung eines urbanen Unglücks, einer Bürgerdeklassierung, einer Boulevardentthronung, einer Stadtteilschändung mit weltweitem Geruch, die sich, einen Hurenstrich lang und zwei Hurenstriche breit, unter den steinblinden Denkmalsaugen Beethovens, Heines, Schillers und Goethes vollendet –, schrieb einer dieser Stadtväter auf das Deckblatt des Dossiers: „Zum internen Amtsgebrauch!" Dann versank das Dokument einer unterlassenen Hilfeleistung in abgezählter Kopienzahl in den Schubladen einiger Ratsschreibtische – nicht einmal die lokale Presse erfuhr anfangs davon.

Der Plan hat – ohne Anhang – 147 Seiten. Aber nur eine Seite ist der Zuhälterherrschaft, nur wenige Abschnitte sind der Hurenknechtschaft gewidmet. Die Planer könnten einwenden, daß sie keinen Auftrag hatten, Kriminalität und Prostitution zu analysieren, denn Kriminalität ist nicht Sozialstruktur, und Prostitution ist nicht Stein gewordene Stadt.

Nirgends in der Bundesrepublik jedoch wurde diesen Realitäten urbanen Daseins so bereitwillig Quartier gemacht wie im Frankfurter Bahnhofsviertel. Ihnen verdankt dieses Viertel seinen Pesthauch, den man in Rom und Paris noch riechen kann. Ihren rüden Ansprüchen haben sich die meisten Nachkriegsmagistrate Frankfurts gebeugt. Zuhälterbosse haben redliche Bürger unter den Augen des Magistrats aus ihren Wohnungen und Handwerker aus ihren Werkstätten getrieben. Die Gutachter faßten diesen Tatbestand, ohne auf seine Ursachen einzugehen, in behutsame Worte: „Die Tendenz zur Stadtflucht und die soziale Erosion mit ihren schädlichen Folgen für das städtische Leben setzt sich fort."

Die Planer waren in der mißlichen Lage, gleichzeitig Beauftragte und Ankläger ihrer Auftraggeber zu sein. Auch mögen sie sich der Vergeblichkeit ihrer Anstrengungen bewußt gewesen sein, denn Pläne sind selten dazu da, verwirklicht zu werden. Meistens sollen sie nur das Gewissen ihrer Urheber besänftigen. So haben die Planer – denn natürlich bedurften sie eines Quentchens Übereinstimmung mit ihren Auftraggebern – den Status quo im Bahnhofsviertel weithin als unabänderlich beschrieben:

„Unter der generellen politischen Zielsetzung, für alle citynahen Stadtteile die Wohnfunktion so weit wie möglich zu stabilisieren, zerstörerische Straßenausbauten zu verhindern und die vielseitige Arbeitsstättenstruktur zu stärken, kann die Zielprognose für das Bahnhofsviertel nur der FUNKTIONSERHALT sein; d. h. Erhaltung und Förderung der charakteristischen Nutzungsvielfalt des Bahnhofsviertels als funktionaler Ergänzungsbereich der Frankfurter City."

Schon längst denkt niemand mehr daran, im Bahnhofsviertel den Status quo ante zu erneuern, das behagliche Wohnen in stiller Straße mit der Kneipe an der Ecke, dem Krämer gegenüber und dem Bordell weit jenseits des Flusses. In den papiernen Tonfall der Planer aber drängt sich dann doch ihre professionelle Leidenschaft, ihre ganz private Sehnsucht nach Stadtgesundung:

„Auf die Erhaltung kulturhistorischer und ästhetischer Werte, wie denkmalwürdige Einzelobjekte und städtebauliche Ensembles, ist besonders zu achten. Insbesondere wenn sie die Identifikation der Bewohner . . . fördern." Und:

„Die angestrebte ‚Erhaltung der Funktionsvielfalt' erfordert, daß es nicht zu einer weiteren Verringerung und Verschlechterung der noch vorhandenen Wohnnutzung und Wohnfolgeeinrichtungen kommt. Ziel ist nicht eine Ausweitung der Wohnfunktion, sondern vor allem deren quantitative Stabilisierung. Stabilisierung der Wohnnutzung bedeutet auch, daß die gegenwärtig überwiegende Funktion des Gebietes als Durchgangsstation für benachteiligte Bevölkerungsgruppen, insbesondere Ausländer, aufgegeben werden soll und die Wohnverhältnisse, ihre Umgebung sowie die Infrastrukturausstattung dieses Gebietes so attraktiv entwickelt werden, daß für die deutsche Bevölkerung ein Anreiz zum Verbleib und zur Rückkehr geschaffen wird und damit die Sozialstruktur sich allmählich wieder normalisiert."

Die Planer hatten das Produkt ihrer Mühen gerade abgeliefert, als der Magistrat auch schon erkennen ließ, was er von ihrer gezügelten Besorgnis, was er von dem ganzen unveröffentlichten Projekt hält, das er selbst in Auftrag gegeben hatte. Ziel – so hatten die Planer gesagt – sei die „quantitative Stabilisierung" der Wohnfunktion des Bahnhofsviertels. Wessen Ziel eigentlich? Die Planer hatten gemeint, daß Wohnung bleiben soll, was noch Wohnung ist. Doch das Liegenschaftsamt, Treuhänder aller stadteigenen Häuser und Grundstücke, sah sich daran nicht gebunden und verkaufte das Haus Moselstraße 39 – das einzige Wohnhaus, das der Stadt im Bordellwinkel des Bahnhofsviertels gehört hatte. Die Immobilienbehörde überließ es einer geheimnisvollen Firma mit Briefkastensitz in Liechtenstein, hinter der sich neben anderen Herren des Milieus auch Hersch „Henry" Beker verbarg.

Das verschlafene Gemäuer steht grau und unauffällig neben dem Prunkgebäude Taunus-, Ecke Moselstraße. Diesen Eckbau, Eigentum der Binding-Brauerei, hatten Henry Beker und seine sehr stillen Teilhaber zuvor schon auf Erbbaurechtsbasis für 66 Jahre gepachtet und – teils mit Mitteln der öffentlichen Hand zur Altbausanierung – in ein hübsches Bordell mit gelbem Putz und blauen Fensterrahmen verwandelt. Nun gab ihnen das Liegenschaftsamt den Zukauf nebenan weit unter Verkehrswert für 215000 Mark.

Daraus läßt sich zumindest schließen, daß der Leiter dieser Behörde ein naiver Mensch mit bedeutenden immateriellen Tugenden ist. Er hätte das Haus Moselstraße 39 auch anderen Bordellbossen anbieten können. Die meisten hätten, ohne mit der Wimper zu zucken, den dreifachen Preis bezahlt und über den sechsfachen noch mit sich reden lassen. Denn im Bahnhofsviertel geht die Rechnung so:

Ein Bordellpächter bezahlt dem Eigentümer eines Hauses in der Zuhälterdomäne des Milieus mit, sagen wir, 30 bis 40 Stuben eine monatliche Pacht von 30000 Mark. Das sind 360000 Mark im Jahr. Ist das Haus geräumiger, hat es 50 bis 60 Zimmer mit Liegestatt und Waschbecken und einem Gemeinschaftsklo im Flur, dann muß der Pächter monatlich 50000 Mark aufbringen, mithin 600000 per anno. Als der Pächter Fred Einhaus sein Dreißigtausendmarksbordell Taunus-, Ecke Elbestraße abstoßen wollte, weil er seiner schwarzen Huren überdrüssig war und weiße nicht bekam, kalkulierte er einen Preis von 670000 Mark – nicht etwa für Haus und Grundstück, denn die gehören ihm ja nicht, sondern allein fürs Gewerbe. Also hat der Leiter des Liegenschaftsamts das Haus Moselstraße 39, das für eine monatliche Pacht von 30000 Mark gut ist, für den Gegenwert einer Siebenmonatsmiete verramscht.

Es ist ein Haus, das von deutschen und ausländischen Familien bewohnt wird, das die Stadt erst im Jahre 1969 erworben hatte und das die Schönheit seiner Ornamente und Balkone an den Sturmfraß rußbeladener Regenfälle verloren hat. Noch steht es wie eine düstere Bastion des Bürgertrotzes im Glitzerzirkel der Bordelle. Mit dem Verkauf durch die Stadt schien sein Schicksal jedoch besiegelt zu sein. Jedermann wußte: Die Käufer würden es der Verwahrlosung preisgeben, bis die Mieter ihre Wohnungen verlassen und dem Einzug der Huren weichen würden. Allein – die Frankfurter Zeitungen protestierten nachdrücklich gegen den Verkauf. Möglicherweise deshalb unterblieb bislang der Umbau zum Bordell.

Es ist – wenn auch den Bewohnern dieses Hauses bis zur Stunde noch nicht geschehen – im Bahnhofsviertel hergebracht, die Entwöhnung der Wohnenden gewalttätig zu beschleunigen.

In der Moselstraße 39 wurde bislang noch niemand verprügelt. Es eilt auch nicht: Wem eine so kostbare Milieu-Immobilie so billig in den Schoß fällt, der hat Zeit, viel Zeit. Vorerst haben zwei junge, muskulöse Männer, beschmutzt und gekleidet wie Bauarbeiter, dem jüdischen Trödler und dem italienischen Friseur, die im Erdgeschoß des Hauses ihre Allerweltsgeschäfte haben, Bauschutt vor die Ladentüren gekippt und der spärlich gewordenen Kundschaft, wenn sie darüber hinwegsteigen wollte, mit drohenden Gesten und rüden Worten in gebrochenem Deutsch Beine gemacht.

Frankfurter Ratsherren, die zur Aufrichtigkeit neigen, geben unter vier Augen zu, daß der Magistrat – er mag Pläne haben und eines Tages vielleicht sogar Bäume pflanzen oder Fassaden klittern – das Bahnhofsviertel als Wohnbezirk aufgegeben hat. Dem Häuflein Unentwegter, die ihre Wohnungen über den Lärmkesseln nächtlicher Kurzweil nicht räumen, fühlen sich die Stadtväter sichtlich kaum noch verpflichtet. Ein Wählerpotential von Gewicht sind diese Menschen ohnehin nicht mehr.

Damit aber hat Frankfurt in einem Viertel, das sein schönstes Viertel sein könnte, eine Hurenfinsternis ohne Flair, ein Gespensterdorf der Dealer und Diebe und seinen stadtgemachten Einliegerorient akzeptiert. Mit seiner Gleichgültigkeit – oder auch seiner Ratlosigkeit – hat der Magistrat für die ganze Stadt, vor allem aber und zuerst für den Bahnhofsbereich, hingenommen, daß Fremdenhaß, Rassenekel, Bandenfeindschaft und Gastarbeiterinferiorität ihre Gefährlichkeit behalten.

Das Bahnhofsviertel und der Bahnhofsbereich sind Welten voneinander entfernt: Hüben in Bordellen und Bars die Höllenverderbnis der Buhlerei und die gottlose Niedertracht, drüben in Gastarbeiter- und Emigrantenquartieren die fromme Hingabe an die Patriarchen von Athen oder den Papst in Rom, an den Gurubani der Sikhs, an den Trimurti der Hindus, an Buddha, an Allah oder den zwölften Imam der Schiiten. Westlich des Bahnhofs ein an Liebes- und Diebeslohn gemästeter Karossenprotz und das himmelragende Aluminiumschimmern der Banken, südlich davon der Kleinwagen aus zweiter Hand und das unsanierte Sanierungsfragment.

Der breite Verkehrsstrang der Baseler und der Düsseldorfer Straße, auf dem wochentags, stop and go, mehr als 100000 Kraftfahrzeuge zur Messe, zur Mainbrücke oder in die City streben, trennt die Viertel voneinander. Die kilometerbreiten Gleisbündel der Bundesbahn zerschneiden den Bahnhofsbereich noch einmal von Osten nach Westen. Südlich davon ein Fluß ohne Ufer, ohne Auen, nur die Zementbarriere des Mainhafens. Und dennoch greifen die Viertel und Viertelsegmente auf vielfältige, manchmal bedrohliche Art ineinander über:

Die Kinder haben ihre Schule und die protestantischen Beter ihre Kirche gemeinsam, und Lehranstalt wie Gotteshaus stehen im Bahnhofsviertel. In der Gutleutstraße 173 (Bahnhofsbereich) haben die Grauen Wölfe, die grausamen Pimpfe des türkischen Faschistenführers Türkeş, ihr konspiratives Hauptquartier. Und in der Kaiserstraße 74 (Bahnhofsviertel) haben die bejahrten Männer, die ihren blutrünstigen Hosenmätzen nachlaufen oder mit Schnappmessersprüngen in diese Gefolgschaft gepreßt wurden, ihre Moschee. Dort krümmen sich allwöchentlich an die 1000 Türken ins Freitagsgebet: Drei Etagen über einem Pornokino. Eine Fensterreihe über den Brustbildern seiner brünstigen Filmreklame. In den ausgeräumten Zimmerfluchten einer desertierten Bourgeoisie.

In beiden Bezirken haben Pelzhändler und Kürschner ihre Etagenbetriebe, rund 350 Firmen, griechische, jüdische, deutsche. Das Rauchwarenzentrum der Bundesrepublik umringt den Frankfurter Hauptbahnhof. Im Straßendreieck Moselstraße, Niddastraße, Karlstraße, unter den Öldünsten einer Frittenbude mit dem fixen Namen „Hamburger Drive in", in deren Sichtschutz nervöse Hosentaschendealer en detail mit Heroin handeln, schieben biedere Männer in gestärkten Kitteln Rollständer mit Persianerstolen durch die Reihen der Süchtigen.

Vor allem aber haben Bahnhofsviertel und Bahnhofsbereich den Bahnhof gemeinsam. Er ist Promenade, Piazza, Plaza, Praça, Medan und Bazar: Kreuzweg der verlorenen Söhne des Südens. Unter seiner Glaskuppel werden Herzenswehmütigkeiten und Seelenbitternisse ausgetauscht, auf den Abschiedsklippen seiner Bahnsteige werden Rachsucht und Ressentiments gehegt und die Keime krimineller Ansteckung übertragen. Hier wird die ungestillte, immer noch verzehrende, wenn auch von Stellennot und dem Brosamenneid der Deutschen verschreckte Sehnsucht nach abendländischem Wohlstand aus Resignationen wiedergeboren – das Verlangen nach einer Lebensannehmlichkeit, dem die Sinnenkitzel des Bahnhofsviertels Ansporn, Impuls und manchmal auch Ziel sind. Im Erwerbsgetümmel des Milieus, von dessen durchtriebener Methodik jeder nur weniges weiß, aber das wenige ist oft schon zuviel, finden die Zukurzgekommenen aus den Ländern der Sonne, auch frömmelnde, auch fromme, Maßstab und Modell. Vor den Portalen ihres Bahnhofs lernen sie, wie andere die Probleme des Lebens meistern: Mit Heimtücke. Mit Grausamkeit. Mit Herzenskälte gegen den eigenen Bruder. Also sei tückisch, sei brutal, sei eiskalt und gefräßig! Nur mit Habgier, wenn du sie gegen deinen deutschen Ausbeuter richtest, wirst du an den Früchten seiner Habgier teilhaben. Nur mit deiner flinken Feindseligkeit gegen die andere Volksgruppe bringst du die eigene Seele ins Gleichgewicht.

Und wenn ihnen der Bahnhof zu eng wird oder auch nur das Herz, denn Züge fahren in die Städte der Sonne, nach Belgrad, nach Istanbul, nach Rom und Athen, dann streunen die Heimatverlorenen heimwehmütig durch den Orkus eines entarteten Straßentunnels, dann haben sie Orangenblütendüfte in der Nase und Meereswinde im Ohr, während sie, an Pinten und Pissoirs vorbei, durch Bratwurst- und Desinfektionsgerüche schlendern. Doch sie haben sich mit dumpfer Unwiderruflichkeit zwischen ihrer warmen Heimat des Hungers und der kalten Republik des Reichtums längst entschieden: Jenseits des Tunnels warten die Wohlstandssymbole dieser Republik auf sie, Sinnbilder einer skandalösen Freiheit, Metaphern eines betörenden Glücks. Auf Rolltreppenstufen schweben sie hoffnungskrank in die glitzernde Überwelt ihrer Bedürfnisse. Die Rolltreppen heben sie auf den Fußgängerabschnitt der Kaiserstraße, in den Vorhof zum Bahnhofsviertel. Dort beginnt für Gastarbeiter und Asylbewerber, für Aufenthaltsbewilligte und Illegale die Welt, die sie erschreckt und verführt, die sie abstößt und überwältigt.

Im Distrikt des Vierten Polizeireviers, der Bahnhofsviertel, Bahnhofsbereich und ein paar Gallus- und Gutleutstraßen zusätzlich einschließt, werden jährlich etwa 6000 Menschen verhaftet, und jeder zweite ist mittlerweile ein Verdächtiger aus dem Ausland. In den Grenzen dieses Revierbereichs leben 13000 Menschen, darunter 9000 Landfremde auf der Flucht vor der Armut.

Auf dem Promenadenfragment der Kaiserstraße sind Deutsche Minorität. Hier beschleunigen sie ihre Gangart. Hier schließen sie ihr prüdes Entsetzen über das orientalische Panorama, das sie mit steifen Schritten durchmessen, tief im Herzen ein, man erkennt es an ihren verschlossenen Gesichtern, an ihren dünnen Lippen. Hier, unter den gelbsüchtigen Kronen junger Ahornbäume, unterhalten Kurden, Syrer, Anatolier, Serben, Kroaten, Perser, Sizilianer und die Söhne Davids leise feilschend und raunend mit Rachenlaut ihre Hehler- und Heroinbörse en gros. Hier, unter den Natursteinreliefs Bismarcks und Moltkes, verdösen asylverdrossene Pathanen und Paschtunen ihre afghanischen Melancholien. Hier schmäht keiner die Geschmähten. Hier hat die offene Geringschätzung alles Fremdländischen ihr Niemandsland.

Vor den Toren der alten Stadt, auf ihrem Galgenfeld, wurde 1888 der neue Frankfurter Hauptbahnhof fertig und in den Jahren darauf der neue Stadtbezirk vor seinem Portal. Drei Straßen bestimmen den architektonischen Rhythmus dieses Bezirks: Im Norden die Taunusstraße, im Süden die Münchener Straße und zwischen beiden – breiter, prächtiger, protziger – die Kaiserstraße. Sie verlaufen nicht parallel zueinander, sondern sie nähern sich, sie streben achsialsymmetrisch auf den Bahnhof zu, auf die goldene Weltkugel zwischen seinen Jugendstiltürmen. Das Bahnhofsviertel war die große Einladungsgeste des Frankfurter Bürgertums ins Innere der ehemals freien Reichsstadt, die seit 1866 preußisch war.

Immer noch ist die Kaiserstraße der einzige Boulevard Frankfurts, der dieser Bezeichnung gerecht wird. Noch ist sie in der ganzen Stadt die längste Straße mit bewahrter Bausubstanz aus den Jahren ihrer Entstehung. Mit ihren kupfergedeckten Kuppellauben aus Eisengeflecht und ihren Säulen in Engelsgestalt, mit ihren Lorbeerranken aus Stuck und ihren Reliefs aus Gips sind die Gesimse und Fassaden dieses Boulevards Zeugnisse der Gründerzeit und ihres Dünkels, Stein gewordener Bürgerstolz. Doch die Lichtlettern vulgärer Versuchung, aus denen sich straßauf, straßab die Wortfetzen Porno und Peep und Sex und Strip und Eros zusammensetzen, demütigen diesen Eindruck. Die Reklamen wurden ohne Stilgefühl zwischen Karyatiden und Ornamente montiert. Das erklärt vielleicht, warum die Hausbesitzer, die solche Schändung zuließen, ihren Besitz auch in den späten Nachkriegsjahren nicht renovieren ließen. Hätten diese Häuser eine Seele – und wer weiß denn, ob sie keine haben –, würden sie mit ihren Quadern knirschen, damit der Putz noch etwas schneller bröckelt.

Diesen Häusern zu Füßen, den zarten Rücken gegen ihre kalten Fundamente gelehnt, betteln jugoslawische Zigeunerinnen mit den Wechselbälgern ihrer Sippen, heute mit einem rothaarigen, morgen mit einem haarlosen Baby. Auch die landfremden Romenes haben – von wer weiß wem dazu ermuntert – politisches Asyl beantragt. Nun hocken sie, wie einstmals in Belgrad oder in Zagreb, die dunklen Blicke ohne Flehen und Neid auf die Vorübergehenden gerichtet, in ihren farbigen Lumpen auf dem Bürgersteig und warten geduldig auf das seltene Wunder der Nächstenliebe. Aber hier bekommen sie wenigstens jene monatlich 312 Mark Sozialhilfe, die erwachsenen Asylbewerbern, wenn sie Kinder haben, vom Frankfurter Sozialamt bewilligt werden.

Heroinsüchtige Huren traumwandeln unter den hochstämmigen Buchen dieses Boulevards, ungeschminkt und mit trokkenen Lippen. Sie teilen Ginas feindselige Überzeugungen nicht, denn sie haben keine Überzeugungen mehr. Die Straßenhure Gina würde ausländische Kundschaft nicht akzeptieren. Unter den Heroinhuren ist jedoch keine, die einen Mann abweisen würde, weil ihr seine Haut zu dunkel wäre, sein Haar zu ölig, sein Anliegen zu dringlich, oder weil er nach dem Getto riecht, aus dem er kommt. Oft verharren die süchtigen Mädchen, ergreifend blaß und auf Gedankenewigkeiten erstarrt, in einer Toreinfahrt, an einer Straßenecke. Manchen Freier, der sich einem dieser Mädchen mit seinem gefälschten Wohlwollen nähert, schaudert es, wenn er begreift, daß er ins Nirgendwo grinst. Und wenn er der suchtkranken Hure dennoch folgt, dann geht er durch ihre Willfährigkeit hindurch wie durch einen leeren Raum. Aber auch mit seinem jäh aufkeimenden Haß erreicht er sie nicht, wenn er sie auf offener Straße unflätig beschimpft, weil er es nicht erträgt, daß er nicht wahrgenommen wird. Auch dann sieht sie stumm an ihm vorbei, eine alptraumhafte Niemandssehnsucht im Blick.

In der Umgebung des Frankfurter Hauptbahnhofs ist mittlerweile nahezu jeder dem anderen ein Feind, eine Bedrohung der eigenen Existenz, mindestens der eigenen Selbstachtung. Bahnhofsviertel und Bahnhofsbereich haben mit 70 Prozent den höchsten Ausländeranteil aller Stadtquartiere der Bundesrepublik. Es ist keineswegs zufällig, daß die diskriminierten Emigranten ihren Lebensraum mit den diskriminierten Huren teilen müssen. Die Erfinder des erlaubten Bordellwinkels, der sogenannten „Toleranzzone", mögen sich gesagt haben, daß sie dort am wenigsten Aufsehen, am wenigsten Mißvergnügen erregt, wo die Tugend der Toleranz ohnehin nichts gilt: im Rassengetümmel am Bahnhof. Doch mit dieser Entscheidung haben sie dem Nord-Süd-Konflikt die Slumsümpfe ihrer Verachtung als Schlachtfeld zugewiesen. Möglicherweise ahnen sie nicht, daß sich dieser Zwist zwischen den Habenichtsen des Südens und den Gesättigten des Nordens – vehementer als unter dem Äquator – im Herzen der eigenen Metropole mit revolutionären Energien auflädt. In den Straßen des Frankfurter Bahnhofsviertels riecht es nach Aufruhr, nur die Stadtväter riechen ihn nicht.

Dabei sind ihre Basisferne und ihre Ratlosigkeit das Erschreckendste nicht. Bestürzender ist das Maß ihrer Heuchelei, mit der sie die Gefährdung des von ihnen verwalteten Gemeinwesens aus dem eigenen und dem Bewußtsein ihrer Bürger zu verdrängen suchen. Von Heuchelei wird in diesem Buch noch an anderer Stelle die Rede sein – sie ist das Thema der Reportage. Mancher Leser, der nicht in Frankfurt lebt, mag die Verhältnisse vor der eigenen Haustür wiedererkennen – das ist die Absicht des Reporters. Nirgends in der Bundesrepublik jedoch dürfte die politische Heuchelei so evident wie im Frankfurter Bahnhofsviertel sein, nirgends trägt sie so viele Masken, nirgends wird sie – hoffentlich nicht – so grausame Kinder gebären.

Falls sich im Bahnhofsrevier die reißend zuwiderlaufenden, kaum noch bestimmbaren, längst nicht mehr kanalisierbaren, atemlosen Strömungen der Feindseligkeit und des Hasses eines Tages blutig entladen, wird in der Frankfurter Obrigkeit niemand verantwortlich sein, denn niemand war ausdrücklich mit der Eindämmung dieser Gefahr beauftragt: Der Ordnungsbeamte nicht, der sich nur mit Zuhältern gemein machte. Der Ausländerbeamte nicht, der Asylbewerbern nur ein verrufenes Quartier zuwies. Der Planungsbeamte nicht, der nur seine Sanierungsabsichten vergaß. Der Liegenschaftsbeamte nicht, der einer obskuren Firma nur ein Haus zuschob. Der Regierungsbeamte nicht, der nur eine Hurenkasernierung herbeiführte. Der Ermittlungsbeamte nicht, der nur einen Verstoß gegen das Gesetz übersah. Der Schulbeamte nicht, der – wir werden es noch sehen – nur eine Schule skandalös verkommen ließ.

Das Bahnhofsviertel hatte nie eine Atmosphäre, in der es frühlingshaft geknistert hätte. Nie hat es im Herzen seiner Besucher so etwas wie die harmlose Angstlust eines Kindes geweckt, das im Wald Verstecken spielt – das kribbelnde Vorgefühl des Abenteuers. Nie war es Sujet eines Films oder der Ort eines Schlagers wie Sankt Pauli in Hamburg, die Place Pigalle in Paris, wie Wanchai in Hongkong oder Yoshiwara in Tokio. Dabei gibt es im Bahnhofsviertel durchaus Menschen mit Phantasie, die sich seine Rettung vorstellen können, Visionäre eines versöhnlichen Nebeneinanders von Bürgertum und Bordell – auch von ihnen wird noch die Rede sein. Aber es gibt keine Stadtväter, die ihnen zuhören. Sie, die Verantwortlichen, haben Kaisers Gala zu einer Imitation der Hölle verkommen lassen.

Dennoch ist noch nicht alles verloren.

Noch gibt es im Wohngebiet rund um den Hauptbahnhof Menschen, die im Morgengrauen aufstehen und mit der Tagesschau ins Bett gehen und die einer biederen Lohnarbeit nachgehen.

Noch kommt allmorgens der Briefträger und orientiert sich stirnrunzelnd doch geduldig an den Kritzelsignets auf verbogenen Briefkästen, um in den Verwirrgärten menschlicher Benennungen aus allen Welten der Exotik auch jene letzten zu finden, die deutsch klingen.

Noch wird einmal die Woche der Müll abgefahren, und es

grenzt an ein Wunder. Nur in den smoggeschwärzten Hinterhöfen wachsen Abfall und Fäkalien zu gärenden Abenteuerwelten türkischer Kinder.

Noch schlendern städtische Hilfspolizisten mit Rentnergemessenheit durchs Bahnhofsviertel und klemmen Strafzettel unter die Scheibenwischer fehlgeparkter Autos.

An derlei zivilisierter Regeltreue erkennen die Bewohner von Bahnhofsviertel und Bahnhofsbereich, daß es eine Behörde gibt, die plant und lenkt.

KAPITEL II

# Die Huren

In der Elbestraße stehen die Straßenhuren, die für den Einzug in die Bordelle bereits zu alt und zu verbraucht waren, als die Hurenkasernierung im Bahnhofsviertel begann, und das ist acht Jahre her. Was gilt ihnen die behördlich gesicherte Bürgerrechtschaffenheit?

Weltanschauliche Moral ist ihnen fremd. Humanitäre Skrupel erreichen sie nicht. Zur politischen Heuchelei sehen sie keinen Grund. Deshalb sind sie deutlicher und ehrlicher als jeder Kleinbürger und jeder Intellektuelle Volkes Stimme. Wer also für den Herzschlag der Deutschen den Puls sucht, wer dem Einwandererhaß die Temperatur messen will, der halte sich im Frankfurter Bahnhofsviertel an die alten Huren. Würde er sie unbemerkt belauschen können, während sie sich vor dem Vielvölkerdefilee der Elbestraße undiskret und geschwätzig in Szene setzen, dann könnte er den Fremdenhaß der Deutschen in seiner ganzen vulgären Heftigkeit ermessen. Denn die Frauen bleiben nicht stumm, wenn sie sich aus funkelnden dunklen Augen gemustert wissen, sie unterdrücken ihre Abneigungen nicht, sie artikulieren sich:

„Gucke mal, da kommen schon wieder so Kanaken."

„Ich könnt kotzen, wenn ich die seh."

„Du, der Hitler hätt die glatt vergast."

„Klar, bei dem hätten sie nix zu lachen."

„Diese Hosenscheißer."

„Diese Wichser."

„Wie die einen angucken, wie Tiere."

„Die wissen doch nich, was Kultur ist."

„Wenn ich mit sonem Schmierkerl geh, könnt ich ihn glatt umbringen."

Sie verkaufen dem Immigranten ihre kalte Zärtlichkeit, denn in ihrem abgeblühten Alter sind sie auf seine Kundschaft angewiesen. Aber sie identifizieren den Außenseiter nicht, wie man meinen sollte, als Schicksalsgefährten, als Bruder. Selber Außenseiter, selber verachtet, frohlocken sie im Keller einer Hierarchie des Dünkels über die Ratten, die ihnen nicht über die Knöchel reichen, an deren Wuchs sie gefahrlos die eigene Größe messen können. Doch täten sie das nicht, wenn sie an ihrer Übereinstimmung mit dem Verdikt der Gesellschaft zweifeln müßten. Mit Gewinn für die eigene Selbstachtung können die Huren nur den verachten, den das Bürgertum geächtet hat, die solide Mehrheit der Gesellschaft, in deren Werteskala die Huren einen Platz suchen. Denn in der Enge ihrer Welt waren stets nur die Überzeugungen ihrer bürgerlichen Freier meinungsbildend.

Diese Huren hassen unschuldig. Sie sind wie Kinder, die den Erwachsenen gefallen wollen: Erst plappern, dann reden, schließlich fühlen, endlich hassen sie wie jene. Gina, 48 Jahre alt, einst auf dem kurzen Straßenstrich der Elbestraße mit bayerischem Tonfall die Wortführerin, ist dafür ein Beispiel:

Nach dreißig Hurenjahren im Frankfurter Bahnhofsviertel und in der Morgenbleiche eines grausamen Todes weist sie die kleinen erschrockenen Männer mit den ölschwarzen Haaren immer noch zurück – mit einer kurzarmigen Herrenmenschengebärde und schrecklichen Flüchen. Barfuß (denn ihren kranken Füßen sind alle Schuhe zu eng), unter einer spröden schwarzen Perücke (denn ihr Haar ist bleich und dünn geworden), in langen Hippie-Gewändern, die ihre malade Fülle strekken, wartet sie in statuesker Haltung auf die Freier, die sie sich erlaubt. Es sind volltrunkene Männer und Männer mit abartigen Wünschen, aber sie sind deutsch. Daß sie Ausländer, die sich vom Wärmeversprechen ihrer runden Arme locken lassen, als Kundschaft nicht akzeptiert, obgleich sie in der Mehrzahl schöner sind als Ginas deutsche Klientel, ist ihre Moral. Daß sie die Schönheit eines Türken nicht erkennt, der ohne Bildung über das Leben nachdenkt, dem sich die herbe Gedankenfülle mit frühen Runzelmustern ins Gesicht gezeichnet hat, ist Ginas Moral. Daß sie die Sabberküsse eines Betrunkenen duldet, weil er akzentfrei deutsch nuschelt, ist Ginas Moral.

Sie ist die Tochter eines oberbayerischen Müllers, der keine Kinder mochte und einer Münchener Hure, die ihr den Namen Ottilie gab. Sie ist von frühester Kindheit an in wechselnden Klöstern erzogen worden, denn sie ist immer wieder aus ihnen ausgebrochen, und das jeweils neue ist das jeweils strengere gewesen. Nach ihrer letzten Flucht, sechzehnjährig, wurde sie, was ihre Mutter war: Prostituierte, anfangs gelegentlich, anfangs heimlich in München und Augsburg, später regelmäßig und unverblümt im Frankfurter Bahnhofsviertel. Sie war achtzehn Jahre alt, als sie sich im Gesundheitsamt der Stadt die rote Karte geben ließ – gewissermaßen ihre Lizenz, obwohl die rote Karte, der „Bockschein", nur ein Formblatt ist, auf das der Amtsarzt nach der wöchentlichen Gesundheitskontrolle seinen Stempel drückt. Damals nannte sie sich Bettina; später gab sie sich den Namen, den sie heute trägt. Jeder, der sie damals gekannt hatte, schwört, daß sie von unvergleichlicher Schönheit gewesen sei, schöner als Rosemarie Nitribitt, mit der sie eine vorübergehende Freundschaft verband. Aber niemand sagt, daß Gina immer noch schön ist: Zierliche Nase, zarte Lippen, dunkle Kinderaugen, wenn auch roßhaargerahmt, wenn auch auf einer Pyramide des Wucherns.

Für eine tägliche Miete von 40 Mark bewohnt sie mit einer Pekinesenhündin in einem Bordell an der Elbestraße zwei abseitige Kammern ohne Küche, ohne Bad und WC. In die eine führt sie ihre Kundschaft. In der anderen, die der Kundschaft verboten ist, hat Gina die Fetische ihrer Sehnsucht nach der verfehlten Bürgerlichkeit angehäuft: Gläser und Schalen aus Kristall, die sie gegen Glasbruch versichern ließ, Pfannen und Tröge aus Kupfer, wertbeständig, bilderreiches Porzellan, Teller und Becher aus solidem Zinn. In dieser Kammer hat sie auch – an der Decke schaukelnd oder spreizbeinig auf dem Sofa – ihre rehäugigen, pausbäckigen Puppen, denen sie allmorgens, wenn die Freier gegangen sind, neue Kleider anzieht.

Doch wenn ihre barfüßigen Nächte nur regnerisch oder frostig gewesen waren, wenn die deutschen Männer sie in der Elbestraße, statt ihr zu folgen, nur verspottet und geschmäht oder bespuckt haben, weil Gina diese Männer mit ihrem bleichen Elendslächeln an den Tod und die eigene Erbärmlichkeit erinnert hatte („Du dreckige Hure! Du weißt ja nich, wie häßlich de bist!"), dann schließt sie sich, obwohl ihr Bett im anderen Zimmer steht, in diese Kammer ein. Dann fragt sie sich, müde und durchfroren, einmal mehr, wovon sie anderntags die Miete bezahlen soll. Dann hockt sie auf dem einzigen Stuhl, den sie besitzt, zwischen den Effektenhügeln ihrer Kleingeldanlage und spricht ihr seltsames Morgengebet:

„Lieber Gott, was gibt es doch für schlechte Menschen, die mußt du doch bestrafen, Amen."

Am nächsten Abend geht Gina wieder „ackern", wie sie es nennt. 40 Mark pro Freier ist ihr Tarif. 40 Mark ist auch ihre

Tagesmiete. Am nächsten Abend braucht Gina zwei Freier, nur um das Geld für die Miete aufzubringen. Daß sie – anders als ihre bejahrten, anders auch als ihre süchtigen Kolleginnen, die sich der verhaßten Ausländer kalten Herzens annehmen – ihrem schnapsseligen, entarteten deutschen Kundenkreis trotz allem die Treue hält, ist Ginas Moral.

Nachmittags geht sie bisweilen in die „Brückenschänke", eine Kneipe am Mainufer, weil sie mit dem Ehepaar befreundet ist, dem diese Kneipe gehört, und weil dieses Ehepaar jedem Afghanen oder Türken gnadenlos die Tür weist. Dort gäbe es keine „Kanaken", sagt Gina. Dort könne sie aufatmen. Dort sei es geradezu „wie im Odenwald". Dort sucht sie die Nähe Frankfurter Bürger mit soliden Berufen, die keine Freier sind. Sie faßt schnell Vertrauen zu solchen Leuten, besonders zu Ehepaaren, und weil sie nicht bemerkt, daß sie als Original geduldet wird, fühlt sie sich ebenbürtig und glücklich. Und manchmal, wenn eine jähe Zuneigung zu ihren neuen Freunden sie überwältigt, wenn sie ein paar Asbach getrunken hat, zieht Gina mit manikürter Bauernhand den Saum ihres Kleides über der massigen linken Brust herab und entblößt, was sie beunruhigt, was sie verdrängt und was doch immer wieder wie mit Sicheln in ihr Bewußtsein schneidet: Oberhalb des Warzenhofes drücken ihr Krebsgeschwüre, so groß wie Kinderfäuste, klumpige Beulen in die Haut. Und wenn diese fremden Menschen betroffen und angewidert und um ihres Ekels willen schuldbewußt die Stirn runzeln, dann will Gina hören, was diese fremden Menschen mit der Miene des Mitleids, in der hastigen Sprache ihrer banalen Freundschaft zu sagen pflegen: Warum sie denn nicht zum Arzt gegangen sei, als noch Zeit war, ob nicht vielleicht doch noch operiert werden könne und ob sie, Gott behüte, Schmerzen habe.

Gina weiß stets, was sie sagen werden, denn sie sagen alle dasselbe. Aber Gina will es hören – um der Genugtuung seltener Anteilnahme willen. Doch sie sagt nicht, daß sie Schmerzen hat. Sie gesteht nicht, daß sie nicht krankenversichert ist. Sie verschweigt, daß eine Operation ohnehin nicht in Frage gekommen wäre, weil sie ihre Brüste für ihre betrunkenen deutschen Freier braucht. Auch das ist Ginas Moral.

Die Süchtigen und die Veteranen – wie Gina – sind heute

im Bahnhofsviertel die einzigen Straßenhuren. Einige Stadtväter verstehen diesen Tatbestand als einen Sieg über das Milieu und die peinliche Augenfälligkeit der Prostitution, errungen im Jahre 1973, errungen „im Interesse der öffentlichen Sicherheit und Ordnung". Bis 1973 war das Gewerbe im Frankfurter Bahnhofsviertel verboten, im übrigen Stadtgebiet – vom Anlagenring und wenigen anderen Straßen abgesehen – jedoch erlaubt. Doch am 30. März 1973 erließ der Regierungspräsident in Darmstadt eine „Verordnung zum Schutz der Jugend und des öffentlichen Anstands", die ihm von den Milieuexperten des Frankfurter Ordnungsamts empfohlen worden war. Dieses Dekret, von Spießbürgern wie Spitzbuben „Sperrgebietsverordnung" genannt, widerrief die bisherige Ordnung (die auch „zum Schutz der Jugend und des öffentlichen Anstands" verfügt worden war) und bestimmte fortan als erlaubt, was ehedem verboten und als verboten, was einst erlaubt war. Plötzlich war die Prostitution im zwielichtigen Brennpunkt des Bahnhofsviertels ausdrücklich zugelassen – in jenem geräumigen Straßenrechteck, das im Behördenjargon als „Toleranzzone" bezeichnet wurde. Dagegen war sie im übrigen Stadtgebiet – außer in zwei anderen Freistätten obrigkeitlicher Duldung – fortan untersagt.

Tatsächlich bewirkte dieser Erlaß überall in Frankfurt den Rückgang der Straßenprostitution. Die Stadt hatte einen Sieg errungen, aber er war dem Triumph eines Despoten vergleichbar, der die Bettler hängen läßt, ohne die Armut zu lindern. Denn die öffentlich erklärte Absicht der „Entmischung", der Trennung von Bürgertum und Bordell, war gescheitert. Zwar flanieren die Hübschlerinnen nicht mehr in den Straßen des Sperrgebiets, aber in seinen Häusern wirken sie fort – mit stillschweigender Duldung durch Ordnungsamt und Polizei. Überall in Frankfurt, teils in Villen-, teils in Gettonähe, behaupten sich Stundenhotels, Massagesalons, Saunabordelle, auch im unsanierten Sanierungsgebiet des Bahnhofsbereichs, keine hundert Meter vom Schönplatz entfernt. Und die telefonische Seelenfängerei sogenannter Hostessen, die ihre bourgeoisen Serails ausschließlich in der bürgerlichen Bannmeile – meist in „besserer Wohnlage" – haben, wurde von der neuen Verfügung geradezu gefördert. Denn die feinere Kundschaft des

Gewerbes, seine übersättigte Klientel, meidet die Toleranzzonen, teils aus Ekel, teils aus Angst. Den Toleranzzonen haftet das Odeur der Heimtücke und der Gastarbeiternähe an, ein Geruch nach Proletenschweiß und süßem Parfum, der Duft einer kleinen, engen Welt, wenn nicht der engsten überhaupt. Die neue Maßregel, die den öffentlichen Anstand schützen sollte, weckte ein vitales Verlangen nach exklusivem Dirnenstall, nach raffinierter Ausschweifung unter diskreten Adressen. Solche Adressen findet der geschmäcklerische Freier – von dem mondänen Etablissement „Sauna 2000" einmal abgesehen – heute nur noch in den soliden Wohnvierteln des Sperrgebiets. Die Sperrgebietsverordnung hat einen dicken Hurenstrich durch die Rechnung der Tugendwächter gezogen. Das Dekret des Regierungspräsidenten hatte im wesentlichen den Erfolg, daß es die Frankfurter Freierszene in gesellschaftliche Klassen dividierte.

Zur Toleranzzone des Bahnhofsviertels gehören jene Segmente der Mosel-, der Elbe- und der Weserstraße, die immer schon die unruhigsten und anrüchigsten waren: die hinfälligen wilhelminischen Häuserfluchten mit Hof und Hinterhaus zwischen der Kaiser- und der Niddastraße. Freilich: Huren gab es dort auch in den Jahren der Verbannung, mußte es dort geben, denn hinter den Champagnerkübeln konzessionierter Striptease-Bühnen reifte ihnen ein heißblütiger Kundenkreis heran.

Um der Polizei das Weggucken zu erleichtern, benahmen sich die Huren wie harmlose Jungfern: Sie saßen in Tanzdielen und Nachtbars beim Cocktail, als täten sie es zur eigenen Belustigung. Sie rollten in eleganten Coupés durch die Kaiserstraße, als seien sie geheimnisvolle Beauties der Society. Vermeintlichen Liebeswerbern gaben sie sich mit einem Lächeln zu erkennen, durch das sie, um Zweifel auszuschließen, laszív die Zunge zogen. Der Jugend freilich, deren Schutz der neue Dirnenerlaß erklärtermaßen bezweckt, verrieten sich die damals verbotenen Straßenhuren – nicht anders als die heute erlaubten – allenfalls durch ihren Hüftschwung und die anstößige Opulenz ihrer Dekolletés. Man braucht die Jugend vor diesen Frauen nicht zu schützen. Und den „öffentlichen Anstand", was immer das sein mag, wahrten sie, solange sie nüchtern waren, gewöhnlich selbst.

Die Sperrgebietsverordnung machte diesem Irma la Douce-Idyll ein Ende. Für die Huren war sie, das sollte sich zeigen, eine Kasernierungsverordnung. Für die Bosse jedoch, die in den Verschwiegenheiten ihrer Nepplokale allemal Nutznießer der unerlaubten Buhlerei gewesen waren, brach nun das goldene Zeitalter an. Sie machten sich das jähe Erschrecken der Hauseigentümer zunutze, die in dem dekretierten Archipel der Unzucht keine Hauseigentümer mehr sein wollten. Die kecken Besatzer kauften den verstörten Besitzern in Mosel- und Elbestraße zahlreiche Wohnhäuser ab und bauten sie – im genierten Deutsch der Behörden – zu „Dirnenunterkünften" um, vom Erdgeschoß bis zur Dachtraufe. Viele Hausbesitzer, die den flinken Kaufofferten anfangs noch widerstanden, erlagen ihnen am Ende doch. Denn die anrüchig gewordene Nachbarschaft und der besiegelte Verruf der Straße drückten empfindlich auf Mietpreis und Rendite. Die seriösen Mieter zogen aus, und ihre Nachfolger waren nicht seriös, sondern aus dem Milieu.

Eigensinnige Hauswirte indes, die trotz allem Hauswirte bleiben wollten, hatten nur zwei Möglichkeiten, sich der Mieterträge ungeschmälert zu versichern: Entweder überließen sie den verlassenen Wohnraum gewerblicher Nutzung, Handwerkern oder Händlern also, oder sie beugten sich dem Zwang der Verhältnisse und wandelten sich vom Haus- zum Bordellwirt. Beiden Vorhaben stand freilich geltendes Recht im Wege, nämlich der Artikel 6 des Gesetzes zur Verbesserung des Mietrechts aus dem Jahre 1971, der die Zweckentfremdung von Wohnraum untersagt. Aber galt dieses Gesetz nicht auch für die neuen Nachbarn – für Hersch „Henry" Beker zum Beispiel?

Der Augenschein spricht dagegen. Als die Hausbesitzer beim Frankfurter Amt für Wohnungswesen um sogenannte „Umnutzungsgenehmigungen" einkamen – sei es zum Ausbau von Werkstätten, sei es zur Ausbeutung von Schlafstätten – wurden sie vielfach abschlägig beschieden und mit Buß-, vereinzelt auch mit Zwangsgeldern bedroht. Hingegen galt das Zweckentfremdungsverbot für die jüdischen Bordellkundigen offensichtlich nicht. Ihnen bewilligte das Wohnungsamt oftmals, was es anderen versagte: die Verwandlung von Wohnungen in Bordelletagen.

Das geschah, als die Planer des Magistrats über ihren Stadtteilentwicklungsplan nachdachten, als sie erkannten, daß die „Nutzungsvielfalt" des Viertels erhalten bleiben, daß seine „Wohnfunktion" stabilisiert werden müsse, daß der „Entmischung" von Wohnen und Kommerz entgegenzuwirken sei. Es geschah auch noch, nachdem die Stadtväter den Plan zur Kenntnis genommen hatten.

Kurz zuvor, im Jahre 1971, hatte Hermann Schreiber im Nachrichtenmagazin *Der Spiegel* den Niedergang New Yorks beschrieben: „New York ist, was passiert, wenn bei der Lösung öffentlicher Aufgaben der Profit die Planung erschlägt. New York kann auch uns passieren." Hier ist es uns passiert.

Gewiß hatten sich die Urheber der Sperrgebietsverordnung, als sie frühere Erlässe widerriefen und gegensätzliche erließen, auf den Artikel 297 des Einführungsgesetzes zum Strafgesetzbuch stützen können. Der lautet unter anderem:

„Die Landesregierung kann zum Schutz der Jugend oder des öffentlichen Anstandes . . . für Teile des Gebietes einer Gemeinde über zwanzigtausend Einwohner . . . durch Rechtsverordnung verbieten, der Prostitution nachzugehen."

Das Sperrgebiet ist also, wenn schon nicht vernünftig, wenigstens rechtens. Ist es dagegen auch die Toleranzzone? War nicht vorherzusehen, daß Bordelle entstehen würden? War nicht vorherzusehen, daß die Huren in diese Bordelle einziehen würden, von der Enge des kupierten Strichs dazu gedrängt und von Zuhältern geködert? Jedenfalls begünstigten Regierungspräsident und Ordnungsamt mit ihrem Dekret die Kasernierung der Huren. Die aber verbietet zweifelsfrei der gleiche Artikel des gleichen Gesetzes:

„Wohnungsbeschränkungen auf bestimmte Straßen oder Häuserblocks zum Zwecke der Ausübung der Prostitution (Kasernierung) sind verboten."

Wer jedoch die Prostitution kaserniert, der leistet auch der organisierten Ausbeutung Vorschub, einer Hurenhaltung mit den Merkmalen der Sklaverei. Insofern handelten die Urheber der Sperrgebietsverordnung auch dem Buchstaben des 4. Strafrechts-Änderungsgesetzes zuwider, der die „persönliche Selbstbestimmung" der Prostituierten geschützt wissen will. Fremdbestimmung und Selbstentfremdung aber sind in den mittlerweile 26 Bordellen des Frankfurter Bahnhofsviertels das Schicksal der Huren:

Sie machen es für 50 Mark, in ihrem Jargon also für einen „Halben". Bis auf Bikini oder Dessous entblößt, auf dünnen Pfennigabsätzen, mit gleichgültiger Miene oder einem Lächeln, das sie ihren feindseligen Gefühlen oder auch ihrer Scham abtrotzen, stelzen sie durch die Korridore einst bourgeoiser Wohnungen, in denen die Gerüche ihres Gewerbes hängen. Sie spüren den Atem der Gaffer auf ihrer nackten Haut, denn die engen Flure erlauben zwischen Freier und Hure keine Distanz. Die Architekten der Gründerjahre hatten die Wohndielen gerade so bemessen, daß Kinder in ihnen spielen konnten. In diesen Hohlwegen ist jede Gebärde hautnah, jeder Blick intim. Und da sie in den Zimmern, in denen sie sich hingeben, auch wohnen, bieten die Huren der gefräßigen Augenlust ihrer Kundschaft die ganze armselige Intimität ihres Lebens dar.

Der Bordellpächter verlangt für diese Zimmer eine tägliche Miete von 100 bis 120 Mark. Vor allem aber verfügt er die drakonischen Regeln einer „Hausordnung". In einem Bordell in der Moselstraße schreibt die Direktion ihren Huren vor, daß sie dem Kantinenwirt des Unternehmens pro Woche mindestens drei Päckchen Präservative abkaufen müssen. In Ossi Büttners „Crazy Love", Elbestraße 45, dürfen sich die Mädchen von eigener Hand kein Butterbrot streichen, denn auch ihren Nahrungsbedarf sollen sie in der Bordellkantine decken. Wer dabei erwischt wird, daß er diesem Verbot zuwiderhandelt, muß 50 Mark Strafe an den Boß abführen. Und in den meisten dieser 26 Häuser sind die Huren verpflichtet, von ihrer „Kuppe" mindestens 100 Mark „Block" zu machen, das heißt von ihrem Tagesverdienst einen Tagesverzehr in der Kantine des Bordells – zu Wucherpreisen: Sechs Mark das Fläschchen Kakao, zehn Mark das Päckchen Papierservietten. Auf den Schreibtischen mancher Wirtschafter stehen Sparschweine: Fünf Mark Tip pro Tag und Mädchen für seine barbarische Fürsorge. Und überall drohen den Huren aus nichtigen Anlässen heimtückische, räuberische „Ordnungsstrafen" – in manchen Häusern bringen sie sich um ein Bußgeld von zehn Mark, wenn sie das sensible Gehör des Chefs oder seines Wirtschafters mit einem Türenknall genieren. Pro Tag wenigstens vier

Freier müssen eine Hure in den Häusern der „Toleranzzone" bezahlt haben, damit sie die Raffgier ihrer Ausbeuter bedienen kann.

Die Partnerin eines Zuhälters ist in der Sprache des Milieus seine „Frau", wenn er mit ihr lebt, doch seine „Partie", wenn er sie nur abkassiert. Insofern sind die 1200 Bordellhuren des Frankfurter Bahnhofsviertels ihren Bossen Partie. Dennoch läßt sich der Zuhälterei-Paragraph, obzwar er sie seinem Sinn nach trifft, auf die Bordellwirte kaum anwenden, denn sie kassieren ihre Partien – zwischen 30 und 80 in einem Haus – nicht gewalttätig ab, sondern sie treiben zu festem Tarif lediglich Miete, „Block" und Strafgebühren ein. Warum aber richtet sich der Paragraph 180 a des Strafgesetzbuches, der Unterhaltung wie Leitung eines Bordells verbietet, nicht gegen sie? Aus einem simplen Grund: Weil es keinen Staatsanwalt gibt, der einen Zuhälter mit Managerstatus strafrechtlich verfolgt. Er müßte dann auch die Staatsdiener im Ordnungsamt anklagen, wegen Beihilfe.

Denn es sind die Beamten des Ordnungsamts, die sich einvernehmlich mit den Zuhälterbossen über das Gesetz hinwegmogeln, indem sie Leitung und Unterhaltung der „Dirnenwohnheime" als läßliche Vermietung verstehen. Es war das Ordnungsamt, das den Bordellpächtern den Erlaß einer Hausordnung, die Einstellung eines Wirtschafters, die Einrichtung einer Kantine und eines Büros anempfahl – um der öffentlichen Ordnung willen. Es ist ja auch das Ordnungsamt, das in den Bordellen rotes Licht verbietet, mutmaßlich zum Schutz der Jugend und des öffentlichen Anstands.

Bordelle müssen bei keiner Behörde angemeldet und von keiner Behörde genehmigt werden. Jeder, der die Mittel und die Nerven dazu hat, kann in der Bundesrepublik an erlaubtem Ort ein Bordell eröffnen, gleichgültig wie lang die Liste seiner Vorstrafen ist, das ist landläufige Praxis. So werden die Hausordnungen dieser Bordelle größtenteils von Männern überwacht, die einstmals selbst Opfer der Verbotswillkür des deutschen Strafvollzugs waren und dort auf den Geschmack der Strenge gekommen sind.

KAPITEL III

# Die Bosse

Am 4. November 1977, einem Freitag, stürmte ein sichtlich erregter junger Mann in die italienische Botschaft in Bonn und begehrte den Botschafter zu sprechen. Der Besucher trug sein Anliegen mit großer Dringlichkeit vor. Seine Hände zitterten, während er in allen Taschen seines taillierten Maßanzugs nach seinem Paß suchte. Schließlich fand er ihn. Er wies sich dem Botschaftspförtner als deutscher Staatsbürger aus: Hans Fabry, 34 Jahre alt, ehemals Fernsehtechniker in Duisburg, jetzt Eigentümer zweier Nachtlokale im Frankfurter Bahnhofsviertel.

Als der Pförtner den Paß zurückgab und fragte, weshalb er Seine Exzellenz, den Herrn Botschafter, zu sprechen wünsche, erklärte der Befragte ohne Umschweife, er werde von einem Geheimdienst der Bundesrepublik Deutschland verfolgt und habe vor, die Republik Italien um politisches Asyl zu bitten.

Daraufhin führte ihn der Pförtner zu einem rangniederen italienischen Diplomaten, der sich mit einiger Verblüffung anhörte, was diesen Deutschen zu seiner ungewöhnlichen Bitte bewogen hatte: Tatsächlich hatte Hans Fabry Anlaß zu der Besorgnis, daß der Militärische Abschirmdienst der Bundeswehr, kurz MAD genannt, hinter ihm her war. Denn am Abend zuvor hatte er einen MAD-Agenten im Frankfurter Bahnhofsviertel erschossen.

Nun ist Mord in diesem Stadtbezirk der Mainmetropole kein ungewöhnliches Ereignis. Ungewöhnlich war an diesem Fall, daß der deutsche Nachtkneipier überhaupt auf den Gedanken gekommen war, um Asyl zu bitten. Es war ihm anzusehen, daß sein Handeln vorwiegend von materiellen und nicht von politischen Interessen bestimmt war. Er sah wie ein Playboy aus, dem sich die Geheimnisse des Grundrechnens erschlossen hatten.

Daß so jemand überhaupt auf die Idee kam, eine fremde Macht um politisches Asyl zu bitten, hatte wesentlich damit zu tun, daß Hans Fabry die letzten dreizehn Jahre im Frankfurter Bahnhofsviertel zugebracht hatte. Denn dieser Stadtbezirk ist nicht allein eine Stätte frivoler Liebeslust, sondern vor allem auch das deutsche Quartier für Emigranten: Denn vornehmlich in den invaliden Mietshäusern und billigen Hotels rund um den Frankfurter Hauptbahnhof hausen all jene Asylanten –

Einwanderer aus den Ländern der Dritten Welt –, die in der Bundesrepublik politisches Asyl begehren.

So hatte Hans Fabry gewissermaßen vor der Kneipentür lernen können, daß es in der zivilisierten Welt das Recht des Menschen auf Schutz vor Verfolgung gibt – einst die antike Gnade der heiligen Freistatt, die christliche Idee der Misericordia, heute der demokratische Anspruch auf politisches Asyl.

Daß Hans Fabry dieses Asyls bedürftig war, hatte ebenfalls mit gewissen Eigenheiten des Frankfurter Bahnhofsviertels zu tun: Im Flimmerprahlen dieses Stadtquartiers, unter den Augen so vieler Frauen, die ihre Begehrlichkeit wecken, werden Eitelkeit, Großmannssucht und Gewalttätigkeit vieler Männer spontan herausgefordert. Diesen Eigenschaften, als sie über sein Pflichtgefühl triumphierten und sein Handeln zu lenken begannen, erlag der deutsche James Bond.

Sein Name war Winfried Karl Hilpert, 27 Jahre alt, ein Mann, von dem die Gerichtsakten nur erzählen, daß er mittelgroß war und rotes Haar gehabt hatte. Er, sein gleichaltriger Kollege Hans-Ulrich H. sowie einige andere MAD-Männer hatten den Auftrag, in der Bankenstadt am Main, keinesfalls jedoch im Bahnhofsviertel „ein Objekt zu observieren". So jedenfalls beschrieb das Frankfurter Schwurgericht, das den Barbesitzer Hans Fabry im März 1979 verurteilte, in der Urteilsbegründung den geheimen Auftrag jener beiden Agenten. H. war etwas größer als Hilpert, er hatte dunkles Haar und unter seiner Nase ein markantes Bärtchen. Ihm waren am Morgen des 2. November in der Waffenkammer seiner Mainzer Dienststelle zwei Walther-Pistolen PKK des Kalibers 7,65 ausgehändigt worden, die eine für ihn selbst, die andere für seinen Mitstreiter.

Am Morgen des 3. November 1977 lösten H. und Hilpert in ihrem Frankfurter Hotel ein anderes diskretes Duo ab, das zuvor den Nachtdienst versehen hatte. Sodann müssen sich die beiden Agenten ihres geheimdienstlichen Auftrags im Innern ihrer Hotelzimmer entledigt haben, denn dort hielten sie sich tagsüber auf. Man muß wohl vermuten, daß das Observieren eines Objekts unter allen Agentenabenteuern das am wenigsten erregende ist. Denn schon am frühen Nachmittag bestellten die beiden militärischen Abschirmer eine 0,7 Liter-Flasche hochprozentigen Rums der Marke Bacardi.

Kurz darauf verließen sie das Hotel mit der Bemerkung, sie gedächten nun zur Nacht zu speisen. Beide waren mit kurzen Lederjacken bekleidet, die ihnen bis zur Hüfte reichten, die also knapp über dem Hosenbund endeten. Und im Hosenbund steckten ihre Pistolen. Ein Restaurant, dessen Menü ihrem Geschmack entsprach, haben sie dann offenkundig nicht gefunden. Denn sie verzichteten vorerst auf das Souper und begaben sich ins Bahnhofsviertel.

Dort, in der Elbestraße, hatte Hans Fabry seine Nachtlokale. Das eine war die „Riz-Bar", ein Striptease-Lokal, das andere hieß „Scala" und befand sich der Riz-Bar genau gegenüber. Dieses Etablissement hatte Hans Fabry erst im September des gleichen Jahres eröffnet. Auf der Scala-Bühne jedoch, so hatte es der emsige Milieu-Aufsteiger konzipiert, sollten sich die Akteure nicht entblößen, sondern entfalten. Dort sollte sich Kunst ereignen. Denn die Scala war nach dem Willen ihres Gründers Frankfurts neue Varieté-Bühne. Keiner Hure, nicht einmal einem Animiermädchen, sagt er, habe er die Tür dieses Lokals geöffnet.

Indes mag dieses milieufremde Verhalten einigen Zuhältern mißfallen haben. Denn am Abend des 2. September waren zwei bewaffnete Israelis in den neuen Musentempel eingedrungen und hatten mit schußbereiter Pistole nach seinem Prinzipal verlangt. Hans Fabry war jedoch nicht im Hause und bekam die beiden Eindringlinge aus diesem Grunde nicht zu Gesicht. Seine Kellner berichteten ihm später von dem Vorfall. Im Frankfurter Bahnhofsviertel, wo der freie Wettbewerb noch etwas freier ausgetragen wird als in der benachbarten Bankenregion, war dies kein allzu bemerkenswerter Vorfall. Für die Ereignisse des Abends danach aber hatte er eine gewisse Bedeutung.

Denn in Hans Fabrys Riz-Bar gingen an jenem Abend des 3. November gegen 18 Uhr die beiden Geheimagenten. Doch sie taten es nicht, wie der arglose Bürger aus seiner Kenntnis einschlägiger Filme vermuten würde, nämlich unauffällig und mit einem hintergründigen Lächeln, sondern rüpelhaft, gespreizt und laut. Hilpert näherte sich unverzüglich, zudringlich und beleidigend, einer Striptease-Tänzerin. H. war etwas zurückhaltender, doch seinen Kollegen ließ er gewähren. Später, während sie ihre Biere tranken, beschwerte sich Hilpert vernehmlich über das „miese Programm". Und als sie sich zum Gehen rüsteten und eine Rechnung von zehn Mark bezahlen sollten, behauptete Hilpert, er habe die Zeche bereits beglichen. Als die Kellnerin das bestritt, herrschte er sie an:

„Willst du, daß ich dir das Bier auf die Fresse bezahle?"

Diese Äußerung des später getöteten Geheimagenten, von mehreren Zeugen verbürgt, hielt sich bei der Polizei, beim Untersuchungsrichter und beim Schwurgericht in allen Protokollen und ging – da sie den Umgangston und das Selbstgefühl des MAD-Mannes dokumentiert – auch in die Begründung des Urteils ein, mit dem sein Tod schließlich gerächt wurde. Während er mit der Kellnerin sprach, schob Hilpert den Saum seiner Lederjacke zurück, damit sie seine Pistole zu sehen bekam. Erst als der italienische Geschäftsführer des Lokals, von der Kellnerin herbeigerufen, auf jegliche Bezahlung verzichtete, weil Hilpert nun unverhüllt mit seiner Dienstwaffe drohte, gingen die beiden Staatsschützer.

Doch nach kurzer Zeit kamen sie wieder. Freilich bezahlten sie auch diesmal nicht. Statt dessen provozierte Hilpert eine erneute Auseinandersetzung, in deren Verlauf er dem Geschäftsführer die Pistole auf den Kopf schlug. Anschließend begaben sich die Abwehrmänner in ein benachbartes Bordell und kurz darauf ins „Kaiser-Quick", einem Schnellimbiß in der Kaiserstraße. Denn nun – es war etwa 19 Uhr 30 – wollte Hilpert wirklich speisen. Ehe er jedoch eine Portion Spaghetti bestellte – seine Henkersmahlzeit, doch das wußte er noch nicht –, versuchte er in seiner rauhen, männlichen Art mit zwei jungen Frauen anzubändeln, an deren Tisch er sich niedergelassen hatte. H. saß mit dem Rücken zur Tür des Lokals, Hilpert hatte die Tür im Auge.

Unterdessen waren sowohl das Vierte Polizeirevier wie auch Hans Fabry davon unterrichtet worden, daß zwei Männer das Personal der Riz-Bar mit Pistolen bedroht hatten. Die Polizei kam nicht. Hans Fabry kam.

Hans Fabry glaubte, die beiden Israelis, die ihn schon tags zuvor mit gezogener Waffe gesucht hatten, seien wieder hinter ihm her. Solcherlei Bedrohungen haben im Frankfurter Bahnhofsviertel gewöhnlich eine etwas ernstere Bedeutung. Deshalb beschloß Hans Fabry, der Sache sofort auf den Grund zu gehen. Zwei seiner Kellner und der Büffetier eines benachbarten Lokals folgten ihm, als er ins Kaiser-Quick stürmte. Es war kurz nach 20 Uhr.

In diesem Augenblick sahen Hilpert und Fabry einander zum erstenmal. Dennoch erkannte jeder im anderen den Gegner, denn Hilpert schreckte hoch, weil er das Eindringen der vier Männer instinktiv als Angriff deutete, und Fabry sah, wie Hilpert erschrak.

Was dann geschah und etwa zwei Minuten dauerte, wurde später von jedem der Beteiligten ein wenig anders dargestellt. Fest steht jedoch, daß es zu einer handfesten Prügelei kam. Fest steht auch, daß Hilpert seine Pistole zog, während H., ehe er ziehen konnte, von den Angreifern entwaffnet wurde. Fest steht außerdem, daß Hans Fabry mit der eroberten Waffe auf Hilpert einschlug und daß sich dabei drei Schüsse lösten, von Fabry unbeabsichtigt, das steht ebenfalls fest.

Der erste Schuß traf den deutschen Geheimagenten in die Hüfte. Das zweite Projektil traf seinen Hals, drang in die Hauptschlagader ein, fuhr etwa zehn Zentimeter in ihr entlang und blieb in der Rückenmuskulatur des Getroffenen stecken. Der dritte Schuß verletzte niemanden.

Nun kam auch die Polizei. Es waren zwei junge Beamte des Vierten Reviers.

Während sie sich noch über die Vorkommnisse informierten, bat Hans Fabry die Beamten, ihn gehen zu lassen, da er sich um seinen Musentempel kümmern mußte. Und die Polizisten ließen ihn gehen.

Erst in der Scala erfuhr Hans Fabry, daß sein Gegner der Agent eines sehr geheimen Dienstes gewesen war und daß er ihn getötet hatte. Das bewog ihn zur Flucht nach Bonn. Denn:

„Sobald einer in Deutschland eine Dienstmarke oder eine Uniform hat," erklärte Hans Fabry lange nach seiner Verurteilung mit der wissenden Miene des Milieu-Veteranen, „ist er im Recht, egal, was er getan hat. Deshalb bin ich in die italienische Botschaft geflüchtet und habe um politisches Asyl gebeten. Ich wollte nicht in irgendeinem Rattenloch verrecken oder auf der Flucht erschossen werden. Ich habe zu den Italienern gesagt: Wenn es schon sein muß, dann will ich meine Aussage vor einem Richter machen und gleich danach ins Gefängnis. Daß da keine Polizei dazwischenfuchteln kann."

Die italienischen Diplomaten gewährten dem Deutschen auf dem exterritorialen Boden ihrer Botschaft für einige Stunden Asyl. Sie sorgten dafür, daß er seinen Rechtsanwalt anrufen konnte, und sie behielten Hans Fabry bei sich, bis der Anwalt ihn in der Botschaft abholte und mit ihm nach Frankfurt zum Untersuchungsrichter fuhr.

Am 30. März 1979 wurde Hans Fabry von der 22. Großen Strafkammer (Schwurgericht) des Landgerichts Frankfurt am Main wegen Körperverletzung mit Todesfolge in Tateinheit mit gefährlicher Körperverletzung, Beteiligung an einer Schlägerei und Führens einer Schußwaffe ohne die erforderliche Erlaubnis zu einer Freiheitsstrafe von acht Jahren verurteilt.

Die Schußwaffe, die er geführt, war jene, die er dem MAD-Mann entwunden hatte. Sie schlug in der Addition des Urteils mit einem Jahr zu Buch. In der Hauptverhandlung hatte Hans Fabry zu den Anschuldigungen geschwiegen, die gegen ihn erhoben wurden. Sein Verteidiger hatte ihm dazu geraten. Nun sah er, daß er dem falschen taktischen Konzept gehorcht hatte, daß es besser gewesen wäre, wenn er sich zur Wehr gesetzt hätte. Gegen das Urteil des Schwurgerichts gab es nur die Revision. Also ging Hans Fabry in die Revision.

Doch dann geschahen seltsame Dinge. Nachdem das Urteil des Schwurgerichts ergangen und ehe über den Revisionsantrag entschieden worden war, erlaubte die vorsitzende Richterin, die ihn verurteilt hatte, dem Angeklagten Hans Fabry ausgedehnte Reisen in ferne Länder, mit denen die Bundesrepublik Deutschland kein Auslieferungsabkommen hat – nach Mexiko und Brasilien. Und an den Stränden von Acapulco und Rio de Janeiro meinte Hans Fabry hinter der richterlichen Großzügigkeit manchmal die verstohlene Hoffnung zu spüren, daß er nicht zurückkehren, daß er fliehen möge, damit die Justiz den peinlichen Fall vom Halse hätte. Doch er stellte sich, bei Polizei und Justiz, wann immer er einen Termin hatte.

Im Sommer 1980 wurde die Revision verworfen. Nun war das Urteil rechtskräftig, nun hätte sich Hans Fabry eigentlich in der hessischen Vollzugsanstalt Schwalmstadt einfinden müssen, um seine Strafe abzusitzen. Doch er ließ sich – unbeaufsichtigt und mit ausdrücklicher Genehmigung der Justiz – in der William Wyler-Klinik in Bad Nauheim, die einem Luxushotel ähnlicher ist als einem Spital, das leidende linke Bein behandeln. Und bald darauf ging der Verurteilte wieder seinen Geschäften im Frankfurter Bahnhofsviertel nach, leibhaftig und unbehelligt von Polizei und Justiz. Er lebte nicht schlecht. Als Mann des Bahnhofsviertels zierte er sich nicht, die Gefälligkeiten in Anspruch zu nehmen, die ihm so großherzig gewährt wurden. Für die Männer des Milieus gehört es zur Strategie des Überlebens, daß sie sich der Artigkeiten bedienen, die ihnen seitens der Obrigkeit aus Gründen der Ratlosigkeit, der Bequemlichkeit oder der Korruption erwiesen werden.

Hans Fabry aber meinte hinter der Großzügigkeit der Justiz das schlechte Gewissen jener zu erkennen, die ihn verurteilt hatten, obwohl er in Notwehr getötet hatte. Nun betreibt er die Wiederaufnahme seines Verfahrens.

Der 4. August 1980, ein Montag, war im Frankfurter Bahnhofsviertel ein ganz gewöhnlicher Tag. Die Menschen, die im „Milieu" dieses Viertels nach Gewinn streben oder eine Zuflucht suchen oder ihren Leidenschaften frönen oder auch nur ihren vergeblichen Hoffnungen nachhängen, waren von Gier besessen, von Not gebeutelt, von Angst bedrängt, wie sie es die Tage zuvor auch gewesen waren und an den kommenden Tagen sein würden. Tiefere Gefühle wie Zuneigung oder gar Liebe, heitere Regungen, Empfindungen echten Glücks sind im Milieu des Bahnhofsviertels selten.

An diesem 4. August 1980 fand im Bahnhofsviertel ein Zechgelage statt, das – sieht man sich die Beteiligten und ihre Verstrickungen an – sehr dazu geeignet ist, ein Schlaglicht auf menschliche Entfremdung und politischen Verfall in diesem Frankfurter Stadtquartier zu werfen. Denn es waren keine harmlosen Zecher, die am Abend dieses Tages miteinander tranken, sondern drei Bordellwirte und ein leitender Beamter der Stadt, der vor den Ohren dieser Männer sein Ansehen und seine Würde in Gefahr brachte.

Dem Leser, der sich seinen Lebensunterhalt unter rechtschaffenen Umständen, mit ehrlicher Arbeit verdient, mag schon absonderlich erscheinen, daß sich ein deutscher Beamter zu Männern an den Tisch setzt, die so etwas Anrüchiges wie ein Bordell betreiben. Es mag den Leser weiter irritieren, wenn er weiß, daß zwei dieser Männer im Frankfurter Bahnhofsviertel außer ihren Bordellen auch einige Bars betreiben und daß der Beamte eine leitende Persönlichkeit des Städtischen Ordnungsamtes war, das solchen Etablissements die profitable Nachtkonzession erteilt. Vollends empört mag der Leser schließlich sein, wenn er erfährt, daß dieser Beamte bei den Bordellwirten tröstlichen Zuspruch suchte, weil man ihm vielerorts nachsagte, er habe sich einem anderen Boß des Milieus verkauft und würde von ihm zu immer neuen Zugeständnissen gezwungen.

Im Verständnis jener Menschen jedoch, deren Geschicke diesem Milieu auf die eine oder andere Art verhaftet sind, im Verständnis der Zuhälter und ihrer Huren, der Diebe, Dealer, Hehler, Junkies und Ganoven, der Falschspieler, Falschmünzer, Waffenschieber, Killer und Gorillas, der millionenschweren Bordellbesitzer und armen Eckensteher, aber auch im Verständnis der Polizisten und des evangelischen Gemeindepfarrers stellt sich ein solch gemeinsamer Umtrunk als durchaus alltäglich dar. Jener Ordnungsbeamte ist in Frankfurt nicht der erste, der sich um seine Nachtruhe gebracht sah, weil man ihn der Korruption verdächtigte. Ein Zechgelage aus solchem Anlaß hätte sich mit ähnlicher Beteiligung unter jedem beliebigen anderen Datum ereignen können, und deshalb war der 4. August 1980 ein ganz gewöhnlicher Tag.

Abends neun Uhr setzten sich die vier Männer am offenen Fenster um den längsten Tisch des Restaurants „La Calèche" im Erdgeschoß des Hauses Elbestraße 32. An der Wand über ihren Köpfen hing ein goldgerahmtes Ölgemälde, auf dem sich ein unbekleidetes Mädchen mit schwellenden Formen bäuchlings auf seidenen Kissen räkelte. Das Bild war eine respektlos verkitschte Kopie der Liegenden von François Boucher. Die Bar im hinteren Bereich des Lokals wurde von einem riesigen Adler aus verzinktem Metall beherrscht, der eine alte italienische Espresso-Maschine krönte. Eine hübsche Blondine stand hinter der Bar. Sie gehorchte beflissen den Befehlen, die ihr vom langen Tisch am Fenster zugerufen wurden.

Sie wurden ihr von Karl „Kalli" Baumüller, der einst aus Düsseldorf nach Frankfurt gekommen war und von Hans Fabry erteilt. Kalli Baumüller und Hans Fabry waren an jenem Abend Gastgeber. Ihnen gehört das Restaurant „La Calèche" wie auch, neben anderen Betrieben im Milieu, das Luxusbordell „Sauna 2000", das hinter dem Restaurant – und von diesem durch die Küche getrennt – seinen opulent eingerichteten Salon und einen intimen Diningroom hat. Von morgens um zehn bis morgens um vier treffen die Gäste des Hauses auf den Fauteuils des Salons unter zwanzig Bikini-Schönheiten ihre Wahl, um sich später im Kellergeschoß darunter zwischen lauschigen Gemächern mit römischem Bad und solchen ohne Badegelegenheit zu entscheiden. Im Untergeschoß gibt es zudem einen indirekt beleuchteten Swimming-Pool, außerdem – hinter einer hitzebeständigen Glaswand – eine kleine Sauna und, abseits von allem, einen Raum mit langer Bar, Hocker und Sofas aus schwarzem Leder.

Dieses Bordell repräsentiert einen Wandel im Metier – mit seinem Einrichtungsaufwand und seiner raffinierten Küche einen nostalgischen Rückgriff auf Miss Warren's üppiges Gewerbe und mit seinen Zahlungsmodalitäten eine unternehmerische List, die auf eine Wiederbelebung der in Raffgier ermüdeten Konjunktur der Branche zielt. Hier zahlt der Gast – anders als in den herkömmlichen Zwingburgen des Gewerbes – an der Kasse, ehe er geht, statt bei der Hure, wenn er kommt. Und anders als in den 25 anderen Bordellen des Bahnhofsviertels, bestimmt er, wie lange er bleibt, selbst wenn es Stunden dauert.

Die unternehmerische List richtet sich nicht gegen ihn, sondern gegen die Mädchen: Da sie ihre 140 – und wenn er ein Zimmer mit Bad nimmt – 200 Mark pro Begegnung nicht bei seinem Eintritt vom Gast, sondern bei Schichtende vom Geschäftsführer bekommen, da dem Gast außerdem die Möglichkeit der Beschwerde offensteht, sehen sich die Mädchen zu äußerster Liebesmüh veranlaßt. Dennoch sind die meisten gerne in diesem Haus. Hier, glauben sie, haben sie eine „solide" Klientel, und darunter verstehen sie: keine „Proleten", keine „Ganoven", keine „Kanaken". Zudem müßten sie einem anderen Bordellwirt von ihrer „Kuppe" – das ist im Jargon des

Milieus ihr Tagesverdienst – runde 100 bis 120 Mark abgeben. Dagegen begnügen sich Kalli Baumüller und Hans Fabry mit dem vergleichsweise bescheidenen Tagessatz von 75 Mark.

Diese beiden Männer sind nun gänzlich anders, als man sich einen Bordellwirt vorstellen mag. Kalli Baumüller, der die Vierzig überschritten hat, ist ein Mann von wacher Intelligenz und milieufremder politischer Anteilnahme, ein „Linker", wie er sich mit ironischem Unterton selbst beschreibt. Wenn er seine Hornbrille abnimmt, sieht er jünger und harmloser aus. Er hat, wie er ohne Brille mit blauäugigem Blinzeln bekundet, mehr als einmal eine Konfrontation mit der Justiz gehabt, und er ist in seinem ganzen Leben nicht ein einziges Mal verurteilt worden.

Im Milieu gibt es Leute, die ihn respektvoll den „Paten des Bahnhofsviertels" nennen, was hinsichtlich seines tatsächlichen Ranges in der Hierarchie dieses Gemeinwesens sicherlich zuviel der Ehre ist, was seine Solidarität mit den Verfolgten staatlicher Sühne und seine Autorität als deren Ratgeber jedoch treffend kennzeichnet. Wer Ärger mit der Polizei, Angst vor dem Richter oder auch Besorgnisse wegen einer zwielichtigen Milieukonkurrenz hat, findet in Kalli Baumüller stets einen teilnahmsvollen Zuhörer. Insofern war es nur folgerichtig, daß sich der korruptionsverdächtige Beamte des Ordnungsamts an Kalli Baumüllers Brust ausweinte.

Sein Freund und Partner Hans Fabry ist im gemeinsamen Unternehmen, das sie erst nach dem Tod des Geheimagenten in den Räumen der gescheiterten Scala eröffnet haben, gewissermaßen der Technische Direktor, ein vielseitig begabter Handwerker. Er schuf das innere Gepränge der „Sauna 2000" größtenteils von eigener Hand und drückte die Baukosten auf diese Weise unter die Zwei-Millionen-Grenze. Auch Porschefahrer Hans Fabry ist nicht der Typ des Gewalttäters, sondern mit sprödem, dunklen Haupthaar, hellem Blick, weichem Mund und dem westfälischen Kloß, der ihm beim Sprechen über die Kehle rollt, eher der eines Selfmadedandys.

Es war am 4. August 1980 nicht das erste Mal, daß sich der Beamte des Ordnungsamts bei Kalli Baumüller und Hans Fabry einfand, um sich unter ihren mitleidsspöttischen Blicken – und in Gegenwart des Bordellwirts Karl Hausmann* – von der

* Der Name wurde geändert

Seele zu reden, was ihn bedrückte. Wem auch hätte er sich anvertrauen sollen? Seinen Kollegen, von denen einige ähnlich verdächtigt wurden? Oder jenen Kollegen, die – wie der ehemalige Leiter des Ordnungsamts – wegen derlei Verfehlungen kaltgestellt oder versetzt worden waren? Wie muß man sich eigentlich den Umgang zwischen Staatsdienern vorstellen, die mit der Selbstherrlichkeit des preußischen Beamtentums alter Schule auch deren Tugenden überwunden haben? Verstecken sie sich voreinander? Lachen sie sich ins Fäustchen – oder den Bürger aus?

Die vier Männer tranken bis zum anderen Morgen um drei. Von Hersch „Henry" Beker, millionenschwerem Milieuspekulanten, Eigentümer mehrerer Liegenschaften, die Bordelle, Lokale und Spielklubs beherbergen, war die Rede. Aber auch von einem zwielichtigen Türken, der im Bahnhofsviertel einst eine große Rolle gespielt hatte und nun in Paris lebte. Ihn hatte man ausgewiesen, nachdem ruchbar geworden war, daß er Beamte des Offenbacher Ordnungsamtes bestochen hatte. Und kurz darauf war im Aktenraum der Frankfurter Ordnungsbehörde Feuer ausgebrochen. Nun schrieb er dem Leiter dieser Behörde aus Paris, welcher Beamte, des Schreibers Meinung nach, Bestechungsgelder angenommen hatte und von wem.

Henry Beker, Fahrer eines weinroten Rolls-Royce, gilt unter den mächtigen Bossen des Bahnhofsviertels als Nummer eins. Er hat sich diese Position in fünfzehn aktiven Jahren erstritten.

Henry Beker ist Jude. Und es läßt sich nun nicht mehr leugnen, daß das Bahnhofsviertel zu einem erheblichen Teil von Angehörigen seines Volkes beherrscht und gemanagt wird, von Zuwanderern aus dem europäischen Osten, manchmal von Deserteuren der israelischen Armee, vereinzelt von Verdrossenen des jüdischen Kleinstaats, die in Israel „Jordim" genannt werden, „Abtrünnige". Manchem von ihnen – wenn er mit verwegenen Mitteln um die Fleischtöpfe dieses Viertels ringt – mag der Holocaust als Alibi gelten, gewiß zum Leidwesen anderer jüdischer Bürger Frankfurts, die mit diesem Milieu nichts zu tun haben. Im Bahnhofsviertel jedoch bilden Juden mit deutschem Paß und solche mit befristeter Aufenthaltserlaubnis eine Diaspora ihres Volkes, die sich jeder Konkurrenz und allen anderen Völkern, die dort ihr Süppchen kochen, bislang gewachsen zeigte.

Gegenüber dem Ordnungsamt bemühen sie sich um den Anschein artigsten Wohlverhaltens. Denn das Ordnungsamt verfügt, ob ein Lokalbesitzer seinen Betrieb nächtens um eins oder um vier schließen muß, oder ob er gar bis sechs Uhr morgens geöffnet haben darf. Zwar stützt diese Behörde ihre Entscheidungen auf Empfehlungen des Vierten Polizeireviers und des Zehnten Kriminalkommissariats, das für die Sittlichkeit zuständig ist, doch sind diese Empfehlungen vollkommen unverbindlich. Und so haben die Ausschuß-Sitzungen, in denen sich die Vertreter dieser drei Dienststellen zweimal jährlich über die Vergabe von Konzessionen besprechen, für die Ordnung im Bahnhofsviertel nur geringe Bedeutung.

Von eins bis vier in der Nacht wird im Bahnhofsviertel das meiste Geld verdient. Also ist die sogenannte Vieruhrkonzession, die einem Lokalbesitzer den Barbetrieb bis vier Uhr morgens erlaubt, dem durch sie Begünstigten außerordentlich wertvoll. Noch mehr wird jedoch bis sechs verdient, solange es nur wenige Kneipen gibt, die den späten Nachtschwärmern ein Steak und ein Bier verkaufen dürfen. Tatsächlich gibt es bislang nur ein Lokal, das diesen Vorzug genießt, „Henrys Pinte" in der Moselstraße: Eigentümer Henry Beker.

Das Ordnungsamt war über sein Vorleben informiert, als es ihm die Sechsuhrkonzession erteilte. Nun beklagte sich der Beamte, der an dieser Konzessionsvergabe maßgeblich beteiligt war, bei den drei Bordellwirten im Restaurant „La Calèche" über die Verdächtigungen, denen er sich ausgesetzt sah, über die Gerüchte, die ihn verfolgten. Doch er war in diesem Kreis nicht der einzige, den eine Besorgnis drückte. Auch seine Tröster wurden von Ängsten heimgesucht. Hans Fabry fürchtete den Strafvollzug, dem er endgültig noch nicht entronnen war. Was aber fürchtete Karl Hausmann, ein Mann von bulliger Statur, dessen Augen hinter fleischigen Wülsten nahezu versteckt waren? Was gewärtigte Kalli Baumüller?

Die drei Bordellwirte hatten sich im rauhen Milieu des Bahnhofsviertels, in dem es von hundert, die es versuchen, meist nur einer schafft, ziemlich weit nach oben geboxt. Sie waren Veteranen dieses Milieus. Sie waren zwar aus dem Nichts zu Millionären geworden, doch sie verfügten über keinerlei politischen Einfluß.

Die drei Bordellwirte konnten allenfalls als das mittlere Management höherer Autoritäten gelten, Begünstigte in einer Verteilung der Risiken und Ressourcen, bei der sie nur ein beschränktes Mitbestimmungsrecht hatten.

Für sie konnte es nur noch darum gehen, daß sie sich auf den einmal erstrittenen Plätzen hielten. Doch es gibt keine Koexistenz im Bahnhofsviertel. Es gibt auch hier nur den Frieden, den die Abschreckung garantiert. Um diesen trügerischen Frieden, um die Verteidigung einmal erkämpfter Markt- und Profitanteile, kreisten die Sorgen dieser Männer. Selbstverständlich sprachen sie über ihre Sorgen nicht wie der Beamte über die seinen, nämlich mit weinerlichem Unterton.

So fand Karl Hausmann, Beschützer einer dreißigköpfigen Damenriege, zu einer starken Stimme, wenn er sich über die schwarzen Zuhälter äußerte, die seit dem Frühjahr 1979 wie eine mählich anschwellende und an Bedrohlichkeit zunehmende Herausforderung ins Milieu gesickert waren. Aber zu der Entschlußkraft, mit der er sich ihrer hätte erwehren können, fand er nicht.

Die Schwarzen waren aus Ghana, Gambia, Kamerun, dem Senegal und der Karibik nach Frankfurt gekommen und leben, teils mit französischem Paß, echt oder gefälscht, teils mit der „Duldungsbescheinigung" der Ausländerbehörde für Asylbewerber, in den Hotels „Ebel" in der Taunusstraße und „Nürnberg" in der Moselstraße. Es waren Männer mit kraftstrotzender, kraftsparender Gangart und goldenen Ketten auf dem Schweißglanz der Brust, die zumeist in Rudeln auftraten und an ihren Frauen so viel verdienten, daß sie bald imstande sein würden, sich für alle Zukunft im Milieu einzukaufen. Das aber konnten die deutschen Bordellunternehmer nicht hinnehmen.

Es gab im Sommer 1980 26 Bordelle im Bahnhofsviertel und um die 250 schwarze Huren, die – teils als Touristinnen, teils als Asylbewerberinnen – in diesen Häusern wirkten. Darüber waren die Bordellwirte anfangs keineswegs unfroh gewesen, denn der Mangel, der allen am meisten zusetzte, war der Mangel an liebeswilligen Mädchen. Alle Häuser waren unterbelegt, und die Bordellwirte mußten ihren Hausbesitzern allmonatlich 30000 bis 50000 Mark Pacht bezahlen. Sie brauchten mehr Huren.

Doch den schwarzen Frauen waren ihre schwarzen Ausbeuter gefolgt. Diese Männer sprachen ein kehliges Französisch in Preß- und Diskantlauten, das nur von ihresgleichen verstanden wurde. Sie begnügten sich nicht mit Zuhälterei, die in der Bundesrepublik seit der Liberalisierung des Sexualstrafrechts nur noch in ihrer räuberischen Variante verfolgt wird – wenn sie mit Gewalttätigkeit und Erpressung einhergeht. Die Afrikaner waren vor allem Dealer. Sie hatten ihre Frauen, von denen fünf bis acht auf einen schwarzen Gigolo kamen, mit Heroin angefixt.

Sie warteten nicht vor der Bordelltür, bis die Frauen zu ihnen herauskamen, um Löhnung gegen „Dröhnung" zu tauschen. Es geht auf eine Übereinkunft zwischen dem Ordnungsamt und den Bordellpächtern zurück, daß kein Zuhälter seine Frau im Bordell besuchen darf, etwa um sie abzukassieren oder anzuspornen. Doch die Schwarzen respektierten diese Regel nicht. Sie hatten die Taschen voller kunstvoll gefalteter Papierpäckchen mit dem grauen Derivat des Opiums, wenn sie – an Pächtern, deren Wirtschaftern, an Bordellkantiniers und Leibwächtern vorüber – in die Bordelle gingen. So sahen sich die deutschen Patriarchen schwarzer Huren, aber auch ihre jüdischen Bosse in die gefährliche Nähe des Rauschgifthandels gerückt, mithin ins Visier der Drogenkommission des Polizeipräsidiums.

Sie mußten zuschlagen. Und sie taten es ohne jegliche Tarnung unter den Augen der Polizei. Von diesem „Zuhälterkrieg", wie die Frankfurter Presse die kurze, erfolgreiche Fehde nannte, wird noch an anderer Stelle die Rede sein. Jedenfalls konnte der schnelle Sieg nicht endgültig und der Friede nicht von Dauer sein, solange die schwarzen Frauen im Bahnhofsviertel blieben.

Jedem Bordellwirt war klar, daß man sich der afrikanischen Eindringlinge erst ledig sein würde, wenn man auch ihre Frauen verstieß, wenn man die Männer um die Quellen ihres Profits brachte. Ein Bordellvater jedoch, der einer größeren Anzahl schwarzer Frauen in seinem Haus Schlaf- und Beischlafstätte eingeräumt und gut daran verdient hatte, mußte für geraume Zeit mit beträchtlichen finanziellen Einbußen rechnen, falls er sie per Massenkündigung verstieß. Denn es würde lange dauern, ehe es ihm – womöglich mit Hilfe auswärtiger Zuhälter, die auf ihre Chance warteten und seine Schwäche erkannten – gelingen konnte, den schwarzen Verlust mit weißem Ersatz auszugleichen.

In dieser Lage befanden sich vor allem Karl Hausmann und zwei andere Bordellpächter, in deren Häusern die Hautfarbe Schwarz erheblich überwog. Als ihnen von den Bordellwirten überwiegend weißer, mehrheitlich deutscher Mädchen die Aussperrung der schwarzen Huren nahegelegt wurde, stimmten die beiden anderen Milieuunternehmer, zwar bekümmert, doch beherzt, dem Vorschlag zu. Karl Hausmann aber lehnte ihn ab. Da nur ein gemeinschaftlicher Boykott wirkungsvoll gewesen wäre, blieben die schwarzen Frauen. Also blieb die schwarze Bedrohung.

Über nichts wird im Bahnhofsviertel so hitzig und so beklommen debattiert wie über Vertreibung und Verfolgung, über erlittene wie befürchtete, geplante wie vollstreckte, polizeiliche, aber auch politische. So war es an jenem und so ist es an jedem anderen Tag. Und kein Gefühl wird so stark empfunden wie die Angst – Verlustangst, Existenzangst, Todesangst. Auch im Hause Elbestraße 32 wurden diese Ängste erlitten, nicht nur im behaglichen Ambiente des Erdgeschosses, wo drei Bordellwirte und ein Beamter miteinander zechten. Nicht nur in der schwülstigen Eleganz des Freudenkellers, in dem es auch farbige Huren gab, war die Furcht zu Hause, sondern ebenso in den vier Etagen darüber, in denen das nackte Elend herrschte, denn dort hausten Asylbewerber aus Eritrea.

Gleichgültig jedoch, aus welchen Gründen sich die Menschen in diesem Hause aufhielten, ob sie hinter seiner Fassade Lust oder Trost oder Profit oder eine Zuflucht suchten, ob sie tapfer oder feige waren – die meisten hatten Angst. Die jungen Huren Corinne und Jennifer, ebenholzfarben die eine, milchkaffeebraun die andere, beide im Besitz eines französischen Passes, fürchteten das Urteil eines deutschen Gerichts, während die deutschen Huren desto sehnsüchtiger darauf warteten. Vor dem Bundesverwaltungsgericht in Berlin war in jenen Tagen ein Revisionsverfahren anhängig, in dem es um die Frage ging, ob Prostitution eine sozial schützenswerte Tätigkeit und – ökonomisch – ein Gewerbe ist. Von dieser Fragestellung wußten die Betroffenen freilich wenig. Wenn die Richter sie jedoch negativ entschieden, dann würde es den deutschen Ordnungsbehörden künftig gestattet sein, alle Huren, die nicht aus Ländern der Europäischen Gemeinschaft stammten, aus der Bundesrepublik auszuweisen. Dann würden Corinne und Jennifer innerhalb von knappen 24 Stunden ihre Siebensachen packen und nach Frankreich gehen müssen, wo sie ihrer Herkunft und ihrer Hautfarbe wegen auch nicht willkommen waren. Die deutschen Mädchen aber würden aufatmen, sie hätten dann eine oft beneidete und vielmals verwünschte Konkurrenz vom Halse.

Die Eritreer in den Obergeschossen des Hauses Elbestraße 32 aber fürchteten, daß ihnen das politische Asyl verweigert werden würde, um das sie bei der Ausländerbehörde des Ordnungsamts gebeten hatten. Noch sprachen sie die deutsche Sprache nicht. Noch verstanden sie die Schmähungen nicht, die ihren eiligen Schritten folgten, wenn sie durch diese absonderliche, erschreckende Glitzerwelt des Bahnhofsviertels strebten. Doch aus den Stimmen hörten sie den Haß heraus. In den Gesichtern vieler weißer Menschen, an denen sie vorübergingen, lasen sie, wie unerwünscht sie waren. Sie hatten sich Deutschland in den von Schmerz und Blut erfüllten Straßen Asmaras, der Hauptstadt ihres Landes, so gänzlich anders vorgestellt. Daß ihnen dieses friedliche Deutschland die Zuflucht gleichzeitig verhieß und offenkundig mißgönnte, vermochten sie nicht zu begreifen. Daß dieses reiche Deutschland, von dem in aller Welt gesagt wird, es habe sich seinen Wohlstand mit harter Arbeit und rastlosem Fleiß erworben, in aller anschaulichen Wahrheit des Bahnhofsviertels ein Land der Unmoral und der Sünde war, erschreckte sie, denn sie waren Christen, und ihre Frauen hatten sich das Kreuz der koptischen Kirche des Herrn auf die Stirn tätowieren lassen, unauslöschlich bis ans Ende ihrer irdischen Tage. Und daß dieses, allem oberflächlichen Anschein nach so wohltätige Deutschland sie gleichzeitig ernährte und in einem unbeschreiblichen Schmutz vergaß, verwirrte sie vollends.

Sie hatten eine lange, opferreiche Flucht hinter sich. Immer noch kämpfte ein Häuflein Unentwegter in den heißen Bergen ihrer Heimat gegen die überlegen bewaffnete äthiopische

Armee für die Unabhängigkeit Eritreas. Jeder von ihnen hatte Opfer zu beklagen, den Bruder, den Mann, den Sohn. Nun fürchteten sie die Vertreibung aus dem unwirtlichen Deutschland.

Sie wußten nicht, daß sie in Kalli Baumüllers Alpträumen wohnten. Sie kannten ihn gar nicht. Was hätten sie wohl gefühlt, hätten sie gewußt, daß sie Schachfiguren im Ränkespiel zweier Bosse des Bahnhofsviertels waren?

Tatsächlich hatte Kalli Baumüllers Angst – oder sagen wir seine Besorgnis, denn die Bekundungen seiner Furchtlosigkeit haben etwas Überzeugendes – mit der Gegenwart dieser Flüchtlinge zu tun. Sein Gegenspieler, der sich der Eritreer bediente, um seinen Profit zu mehren, ist ein unauffälliger Mann mit gleichgültigem Gesichtsausdruck, den Fünfzig nahe, der sich gewöhnlich schlicht, wenn nicht schäbig kleidet. Er heißt Heinrich Gaumer und ist der Eigentümer der Häuser Elbestraße 30 und 32.

Ihn kannten die Eritreer. Denn als sie sich bei ihm über die unwürdigen Wohnverhältnisse beschweren wollten, die er ihnen für 35 Mark pro Nacht und Bett zumutete, antwortete er:

"If you don't like it – move!"

Dieser Heinrich Gaumer hatte Kalli Baumüller und Hans Fabry den verkommenen Keller seines Hauses und das kaum weniger vernachlässigte Erdgeschoß vor knapp zwei Jahren für eine monatliche Miete von 3500 Mark zu milieugerecht gewerblicher Nutzung überlassen. Als seine neuen Mieter andeuteten, was sie aus den heruntergekommenen Räumen machen wollten, hatte Heinrich Gaumer nur ungläubig gegrinst. Ihm konnte es recht sein, solange er seine Miete bekam, aber er hatte keine Sekunde daran geglaubt, daß Kalli Baumüller und Hans Fabry mit ihren ehrgeizigen Plänen Erfolg haben würden.

Den aber hatten sie. Die „Sauna 2000" wurde unter den Bordellen des Bahnhofsviertels innerhalb kurzer Zeit zur ersten Adresse und – namentlich für die Messegäste der Stadt Frankfurt, die der Vorkasse und des kalten Nachspiels in den herkömmlichen Niederlassungen des Gewerbes überdrüssig waren – zum beliebten Ziel einer späten, gemütlichen Einkehr. Doch wie das im Bahnhofsviertel so geht, konnte es nicht ausbleiben, daß der Erfolg des neuen Unternehmens die

Begehrlichkeit anderer Unternehmer weckte. Aber nicht Kalli Baumüller und Hans Fabry wurde für das Millionending mit Pool und Sauna ein Angebot gemacht. Es war Heinrich Gaumer, der Hausbesitzer, dem für Keller und Erdgeschoß seines Hauses eine Monatsmiete von 25000 Mark angetragen wurde, sofern es ihm gelänge, seine Mieter auf die eine oder die andere Art zur Aufgabe ihres Geschäfts zu bewegen.

Heinrich Gaumer mag noch überlegt haben, wie sich die Bedingung erfüllen ließ, die an das verlockende Angebot geknüpft war, als die eritreischen Flüchtlinge gerade von Asmara nach Khartoum unterwegs waren. Auf wenigen Kamelen, die meisten jedoch zu Fuß, schleppten sie sich durch den Süden des Sudan, der in mehreren Dürrekatastrophen zur Todeszone verödet war. Es waren zerrissene Familien, die sich in einer Karawane des Elends über runde 1000 Kilometer hinweg unter der glühenden Junisonne der sudanesischen Hauptstadt näherten – Frauen ohne ihre Männer, Jünglinge ohne ihre Väter und Brüder. Sie wußten viele ihrer Angehörigen in äthiopischen Gefängnissen, oder sie hatten sie durch die Kampfhandlungen verloren. Unter den Flüchtlingen waren Männer, an deren Gliedmaßen die Wunden der Folter schwärten. Die Männer schleppten die Bündel und Kisten mit den letzten Habseligkeiten aller und die Frauen ihre kleinen Kinder.

Diese Menschen dachten auf ihrem beschwerlichen Marsch noch nicht an Deutschland. Das sagen sie jedenfalls, und es klingt glaubhaft. Sie wußten nur, daß Khartoum ihr nächstes Ziel war und daß der Sudan ihnen eine vorübergehende Zuflucht gewähren würde, keinerlei Verdienstmöglichkeit indes, keinen Job. Denn der Sudan ist ein armes Land.

Erst in Khartoum, als sie es endlich erreicht hatten, erfuhren die Eriteer, daß die reiche Bundesrepublik Deutschland eine großherzige Nation ist. Und wenn sie heute darüber sprechen, was sie damals erfuhren, dann scheint es, als sei ihnen mit einer gewissen Methodik mitgeteilt worden, daß die Bundesrepublik Asyl und Arbeitsplatz jedem Menschen dieser Erde gewährt, den politische Verfolgung aus seiner Heimat vertrieben hat, den die Gesinnung des politisch Andersdenkenden in ihr nicht mehr leben ließ. Irgendwie bekamen sie das Geld für ein Flugticket von Khartoum über Sofia nach Frankfurt zusammen. Ihre eritreischen Brüder in Khartoum hätten es ihnen vorgestreckt, sagen sie, denn in der Not seien alle Eritreer Brüder.

Es mag in diesen Tagen gewesen sein, denn lange hatte Heinrich Gaumer über sein Problem gewiß nicht nachdenken müssen, daß er darauf kam, wie er Kalli Baumüller und Hans Fabry um die Früchte ihres Sauna-Wirkens bringen konnte. Gerade hatte in Frankfurt eine hitzige Diskussion über die Probleme begonnen, die der Stadt aus dem wachsenden Zustrom von Asylbewerbern aus der Dritten Welt erwuchsen. Im Jahre 1978 hatte Frankfurt 2154 dieser Menschen aufgenommen und ihnen das schmähliche Etikett „Asylanten" angehängt. 1979 waren es rund 4000 gewesen. Und jetzt kamen 30 pro Tag. Die Stadt hatte für ihre zunehmend unerwünschten und mit wachsendem Verdruß geduldeten Gäste keine Quartiere mehr. Das Sozialamt, das zum Tarif des jeweiligen Hauses für die Übernachtungskosten der Asylbewerber aufkam, bettelte bei Frankfurter Hoteliers um die Überlassung von Zimmern.

Im Schatten des Hauptbahnhofs waren bereits die Hotels „Teheran", „Tourist" und „Wiesbaden" in der Baseler, „Terminus" und „Gloria" in der Münchener, „Central" und „Palace" in der Gutleutstraße, „Victoria", „Elbe" und „Atlantic" in der Elbe-, „Saloniki", „Ambassador" und „Nürnberg" in der Moselstraße, das Hotel „Merkur" in der Eßlinger und das Hotel „Ebel" in der Taunusstraße mit Asylbewerbern belegt, einige vom Keller bis zur Dachtraufe. In den Hotels wohnten überwiegend Afghanen, aber auch Inder und Pakistanis und natürlich die afrikanischen Loddels, von denen einige – der Zuhälterkrieg hatte noch nicht begonnen – im Asylrecht der Bundesrepublik eine gefällige Tarnung ihrer kriminellen Umtriebe gefunden hatten.

Die Zuwanderer vom indischen Subkontinent – Flüchtige aus Indien, Pakistan, Bangladesh und Sri Lanka – hatten vorzugsweise in verelendeten Mietshäusern an der Speicher-, der Schleusen- und der Taunusstraße eine Unterkunft gefunden. Sie unterschied sich allenfalls durch die Fassade des Hauses von den Slums, aus denen diese Menschen teilweise gekommen waren. Obwohl das Hessische Wohnungsaufsichtsgesetz jedem Hausbewohner eine Mindestwohnfläche von neun Quadratmetern zubilligt und Hauswirte, die gegen diese Bestimmung verstoßen, mit Bußgeldern bedroht, schliefen in diesen Quartieren zwei und manchmal drei Asylbewerber in einem Bett. Und oft hatten sie nur eine Matratze.

In Mietshäusern und Hotels rund um den Hauptbahnhof lebten Anfang Juni 1980 rund 2500 Asylsuchende aus der Dritten Welt. Und es kamen immer mehr. Ein einziges Mal hatten sich Polizei, Sozialamt, Gesundheitsamt, Wohnungsamt und Bauaufsicht zu einer konzertierten Aktion verabredet und in den Häusern Schleusenstraße 6 und Taunusstraße 30 überfallartig nach dem Rechten gesehen. Sie drangen in Etagen ohne Kochgelegenheiten, in undichte, schmutzstarrende Toiletten, in Räume voller Unrat und Wasserlachen ein, in denen die Menschen dicht beieinander auf Fußböden und Betten hockten, für eine Schrecksekunde aus ihrer Apathie gerissen.

Im Hause Schleusenstraße 6, in dem 25 wohnen dürfen, lebten 65, in der Taunusstraße 30 gar 100. Der Besitzer beider Häuser, ein Mann namens Ernst Lerp, der für jeden Bewohner dieses Elends wöchentlich 45,50 Mark vom Sozialamt bekommen hatte, wurde mit einem Bußgeld von 20000 Mark bestraft. Zu einer erneuten Razzia dieser Art, etwa in den Asylantengettos an Eßlinger und Speicherstraße, fanden sich die Behörden dann kaum noch bereit. Sie kannten die Realität. Zur Kenntnis nehmen mochten sie solche Wirklichkeiten nicht mehr. Wo hätten sie die überzähligen Bewohner dieser Massenquartiere unterbringen sollen?

Diese, für die Stadt Frankfurt und die Asylbewerber gleichermaßen fatale Situation fügte sich trefflich in die Pläne Heinrich Gaumers. Er machte sich die Ratlosigkeit des überforderten Magistrats und das Getriebensein der Flüchtlinge zunutze, um – das war sein Endziel – Kalli Baumüller und Hans Fabry aus der „Sauna 2000" zu vertreiben. Dabei ließ sich – abgesehen von der angestrebten höheren Miete für die beiden Untergeschosse seines Hauses Elbestraße 32 – auch noch eine schöne Stange Geld verdienen.

Auch Heinrich Gaumer besaß ein Hotel, das völlig verwahrloste Hotel „Regina" nämlich – einige Kilometer vom Bahnhofsviertel entfernt –, am altstädtischen Ende der Zeil. Es wurde von den Huren dieses Viertels als Absteige benutzt. Einige Zimmer stellte Heinrich Gaumer dem Sozialamt für Asylbewerber zur Verfügung. Die anderen vermietete er auch fortan stundenweise. Gleichzeitig ließ er in seinen Häusern Elbestraße 30 und 32 von jugoslawischen Arbeitern, die er illegal beschäftigte, ein paar Mauern einreißen und den gröbsten Schmutz beseitigen. Früher hatten in den Etagen, in denen die Jugoslawen Schuttberge anhäuften, griechische Kürschner ihre Werkstätten gehabt – einige jener 350 pelzverarbeitenden Betriebe, durch die das Viertel am Frankfurter Hauptbahnhof zum Zentrum des deutschen Pelzgewerbes geworden ist. Kalli Baumüller und Hans Fabry ahnten nicht, was die Jugoslawen über ihren Köpfen vorbereiteten.

Doch am 21. Juni 1980 begannen sie sich Sorgen zu machen.

An diesem Tag wurde im Hof des Hauses Elbestraße 32 eine überraschend große Zahl billiger, weißer Metallbetten angeliefert. Die Jugoslawen trugen sie in die leeren Stockwerke des Hauses, in denen es nach Kalk und Mörtel roch.

Einige Stunden später kamen die ersten eritreischen Flüchtlinge. Wie eine verirrte Karawane schleppten sie sich, die Bündel auf dem Kopf, die Kinder an der Hand, unter den entrüsteten Blicken Ginas und anderer bejahrter Straßenhuren, die hier ihren Stammplatz haben, müde und verschüchtert ins Haus. Als Kalli Baumüller und Hans Fabry von diesem Einzug unterrichtet wurden, ahnten sie, was ihnen drohte.

Ihre Betriebe haben drei Eingänge. Das Restaurant „La Calèche ist durch eine biedere Tür ländlichen Zuschnitts von der Straße aus zugänglich. Wer in die „Sauna 2000" will, muß – die Schaukästen mit den fotografischen Studien freizügiger Badewonnen weisen ihm den Weg – durch die Toreinfahrt hindurch und sich im Hof nach links wenden. Dort findet er, unter weiteren Schaukästen, eine milchig beleuchtete Treppe, die in den Keller führt. An ihrem unteren Ende befindet sich – wie eine Badekasse mit Handtuchlager – der überaus sterile Zahlschalter der „Sauna 2000". Dort muß der Gast einer freundlichen Dame mit grauem Tituskopf 40 Mark aushändigen.

Durch den dritten Eingang, der sich am rückwärtigen Ende des Hofes im Souterrain des Hinterhauses befindet, kann er, auch ohne den Eintritt bezahlt zu haben, in die Bar des Bordells gelangen. Die anderen Räume des Etablissements sind ihm freilich verschlossen, solange er sich nicht zur Kasse bemüht. Doch sitzen an dieser Bar stets einige Damen in Dessous, die zum Angebot des Hauses gehören. Sind mal keine da, ruft die blonde Barfrau, die als einzige züchtig bekleidet ist, mit heiserer Stimme per Haustelefon im Salon an:

„Horst! Schick Frauen runter!"

Der Bargast kann diese Frauen betrachten, er kann sie zu Cocktails und Champagner bitten, er kann sich von Anblick und Umtrunk aber auch dazu anregen lassen, seine Schritte doch noch zur Kasse zu lenken, um dann – durch die Hintertür der Bar – im Bademantel wieder zu erscheinen.

Diese Raumordnung, dieses Gefüge der ungeschminkten und der beiläufigen Versuchung, der direkten und indirekten Zugänge zum Bordell, ist ein subtil zu Ende gedachtes System, das auf Verwirrung und Verirrung zielt. Es soll dem zaudernden Besucher den Eintritt ins Bordell gewissermaßen hemmschwellenweise erleichtern. Es soll ihm anfängliche Vorbehalte erlauben, den feilen Gedanken etwa, er würde nur ein Bier trinken, einen Blick riskieren und dann gehen. Dieses System verführt den Gast zu schrittweisen Entscheidungen, deren jede ihm den Rückzug, ja den Widerruf erlaubt.

Schließlich sind die meisten männlichen Messegäste nur einmal im Jahr Bordellbesucher, in den Tagen ihrer Messe nämlich. Sonst sind sie solide Familienväter mit einem empfindlichen Gewissen. Solche Männer entschließen sich nicht spontan, ihre Frauen zu betrügen und ihr Budget zu plündern. Solche Männer wollen verführt werden, sie erliegen nur einer läßlichen Sünde, sie sündigen ohne Verantwortung. Der Erkenntnis dieser Wahrheit entsprach das Raumsystem der „Sauna 2000".

Dieses System war fortan in Gefahr.

Denn es konnte nur funktionieren, solange die Toreinfahrt des Hauses einen unverdächtigen Eindruck machte, solange sie dem Ankömmling zu erkennen gab, daß er sie gefahrlos durchschreiten könne. Würden sich jedoch Männer dunkler Hautfarbe in dieser Toreinfahrt zusammenrotten, würden sie sich mit ihrer katzenhaften Lässigkeit, die auf Weiße so bedrohlich wirkt, gegen die Pfosten des Tores lümmeln, dann würden sich

Ledereinkäufer und Textilfabrikanten, Verlagsleiter und Werbeassistenten durch diese Pforte nicht mehr hindurchwagen. Dann wäre der Weg zu den Türen im Hof vom Trugbild einer schwarzen Fährnis blockiert.

Und so war es dann auch. In den folgenden Tagen kamen immer mehr Eritreer. Die ersten hatten die oberste Etage bezogen. Die nächsten zogen in die darunterliegenden Stockwerke ein, die letzten ins Nebenhaus. Schließlich ließ Heinrich Gaumer die hohe, geklinkerte Mauer einreißen, die zwischen den Höfen seiner Häuser Elbestraße 30 und 32 gestanden hatte – mutmaßlich, um die schwarze Gefahr zu massieren.

Doch die jungen eritreischen Männer waren nicht ganz der beängstigende Typ, den sich Heinrich Gaumer erhofft haben mag. Sie waren schlank und zierlich, einige fast verhungert. Ihre Haut war vielfach eher nougatfarben denn schwarz, und manche waren beinahe weiß. Sie hatten schmale Nasen und über ihren sanften, grüblerischen Augen, zwischen eingesunkenen Schläfen, zumeist eine hohe Stirn. Sie rotteten sich nicht zusammen. Sie lümmelten sich nicht gegen die Torpfosten. Wenn sie nicht einkaufen oder zum Sozialamt oder zur Ausländerbehörde gingen oder ihren Kindern hinterherliefen, dann saßen sie auf Heinrich Gaumers weißen Spitalbetten und lernten deutsch.

Aber die Kinder spielten in der Toreinfahrt. Und die Erwachsenen mußten durch sie hindurch, denn die Stiege des Hauses war nur von dort aus zugänglich. Die Kinder reckten ihre Hälse und betrachteten verständnislos die Schaukästen der „Sauna 2000", und manchmal lachten sie. Sie spielten auf dem Asphalt der Elbestraße, den angewiderten Straßenhuren zu Füßen. Sie spielten unter den Leuchtreklamen, die am frühen Nachmittag zu flimmern begannen, und sie mögen die Elbestraße für eine traumhafte Märchenwelt gehalten haben, die sie glücklich machte. Ihre Mütter jedoch und die jungen Männer, die mit den Müttern gekommen waren, sahen die Kinder mit tiefer Besorgnis in dieser Straße spielen, deren Wände und Schaufenster straßauf, straßab mit freizügigen Bildern dekoriert waren. Die Erwachsenen holten die Kinder immer wieder in den Hof des Hauses zurück, in dem sie lebten.

Das genügte schon. Die Abneigung vieler Deutscher gegen

das Andersgeartete sitzt so tief und ist so wach, daß ein paar farbige Kinder in fleckigen Hosen und bunten Rüschenkleidchen genügten, einem Bordell die Kundschaft zu vergraulen.

Für Heinrich Gaumer waren die Eritreer in mehrfacher Hinsicht ein gutes Geschäft. Denn er meldete sie nicht unter der Adresse an, unter der sie wohnten, sondern als Gäste seines Hotels „Regina". Das hatte zwei Vorteile für ihn: Erstens galt das Hessische Wohnungsaufsichtsgesetz mit seiner Neun-Quadratmeter-pro-Mieter-Vorschrift nicht in den Häusern des Übernachtungsgewerbes. Heinrich Gaumer konnte also außerordentlich viele Eritreer in seinen Häusern an der Elbestraße unterbringen. Und zweitens konnte er dem Sozialamt seinen Hoteltarif berechnen – 35 Mark pro Kopf und Nacht. Das Sozialamt – ahnungsvoll zwar, doch ratlos – zahlte.

Kalli Baumüller und Hans Fabry sannen auf Gegenmaßnahmen. Sie hatten nicht vor, das Geschäft, wohl aber das System aufzugeben. Sie gedachten, das Restaurant „La Calèche" zu schließen und die Bordellkasse an die Straßentür zu verlegen.

Das war an jenem 4. August 1980, als sie mit Karl Hausmann und dem Beamten des Ordnungsamts im noch vorhandenen Restaurant „La Calèche" zusammensaßen, beider Besorgnis. Mit der Kasse an der Straße und die hintere Bar geschlossen – das wußten sie – war die „Sauna 2000" nur noch die Hälfte wert. Vorerst aber wollten sie die weitere Entwicklung der Dinge abwarten.

Heinrich Gaumer hatte die Flüchtlingsquartiere in seinen Häusern an der Elbestraße nur mit dem Allernotwendigsten möblieren lassen. Außer den Krankenhausbetten, von denen vier, manchmal sechs auf einen Raum kamen, standen ein paar angestoßene Stahlspinde darin herum, wenige Stühle, noch weniger Tische. Die Stromanschlüsse in den teils gekalkten, teils unverputzen Wänden waren defekt. Auf den Kofferraum seines roten Mercedes hatte Heinrich Gaumer ein rotes Herz geklebt: „Ein Herz für Kinder." Doch um die Steckdosen kümmerte er sich nicht. Es gab keine Badezimmer und keine Küchen. Von der Sozialhilfe, die sie bekamen, hatten sich die Eritreer einflammige Elektrokocher gekauft. Darauf kochten sie. Eine Frau kochte für die Bewohner zweier Etagen, auch am Abend dieses 4. August 1980.

Breit und behäbig saß sie auf dem Fußboden der obersten Etage, die Beine gespreizt. Zwischen ihnen, auf zwei Ziegelsteinen, hatte sie den Kocher, dessen Schnur, mehrfach verlängert, in einer Steckdose des darunterliegenden Stockwerks endete. Auf dem Kocher stand ein großer Topf. Die Frau hatte ein rundes, vollmundiges Gesicht mit zart gezeichneten, rosafarbenen Lippen. Ihre großen, sanften Augen unter dem bunten Kopftuch, das sie wie einen Turban trug, drückten ein frommes Glück aus, während sie gewaschenen Lauch, geschälte Möhren und schließlich unzählige Knoblauchzehen in den brodelnden Sud schnitt. Ihre dunklen Hände mit den hellen Handflächen arbeiteten bedächtig und zielstrebig. Sie summte vor sich hin. Ihr Gesicht war heiter und schön.

Im Hause Elbestraße 32 war sie an diesem Abend der einzige Mensch, der eine nützliche Arbeit verrichtete.

Frankfurt,
Bahnhofsviertel:
Unterhalb der Linie die
,,Toleranzzone'', in
der die Prostitution
erlaubt ist

MAIN-ESPRESSO
Kodak

Taunusstraße: Im Bahnhofsviertel öffnen Peep Shows, Nachtklubs und Bordelle um elf Uhr vormittags

Elbestraße 32: In der „Sauna 2000" hat der Gast die Damen gratis, wenn er für Zimmer und Champagner zahlt

Binding
Bier
PEPSI

Corso-Bar in der Karlstraße:
Hier versorgen sich
amerikanische GIs und die
Süchtigen des Milieus
mit Hercin

BEN GHOU BEY
Vom 14.7.80
täglich
ab 23 Uhr
AMERICAN EXPRESS
Cards
Sex
SHOW
FIRST

Vor einem Nachtklub in der Elbestraße wirbt der mongolische Fakir Yogi Ben Ghou Bey für seine abendliche Show

AMERICAN EXPRESS

Elbe-, Ecke Kaiserstraße:
Eine Straßenhure erlebt den Kontaktversuch eines ausländischen Freiers wie einen Angriff

Taunus-, Ecke Elbestraße: In der Peep Show posieren junge Mädchen vor den Blicken eines unsichtbaren Publikums

Moselstraße 45: Im Spielklub über „Henrys Pinte" posieren die Croupiers anstelle der Spieler für ein Foto

KAPITEL IV

# Die Fremden

Die Braut hatte den Schleier ihres Hochzeitssari so tief in die Stirn gezogen, das ihr Gesicht ganz klein war. Niemand vermochte ihr anzusehen, ob sie der Zeremonie überhaupt folgte, oder ob sie mit ihren Gedanken hinter sich selbst zurückgeblieben war – irgendwo hinter den goldenen Weizenfeldern ihrer Kindheit, im Pandschab, unter der Krone eines Banya-Baumes.

Stunden schon dauerte das Ritual. Seit Stunden skandierten die Menschen, gläubige und gleichgültige, den Namen des lebendigen Gottes der Sikhs. Seit Stunden hielt die Braut den Kopf gesenkt. Und immer noch kamen Menschen: In Perlonsocken betraten sie den braunen Filz, der auf dem Zementfußboden der ehemaligen Autowerkstatt lag – Sikhs mit weißem, blauem oder rotem Turban, aber auch Hindus, vereinzelt Moslems, jedenfalls Inder anderer, unversöhnter Religionen. Die Andersgläubigen – jene, die keinen Turban trugen – hatten sich zipfelnde Tücher um die Köpfe gewickelt und sahen nun wie Piraten aus, weil es keinem Sterblichen gestattet ist, den heiligen Tempel der Sikhs, den Gurudwara, barhäuptig zu betreten.

Sie hockten sich, die Beine verschränkt, die dunklen Augen vage auf den Schrein aus rohem Fichtenholz gerichtet, neben eine gekachelte Wand, während sich die kleine, farbenfrohe Gruppe ihrer Frauen, sorgsam von den Männern getrennt, in der anderen Tempelhälfte niederließ. Als der Raum voll war, wurde hinter den Musikanten eine Stahlschiebetür aufgezogen. Wer jetzt erst kam, setzte sich, nachdem er einen argwöhnischen Blick auf die Versammlung und einen neugierigen auf das Brautpaar geworfen hatte, im Rücken der drei Musiker ins Freie. Von draußen, vom Frankfurter Güterbahnhof her, drang das rumpelnde Geräusch eines rangierenden Zuges in den Gottesdienst.

Gegen Mittag hatten sich etwa 350 Menschen versammelt. Es war eine Szene von biblischer Gottesfurcht: Die Sikhs sangen; sie hoben ihre Stimmen mit der Inbrunst ihrer Erlösungssehnsucht in das weiche Falsett des Ragis, ihres Tempelsängers. Sie flehten um Kraft zur guten Tat, die ihnen der Stifter ihrer Religion, der Guru Nanak, vor vier Jahrhunderten zur täglichen Pflicht gemacht hatte. Der Ragis war ein hagerer junger

Mann mit einer angenehmen Sopranstimme. Er trug einen weißen Turban, weiße Röhrenhosen und ein langes, schneeweißes Baumwollhemd, die Kurtah. Er stand zwischen Altar und Brautpaar, hinter sich die Musikanten, die seinen Gesang begleiteten, vor sich den bärtigen Schriftgelehrten, der sein abweisendes Asketenantlitz tief über das aufgeschlagene Heilige Buch senkte.

Auch Hindus und Moslems hielten die Hände gefaltet und suchten sich zu sammeln. Sie glaubten an andere Götter, doch die religiöse Orthodoxie und der konservative Geist im Tempel der Sikhs entsprachen ihren eigenen rituellen Gewohnheiten. Dennoch behauptete sich ihre Bemühung, mit einer häretischen Liturgie zu beten, selten gegen ihre immerwache Neugier. Immer wieder warfen sie verstohlene Falkenblicke auf die Frauen. Immer wieder suchten sie unter den Männern die wenigen, die sie respektierten und die vielen, die sie verabscheuten. Auch an diesem 15. Juni 1980 waren – wie allsonntags – die meisten nur gekommen, um die eigenen Sinne zu täuschen, um in der Fremde ein Trugbild der Heimat zu genießen – und viele nur, weil der Zeremonie ein Liebesmahl folgen würde. Der Duft des siedenden Öls, in das der Teig süßer Jalebis gespritzt wurde, drang bereits aus der Küche hinter dem Hof, auf dessen Pflaster die Tempelgäste ihre Schuhe abgestellt hatten.

Die Braut kannte keinen dieser Menschen.

Sie kannte den 47jährigen Moslem Mohammed Ali* nicht, der mit Frau und zwei Kindern aus der Elendsstadt Kalkutta nach Frankfurt gekommen war.

Sie kannte den jungen, früh verwaisten Hindu Kapoor nicht, der aus Bombay stammte.

Sie kannte den 28jährigen Hindu Rabinder Sehgal nicht, der aus dem Städtchen Nasrala Azdam bei Hoshiarpur im Pandschab nach Deutschland ausgewandert war.

Sie kannte den siebzehnjährigen Joginder Singh nicht, der wenige Reihen hinter ihr saß und in ein Taschentuch hustete, das er zu verstecken trachtete, denn es war voller Blut. Er war, wie die Braut, ein Sikh, und er war, wie die Braut, aus der Weizenlandschaft bei Dschalandar im Pandschab nach Frankfurt gekommen.

* Alle Namen in diesem Kapitel wurden geändert

Sie kannte den 30jährigen Hindu Birendra Kumar nicht, der aus dem indischen Bundesstaat Haryana in die Bundesrepublik gekommen war.

Auch den 33jährigen Hindu Ashok Manoj, der ebenfalls aus Haryana stammte und Frau, Schwägerin und drei Kinder nach Frankfurt mitgebracht hatte, kannte die Braut nicht.

Sie kannte nicht einmal den Mann, dem sie angetraut wurde. Er war erst 23 Jahre alt, aber mit seinem feisten, braunen Gesicht und dem mächtigen schwarzen Schnurrbart, aus dem er spinnwebdünne Spitzen herausgezwirbelt hatte, sah er aus, als stünde er in der Mitte seines Lebens. Er trug einen grauen europäischen Anzug und einen weißen Turban. Sichtlich zufrieden hockte er im Lotussitz neben dem jungen Mädchen, das zu ihm nach Deutschland gekommen war, um sein Herz zu erwärmen und die Leiden seiner männlichen Einsamkeit zu lindern.

Irgend jemand hatte ihm von der Familie des Mädchens erzählt, als er schon in Frankfurt war – von einem unbemittelten Ehepaar mit vielen Töchtern. Dieser Familie hatte er sich brieflich empfohlen, und er war Eltern wie Töchtern als gediegener Brautwerber erschienen, beinahe als Partie, denn er war Asylbewerber im reichen Deutschland – mit Anspruch auf Arbeit oder Sozialfürsorge. Die Eltern hatten ihm aus dem fernen Pandschab ein Foto ihrer Ältesten geschickt, und ihm hatte gefallen, was darauf abgebildet war: ein ernstes Mädchen mit einer klaren Stirn und großen, demütigen Augen. Als sie gestern auf dem Rhein-Main-Flughafen eingetroffen war, hatten sich die Brautleute zum erstenmal in ihrem Leben gesehen.

Noch vor drei Tagen hatte die Braut im heimatlichen Dorf nahe der Stadt Dschalandar mit Schwestern, Tanten, Cousinen, Eltern und der Großmutter den honigsüßen Morgentee getrunken, der mit Nelken, Zimt und Ingwer gewürzt war. Über den Bergen war die Sonne noch nicht aufgegangen, und die Braut hatte zum letztenmal den herben Duft schwelender Kuhmistbriketts gerochen und das hölzerne Rad des Brunnens kreischen hören. Dann hatte sie, neunzehn Jahre alt, die erste Reise ihres Lebens angetreten: Mit dem Ochsenkarren nach Dschalandar. Mit dem Janata Expreß nach Delhi. Mit Egypt Airlines nach Frankfurt.

Nicht ein einziges Mal während der Hochzeitszeremonie sah sie zu ihrem Bräutigam hoch. Wenn sie ihre schweren Lider hob, dann starrte sie wie ein gefangenes Tier das Bild des Gurus Nanak an, das hinter dem zurückgezogenen Bettlaken-Vorhang des Sperrholzschreines in grellen Farben die Garagenwand bedeckte. Sie hätte nicht sagen können, wo auf der weiten Welt sie sich befand. Eigentlich wußte sie nur, daß sie „im Westen" war. Mit Hilfe ihres Mannes und seines deutschen Anwalts würde sie andertags bei der Frankfurter Ausländerbehörde um politisches Asyl bitten. Sie wußte nur ungenau, was das ist. Doch der Fremde, der neben ihr im Tempel saß und künftig ihr Gebieter sein würde, hatte es so angeordnet. Ein Beamter der Ausländerbehörde würde ihr, das freilich wußte sie noch nicht, eine „Duldungsbescheinigung" aushändigen – genauer: eine „Bescheinigung über die Aussetzung der Abschiebung". Und im Verständnis einiger Millionen hungriger Inder würde sie ihr Glück gemacht haben. Denn zusammen mit der Mietquittung ihres künftigen Hauswirts war dieses Papier das Sesam, öffne dich! für Sozialhilfe und kostenlosen Zahnersatz, für Kleidung und Wohngeld.

Während das biblische Lamento im Innern des ebenerdigen Werkstattgebäudes seinen Fortgang nahm, putzte ein alter Mann auf dem Hof die Schuhe der Hochzeitsgäste. Auch er war ein Sikh, bekleidet mit einer braunen Hose, einem weißen Hemd und einem roten Turban. Sein Bart war ergraut. Sein gütiges Antlitz drückte den Frieden seiner Seele aus. Es war in aller Augenscheinlichkeit ein Friede, dem die Anfechtungen des irdischen Daseins nichts mehr anhaben konnten, der weit über sie hinausgewachsen war. Gläubige Hindus und Sikhs, die diesem Mann ins Gesicht sahen, mochten meinen, daß er der letzten seiner Wiedergeburten nahe war, dem Ende seines Karmas, des Schicksals der Vergeltung.

Sicher war freilich nur, daß sich dieser Mann, der den Tempelgästen ohne Ansehung ihres Standes und ihrer Religionszugehörigkeit die Schuhe putzte, dem Ende seiner privilegierten Karriere näherte. Es war ein Diplomat, der indische Konsul in Frankfurt. In der konsularischen Vertretung seines Landes war er nach dem Generalkonsul der zweite Mann. Es ist eine Tugend ranghöherer Sikhs, dem niederen Volk im Schatten eines Tempels zu dienen. Sie ähnelt der Liebe Jesu, der seinen Jüngern die Füße wusch. Während indes die Liebesfron des Messias unter seinen abendländischen Anbetern keine Nachahmer mehr findet, verrichtete der morgenländische Diplomat seine Demutsarbeit mit dem heiteren Lächeln der Güte. Dabei schien ihm nicht gegenwärtig zu sein, daß er der akkreditierte Vertreter der indischen Regierung war und daß er sich recht sonderbar benahm, wenn er sich vor politischen Flüchtlingen seines Landes herabwürdigte, vor den erklärten Feinden seiner Obrigkeit, die ausnahmslos beteuert hatten, diese Obrigkeit habe sie mit dem Verlust ihrer Freiheit oder sogar ihres Lebens bedroht. Oberflächlich betrachtet war es so, als würde der sowjetische Konsul in Hamburg eine Versammlung konterrevolutionärer russischer Emigranten mit Wodka bewirten.

In Wahrheit mag sich der weise Sikh seiner delikaten Rolle durchaus bewußt gewesen sein. Nur: Er war ein alter Mann am Ende seiner Karriere und an der Schwelle zur Weisheit. Als Inder dachte er in kosmischen Zeiträumen ohne Anbeginn und Ende. Da hatte die irdische Gegenwart kaum Bedeutung. Deshalb mag ihm der politische Aspekt seines Handelns so belanglos erschienen sein wie etwa die List eines hungrigen Landsmannes, der sich einer Unwahrheit bedient, weil er einmal in seinem Leben das warme Gefühl der Sättigung erleben will.

Mehrmals in letzter Zeit – genaugenommen: runde 300mal im Jahre 1979 – hatten Inder im Frankfurter Konsulat ihres Landes um einen neuen Paß gebeten. Sie hatten ihrem Konsul alle dieselbe Räuberpistole aufgetischt, und sie hatten sich alle mit demselben Papier legitimiert: mit einer Bescheinigung des Fundbüros im Frankfurter Hauptbahnhof, wonach ihnen Gepäck und Paß gestohlen worden seien. Auf diesem Zettel waren ihre Namen, ihre Geburtsdaten und die Orte ihrer Herkunft eingetragen. Es waren Personenstandsdaten, die sie dem deutschen Verwalter des Fundbüros als die ihren angegeben hatten. Sie gaben vor, harmlose Touristen zu sein, und ein anderes Dokument, das ihre Legitimation legitimiert hätte, besaßen sie nicht.

Der alte Sikh war im konsularischen Dienst grau geworden. Niemand weiß, ob er geahnt hat, daß die Petenten flunkerten, daß Namen und Daten auf dem Fundschein die pure Erfindung waren. Hat er ihnen nicht ins Gesicht gesehen? Möglicherweise war seine Phantasie, da sie das Jenseits suchte, für diesseitige Durchtriebenheiten zu einfältig. Möglicherweise konnte sich der Konsul nicht ausmalen, daß seine Landsleute mit den neuen Pässen zum zweitenmal Asyl beantragen, eine zweite Duldungsbescheinigung erlangen und vor allem – denn das war ihr Ziel – die zweifache Sozialhilfe kassieren würden.

Vielleicht hat sich der Konsul auch gedacht, und niemand könnte ihm da widersprechen, daß kein Deutscher Hungers sterben muß, wenn ein paar verschmitzte Inder statt einmal monatlich 297 Mark Sozialhilfe den doppelten Betrag erhalten. Schließlich wußte er so gut wie jene, mit denen er eben noch gebetet hatte, daß sie nicht vor seiner Regierung, sondern vor ihrem eigenen Elend geflohen waren, als sie nach Deutschland kamen. Er mag sich gefragt haben, ob in dieser Welt, in der es Länder des Überflusses und Länder der Not gibt, nicht auch Hunger und Armut eine politische Verfolgung sind. Und am Ende aller Gedanken mag er gefolgert haben, daß es kein Frevel sein konnte, dem Guru Nanak zu gehorchen und den so oder so Verfolgten sonntags im Tempel die Schuhe zu putzen.

Der Gottesdienst war vorüber. Die Emigrantengemeinde quoll in den Hof. Die Brautleute waren jetzt mit bunten Papierringelblumen umkränzt. Aber sie machten die Braut nicht heiterer. Sie hingen ihr um den langen, braunen Hals und umrahmten ihr artiges Kindergesicht mit Rüschen aus Krepp. Sie knisterten auf ihrem Sari, als sie, etwas orientierungslos, den Hof durchschritt. An ihren Armgelenken klingelten silberne Kettchen. Blumen und Silber schienen den Todestag ihrer Kindheit zu schmücken. Verlegen knüllten Braut und Bräutigam die Geldscheine zwischen den Fingern, die ihnen – Hochzeitsgeschenke einiger Sikhs – unter dem Gebet des Schriftgelehrten in den Schoß geflattert waren.

Später wurde die Braut von den Frauen umringt. Es waren vornehmlich die Frauen, die diesem Tag eine festliche Note gaben, denn sie trugen alle den Sari; sie waren von leuchtenden Farben umhüllt. Der Sari ist das Kleid jeder Inderin, gleichgültig welcher Religion sie angehört. Die Frauen lachten, aber es war ein tröstendes Lachen. Sie fühlten mit der Braut.

Die meisten hatten, wie die Braut, einen Mann geheiratet, den sie nicht selbst erwählt hatten, der ihnen von den Eltern bestimmt worden war. Aber sie hatten diese Erfahrung auf eine weniger drastische Art gemacht, denn sie hatten in der Heimat geheiratet, unter der Obhut ihrer Familien.

Auch die Männer blieben eine Weile im Hof stehen und schwatzten miteinander – die Sikhs mit den Sikhs, die Hindus mit den Hindus und die wenigen Moslems auch mit den Hindus, denn hier mochten sie sich als Mohammedaner nicht zu erkennen geben. Einige verließen den Hof, und wenn sie auf die Straße traten, verschlossen sie sorgfältig hinter sich die stählerne Tür. Vielleicht sollte verhindert werden, daß zufällige Passanten über die orientalische Auffälligkeit erschraken, die hinter den hohen Steinmauern einer ehemaligen Autowerkstatt von der Mittagshelligkeit dieses Junitages beleuchtet wurde. Die deutschen Nachbarn des Tempels hatten sich bereits über den frommen Lärm beschwert, der allwöchentlich in ihren Sonntagsfernsehfrieden drang. Der Tempel befindet sich – etwas außerhalb des Bahnhofsbereichs – im Rücken des Güterbahnhofs unter der Hausnummer 24 in der Kleyerstraße, in der es freilich mehr Werkstätten als Wohnhäuser und sonntags nur wenige Passanten gibt.

Als das Liebesmahl begann, gingen die Menschen in einen Nebenraum des Tempels. Es war ein geräumiger, schmuckloser Schuppen, in dem vielleicht einmal Ersatzteile gelagert worden waren. Dort setzte sich die Gesellschaft in einem großen, offenen Oval auf den Fußboden, der auch hier von braunem Filz bedeckt wurde.

Der Konsul und die Nobilitäten der Sikh-Gemeinde – das waren der Vorsteher, sein Sekretär und der Kassierer – trugen gelbe Plastikschüsseln mit Halwa, einer braunen Süßspeise aus Sesamsamen, Grieß und Sirup, hinein. Mit Blechkellen füllten sie kleine, klebrige Portionen in die nackten Handflächen der Gäste, die unverzüglich zu essen begannen.

Unter den Menschen, die er speiste, kannte der Konsul nur wenige, denn solange sie keinen zweiten Paß beantragen, finden Asylbewerber kaum ins Konsulat. Aber er hörte an ihrer Sprechweise, aus welcher Gegend Indiens sie stammten. Hauptsächlich wurde Pandschabi gesprochen, aber auch

Kaschmiri, Bengali, Gudscharati, Hindi und Urdu. Englisch sprachen die wenigsten, denn nur wenige beherrschten es. Der Konsul kannte die Schicksale dieser Menschen nicht – und er kannte sie nur allzugut. Denn in seiner Heimat, auf dem ganzen großen indischen Subkontinent, zeugt das Schicksal der Entbehrung nur geringfügig voneinander abweichende Lebensläufe.

Da war der junge, früh verwaiste Hindu Kapoor, der aus Bombay stammte. Zwar hatte er zu Hause einen Job gehabt – er hatte täglich, auch sonntags, vierzehn Stunden in einer Fabrik gearbeitet. Aber Kapoor hat sieben unverheiratete Schwestern, die er, einziger Bruder, ernähren muß und für die er – schlimmer, unendlich viel schwieriger noch – Ehemänner auftreiben und die Aussteuer verdienen soll.

Als er einsah, daß er seine Probleme mit vierzehn Stunden täglicher Fabrikarbeit in Bombay nicht lösen würde, lieferte sich Kapoor einem jener indischen Sklavenhändler aus, die unter den jungen Elenden ihres Landes Arbeitskräfte für die Ölscheichtümer am Persischen Golf anwerben. Sie kümmern sich auch um deren – meist illegale – Einreise in diese Länder, die oft von See her geschieht. Kapoor ging, wie schon eine runde Million Inder und Pakistanis vor ihm, ohne Visum in die Vereinigten Arabischen Emirate. Im Scheichtum Dubai arbeitete er für einen zyprischen Kontraktor beim Straßenbau in der Wüste. Mit rund 1000 Leidensgenossen hauste er fernab jeglicher Ansiedlung zwischen Felsbrocken und Dornbüschen auf hartem Geröll in einem schäbigen Zeltlager, das tags von heißen und nachts von eisigen Winden gebeutelt wurde.

Die Männer hatten keinerlei Rechte, denn die meisten waren illegal im Land, und Betriebsräte oder gar Streik sind in den Emiraten ohnehin verboten. Der Kontraktor hatte seinen Arbeitern die Pässe abgenommen, damit sie ihm nicht weglaufen konnten, solange er sie für den Bau der Straße brauchte. Sie waren nichts anderes als Sklaven. Erst als die Straße fertig war, gab der zyprische Unternehmer ihnen die Pässe zurück.

Sie hatten nicht einmal die Hälfte dessen verdient, was ihnen der Sklavenhändler in Bombay versprochen hatte. Sie hatten sich mit einem Stundenlohn von 1,44 Dirham begnügen müssen. Das waren bei zehn Arbeitsstunden pro Tag und sechs

Arbeitstagen pro Woche knappe 400 Dirham im Monat – nach damaligem Kurs also 250 Mark. Monatlich 150 Dirham, runde 100 Mark also, hatten sie zusätzlich als Verpflegungsgeld bekommen. In einem Land mit 30prozentiger Teuerungsrate und schwindelerregenden Preisen reichte das gerade für Kichererbsen und Reis. Kapoor aß zwei Jahre lang nichts anderes. Seinen Arbeitslohn schickte er seinen Schwestern nach Bombay. Nachdem er seinen Paß zurückbekommen hatte, floh er nach Deutschland, in das Land, von dem er gehört hatte, daß es kalt, reich und gnädig zu Fremden sei.

Dort belehrte ihn ein deutscher Rechtsanwalt, den Landsleute ihm empfohlen hatten, für eine Gebühr von 300 Mark über die politische Bedrohung, die ihn zur Flucht aus Indien bewogen hatte. Demgemäß war Kapoor, der sich über Politisches nie den Kopf zerbrochen hatte, weil er den ganzen Kopf für seine sieben Schwestern brauchte, ein streitbares Mitglied der Youth Congress Party gewesen, ein Kämpfer für den Sohn Indira Ghandis.

Kleinwüchsig und zart, mit sanften Kuhaugen, in denen eine naive Hoffnung glomm, stand er vor dem Beamten der Ausländerbehörde und nickte nur oder schüttelte mit dem Kopf, wenn der indische Dolmetscher ihn etwas fragte. Seine Rolle, die Rolle des Petenten vor der Allmacht eines Schreibtischgewaltigen, hatte nichts Unwürdiges für ihn; er war sie gewohnt. Auch in Indien steht der Mann hinter dem Schreibtisch hoch über dem Bittsteller. Außerdem brauchte Kapoor seinen Mund überhaupt nicht zu öffnen, denn der Anwalt hatte ihm den hektographierten Brief mitgegeben, den er allen indischen Mandanten mitgab, freilich mit Kapoors Personenstandsdaten, die von der Anwaltssekretärin in ausgesparte Rubriken des vorgefertigten Schreibens eingetragen worden waren. Darin stand, Kapoor sei unter Morarji Desais Regierung mehrmals verhaftet worden, denn er habe zu dieser Regierung kraft seiner Parteizugehörigkeit in unversöhnlicher Opposition gestanden. Außerdem stand in dem Brief, Kapoor bitte um „die Gewährung politischen Asyls in der Bundesrepublik Deutschland" und um „die Duldung eines Aufenthalts für die Dauer des Asylverfahrens".

Letzteres wurde ihm von dem Beamten der Ausländerbehörde sofort gewährt. Das erstere aber wurde ihm nach einem knappen Jahr verweigert – vom Bundesamt für die Anerkennung ausländischer Flüchtlinge in Zirndorf bei Nürnberg. Gegen diese Entscheidung hätte Kapoor beim Verwaltungsgericht in Ansbach Berufung einlegen können, und der Anwalt hatte ihm das auch – mit einem hektographierten Brief, der bei seiner Sekretärin für diesen Tag auf Termin gelegen hatte – ausdrücklich empfohlen. Doch Kapoor, mittlerweile Sozialhilfe-Empfänger, konnte die 300 Mark nicht aufbringen, die der deutsche Anwalt für seine neuerliche Bemühung von ihm verlangte.

So lief seine „Duldung" ab, und er verlor Aufenthaltserlaubnis und Sozialhilfe. Er war nun ein Illegaler und verkaufte Zeitungen: In der Fahrbahnmitte einer Frankfurter Ausfallstraße, zwischen den Autoschlangen vor einer Ampel. Auch jetzt schickte er die spärlichen Überschüsse aus seinem Job nach Bombay. Auch sie lagen, wenn er sparsam lebte, immer noch etwas über dem, was ihm zu Hause von der Fabrikarbeit geblieben war. Und beim Liebesmahl im Tempel der Sikhs wurde ihm allsonntags die einzige warme Mahlzeit gereicht, die er zu sich nahm.

Das Halwa war verzehrt. Nun trugen der Konsul und die Tempelnobilitäten in großen Plastikeimern eine heiße Gemüsesuppe auf. Dazu gab es Roti, ein heißes, flaches Fladenbrot. Die Honoratioren verteilten schlichte, irdene Teller und billige Blechlöffel. Dann gingen sie, jeder mit einem Eimer, an den Sitzenden entlang und füllten die Teller mit Suppe.

Für den 28jährigen Hindu Rabinder Sehgal war sie seit Tagen die erste anständige Mahlzeit, die er bekam, denn er war auch ein Illegaler und seit Wochen ohne Job. Aber er war noch immer ein kräftiger Bursche, der seine Zuversicht so leicht nicht verlor. Er hatte kräftige Wangen, eine stumpfe Nase und wache, energische Augen. Es war das Gesicht eines Bauernjungen, dem die Stadt und die Fremde nicht bange machten, solange er noch daran glaubte, daß er sich mit der Kraft seiner Hände behaupten könne. Er aß die Suppe mit sichtlichem Genuß.

Rabinder Sehgal war 1976 aus dem Städtchen Nasrala Azdam bei Hoshiarpur im Pandschab nach Frankfurt gekommen, weil seinem Vater, der Holzhändler war, von einem pfiffigen Landsmann eingeblasen worden war, der Sohn könne in der Bundesrepublik monatlich so viel verdienen wie daheim in Jahren nicht. Dieser Landsmann ernährte sich als Seelenfänger für indische Organisationen in Frankfurt, deren Geschäft es ist, Emigrationswillige illegal in die Bundesrepublik einzuschleusen.

Er hieß Surinder Jaswal und gehörte zur gleichen mitleidlosen Maklersorte wie Kapoors Sklavenhändler in Bombay. Beide hatten einen Weg gefunden, aus der Not von Habenichtsen noch Profit zu schlagen, als sie sich auf den modernen Menschenhandel spezialisierten. Der eine liefert seine Ware in die Ölscheichtümer und kassiert dort bei den europäischen und amerikanischen Firmen, die den Scheichs ihre Betonpaläste und Asphaltstraßen bauen und dafür billige Arbeitskräfte brauchen. Der andere überredet seine Opfer zur Aufnahme selbstmörderischer Kredite und schickt sie gegen Vorkasse in die Bundesrepublik. Beide zehren vom Märchenruhm ihrer Fluchtwelten, den sie mit ihren betörenden Lügen ins Unwiderstehliche vergröbern. In jedem indischen Dorf weiß man von irgendeinem, der an den Golf oder nach Deutschland gegangen ist und dort reich wurde. Diese Geschichten sind selten wahr, aber die Hungrigen glauben sie nur zu gerne. Sie verschulden sich bis ans Ende ihrer Tage in Sippe und Dorf, um die Paradiese ihrer Einbildungskraft erreichen – und die Verführer bezahlen zu können.

Rabinder Sehgals Vater zahlte Surinder Jaswal 13000 Rupien, das waren runde 3000 Mark. Dafür versprach ihm der Einschleuser, den Jungen nach Deutschland zu bringen und dort für Arbeit und Wohnung zu sorgen. Es gab noch sechs andere, denen er dasselbe versprochen hatte. Die anderen hatten niemanden, der ihnen das Geld für den Bauernfänger vorstreckte. Sie waren kleine Farmer, die den verschuldeten Hektar Weizenland verkauften, den sie von ihren Vätern geerbt hatten. Sie ließen ihre Familien nahezu mittellos zurück – in einer Gemütslage, die zwischen Bängnis und Hoffnung schwankte.

Rabinder Sehgal und die sechs Bauern stammten alle aus der Gegend von Hoshiarpur. Gemeinsam mit dem Agenten fuhren sie per Bahn nach Delhi. Dort blieben sie eine Woche, denn

Surinder Jaswal mußte ihnen Pässe besorgen und den billigsten Reiseweg auskundschaften. Er brachte sie in der Nähe des Bahnhofs von Paharganj unter, im billigsten und schmutzigsten Hotel, das er in diesem Armeleuteviertel finden konnte. Alle schliefen in einem Zimmer auf dem nackten Zement.

Dann flogen sie zum Gruppentarif mit Japan Airlines nach Teheran, und von der damals noch kaiserlichen persischen Hauptstadt fuhren sie mit einem Bus nach Istanbul. In der Stadt am Goldenen Horn blieben sie zwei Tage, während der Agent ihnen die Durchreisevisa für die Balkanländer besorgte. Die Bauern waren unterdessen mißtrauisch geworden. Sie zeigten ihrem Fluchthelfer die kleinen, krummen Dolche, die sie unter ihren Westen verbargen und drohten ihm mit leiser Stimme, daß sie ihn kaltmachen würden, falls sich herausstellen sollte, daß er sie belogen hatte – wenn sie in Deutschland etwa keinen ertragreichen Job bekommen, wenn ihre Familien in Bedrängnis geraten würden. Sie mußten sich während der strapaziösen Reise aus eigener Tasche verpflegen, und einige hatten schon jetzt keine Rupie mehr und hungerten in stummer Ergebenheit vor sich hin.

Surinder Jaswal erschrak. Er beteuerte, daß alles mit rechten Dingen zuginge, daß er in Hoshiarpur keine leeren Worte gesprochen habe. Sei er nicht stets an ihrer Seite, um ihnen jegliche Mühsal von den Schultern zu nehmen? Die Bauern wünschten sich nichts sehnlicher, als daß ihr Führer ein ehrlicher Mann war. Sie waren gutmütige, einfältige Toren und schöpften neue Hoffnung.

Dann reiste die geschundene Gruppe mit dem Bus über Belgrad und Budapest nach Frankfurt. Surinder Jaswals Geschäftspartner, die (als Asylbewerber) in Frankfurt residierten, hatten ihren Opfern im Bahnhofsbereich Quartier gemacht – in den Asylantenetagen des Hauses Schleusenstraße 6, das dem Deutschen Ernst Lerp gehört. Es war eines jener Häuser, in denen Polizei und Wohnungsamt bei einer konzertierten Razzia, die sie am 26. September 1979 durchführten, den Unrat registrierten und die Überbelegung zählten. Noch lag dieser Tag freilich in weiter Ferne. Man schrieb das Jahr 1976. Noch war der deutsche Hausbesitzer als Ausbeuter des Asylantenelends nicht auffällig geworden.

Surinder Jaswal fürchtete die Dolche seiner Bauern. Er ließ sie vor sich durch die Tür, blieb aber selbst auf der Straße stehen. Zu Rabinder Sehgal sagte er noch:

„Verlasse nie dieses Haus! Draußen schnappt dich die deutsche Polizei!"

Dann verschwand er, ehe sich die Ankömmlinge im Innern des Hauses von ihrem ersten Schock erholt hatten.

Das schmutzige, dunkle Quartier, das sie aufnahm, bildete einen schmerzlichen Kontrast zu dem Phantasiebild, das sich die Auswanderer in schlaflosen Reisenächten vom Wohnen in Deutschland ausgemalt hatten. Mit den gebrochenen Elendsgestalten, die dieses Quartier bevölkerten, mit der Enge, die dort herrschte und dem Mangel an Kochstellen und sanitären Einrichtungen ähnelte es auf beklemmende Weise jenen Behausungen, denen die Emigranten den Rücken gekehrt hatten, als sie ihre Hütten verließen. Doch waren ihre eigenen vier Wände, aus rohen Ziegeln gemauert und mit Bambus und Palmstroh gedeckt, wenigstens sauber gewesen. Von den Fußböden aus Lehm und glatt verstrichenem, geruchlosem Kuhdung hätte jedermann essen können. Dieses Frankfurter Stadtasyl jedoch, ihr entzaubertes Traumziel, starrte vor Schmutz und stank.

Rabinder Sehgal mußte mit dreizehn Menschen in einem Raum und manchmal mit zwei anderen auf einer Matratze schlafen. Anfangs gehorchte er der Warnung des Einschleusers noch und hielt sich im Hause auf. Dann starrte er stundenlang zum Fenster hinaus, auf die verkümmerte Fassade des gegenüberliegenden Hauses, in den meist bewölkten Himmel oder die immer triste Schleusenstraße. Er wagte nicht, bei den deutschen Behörden um Asyl zu bitten, denn es gab Gerüchte, die ihn ängstigten: Die Deutschen, so wurde gesagt, schickten die Papiere indischer Asylbewerber nach Delhi, und wenn die Flüchtlinge in die Heimat zurückkehrten, würden sie von der indischen Polizei verhaftet und ins Gefängnis geworfen. Längst hatte Rabinder Sehgal begriffen, daß er des Einschleusers nicht bedurft hätte, um in dieses Land zu kommen. Er hätte sich selbst einen Paß besorgen, ein Ticket kaufen und geradewegs nach Frankfurt fliegen können, und er hätte von dem Geld, das er seinem Vater nun schuldete, nicht einmal die Hälfte gebraucht. Der Einschleuser hatte ihrer aller Unwissenheit ausgebeutet.

Später hielt es ihn nicht mehr im Haus. Wie eine Katze, die den Radius anfänglicher Ausflüge von Mal zu Mal vergrößert, streifte er vorsichtig durch die Straßen des Bahnhofsbereichs, durch eine fremde Wohnwelt ohne Freude und Zukunft. Schließlich fand er ins Bahnhofsviertel, und dort gab ihm der Geschäftsführer eines Schnellrestaurants an der Kaiserstraße, als Rabinder Sehgal nahezu verhungert war, einen Job als Geschirrspüler. Seinen mageren Stundenlohn bekam er ohne Abrechnung bar auf die Hand. Niemand interessierte sich besonders für ihn, weder für seine Papiere, noch für seinen Namen, noch für seine Ansichten. Rabinder Sehgal war ein Illegaler.

Als er diesen Job nach einem knappen Jahr verlor, bat er im Ausländeramt um Asyl. Nach weiteren achtzehn Monaten wurde sein Antrag abgelehnt. Nun war er abermals ein Illegaler. Doch zu seinem Vater, der sich von der Auswanderung seines Sohnes so viel erhofft hatte, mochte er nicht mit leeren Händen zurückkehren. Rabinder Sehgal hatte den festen Willen, sich in Frankfurt zu behaupten, so oder so.

Irgendwann erzählte ihm jemand, daß auch der Einschleuser aus Hoshiarpur in der Bundesrepublik geblieben sei, daß auch er Asyl beantragt habe. Er habe noch einige Emigrantenpulks nach Deutschland gebracht und sei dann selbst geblieben, mutmaßlich um das Geschäft der Einschleusung mit größerem Profit von hier aus zu betreiben. Inzwischen hatten die indischen Rattenfänger ihre Gebühren erhöht: Die Narrenpassage ins bessere Leben kostete jetzt 22000 Rupien. Surinder Jaswal indessen nennt sich jetzt Devinder Jaswal. Und das ist eine dreistere Fälschung, als ein deutscher Fremdenpolizist gemeinhin glaubt, denn „Devinder" ist der eigentliche Name, „Jaswal" jedoch nur die Kastenbezeichnung, die viele Inder im Namen führen.

Neben Rabinder Sehgal beim indischen Gastmahl in der Frankfurter Kleyerstraße saß der siebzehnjährige Sikh Joginder Singh, der erst vor wenigen Monaten aus Dschalandar im Pandschab nach Deutschland gekommen war. Rabinder Sehgal sprach ihn auf Pandschabi an, ihrer beider Idiom. Doch als der

Junge antworten wollte und seinen Mund öffnete, traten ihm Schweißperlen auf die Stirn, er strengte sich fürchterlich an, doch alles, was er herausbrachte, war ein heiseres Krächzen. Joginder Singh hatte keine Stimme mehr.

Er schlürfte die Suppe, da er keinen Löffel abbekommen hatte und sich nicht verständlich machen konnte, vom Tellerrand. Er klaubte sich die Hammelfleischstückchen mit den Fingern seiner rechten Hand aus der heißen Suppe und schob sie sich in den Mund. Dann hustete er, und dabei verschüttete er die Suppe. Sie floß ihm über die linke Hand. Die Bräune seines Gesichts wurde fahl, denn die linke Hand gilt jedem Inder als unrein. Der schüchterne Junge bemerkte erschreckt, daß er alle Blicke auf sich zog. Er ahnte, daß die anderen über ihn tuschelten, wenn sie die Köpfe zusammensteckten. Aber er ahnte nicht, daß sein junges Leben verstrich.

Joginder Singh war von niemandem zur Emigration überredet worden. Auch waren es nicht Armut oder Hunger gewesen, die ihn zur Ausreise genötigt hätten. Joginder Singh hatten die Briefe seines älteren Bruders gelockt, die ihn aus Deutschland erreicht hatten. Sein Bruder Sarabjeet Singh lebte schon seit drei Jahren als Asylbewerber in Frankfurt. Vielleicht hatte er dem Daheimgebliebenen imponieren wollen, vielleicht war es nur treuherzige Geschwätzigkeit gewesen, jedenfalls hatte er in seinen Briefen wiederholt das Frankfurter Bahnhofsviertel erwähnt und von nächtlichen Abenteuern auf dem Spiegelparkett freizügiger Tanzbars erzählt, aber auch von wunderschönen, weißen Frauen, die sich auf diesem Parkett vor aller Augen entkleiden.

Joginder Singh arbeitete in Dschalandar als Handlanger in einem Laden für Auto-Ersatzteile. Zu Füßen des Himalaja, in der konservativen Glaubenswelt seiner Heimat, gibt es keine Tanzlokale und schon gar keine nackten Tänzerinnen. Von derlei hatte der Jüngling in seinem Leben noch nie gehört. Die Briefe seines Bruders verhießen seiner pubertären Imagination etwas Unerhörtes: ein Paradies der Liebe, eine orgiastische Welt.

Schließlich übertraf diese süße Verlockung die Schüchternheit des jungen Mannes und alle Widrigkeiten, die ihn daran gehindert hatten, ihr zu erliegen. Er lieh sich das Geld für ein

Flugticket nach Frankfurt, und er vergaß auch nicht, sich die 500 US-Dollar „Show Money" zu borgen, die er – wie sein Bruder in einem seiner Briefe erwähnt hatte – den deutschen Grenzbeamten unter die Nase halten mußte, damit sie ihn in ihr sündiges Land ließen. Joginder Singh verließ seine Arbeitsstelle und flog als Tourist nach Frankfurt.

Nun tratschten die Gäste des Liebesmahls über ihn, die Frauen mit den Frauen, die Männer mit den Männern. Sie hatten alle den Schock überwinden müssen, der sie geschüttelt hatte, als sie die beiden sündigen Meilen des Bahnhofsviertels zum erstenmal sahen. Es war ein Kulturschock, den die indischen Immigranten nie verwanden, für den es in den isolierten Klagewelten ihrer Gettos keine Heilung gibt. Sie können sich dem frivolen Milieu, in das sie unversehens gerieten, nicht kühlen Blutes verschließen. Sie können es ebensowenig teilnahmslos billigen. Entweder als latente Versuchung oder als Nachtmahre des Bösen wirken die Bilder dieses Milieus, die sich ihnen täglich von neuem aufdrängen, in ihren prüden Gedankenwelten fort. Prostitution gibt es auch in Indien, wenigstens in den großen Städten. Aber sie entblößt sich nur selten schamlos vor aller Augen. Sie annonciert sich nicht – wie in den Schaukästen des Bahnhofsviertels – obszön auf der Straße. Sie versteckt sich in den verrufenen Häusern, in denen sie stattfindet.

Mit jährlich 600 Kino-Streifen hat Indien die größte Filmproduktion der Welt. Aber kein Regisseur würde es wagen, einen keuschen, bräutlichen Kuß abzulichten – die Szene fiele dem Zensor der Regierung zum Opfer. In der indischen Öffentlichkeit gibt es die sexuellen Signale nicht, die hierzulande von Mädchen wie Medien freizügig gesendet werden. Allenfalls sieht man zwischen Leibchen und Rock eines Sari den Bauchnabel seiner Trägerin.

Zudem stammt die Mehrheit der indischen Asylbewerber aus der orthodoxen Gesellschaft bäuerlicher Landstriche, die von Aberglauben und repressiver Moral beherrscht wird. Die meisten kamen unwissend und unvorbereitet in die Bundesrepublik. Hier trafen sie zum erstenmal in ihrem Leben auf die liberale Sittenwelt des Westens. So war jedes indischen Asylbewerbers erste emotionale Erfahrung in Deutschland die Kränkung seines Schamgefühls, die harsche Blessur seiner Keuschheit. Das Trauma, das ihm daraus erwuchs, muß, so oder so, den Konflikt mit der Gesellschaft nach sich ziehen, deren Asylrecht er in Anspruch nimmt.

Joginder Singh war für die Dauer des Liebesmahls im Frankfurter Tempel der Sikhs der heimliche Prügelknabe dieses Konflikts. Er habe die 500 Dollar Vorzeigegeld noch bei sich gehabt, als er mit seinem Bruder, diesem Verworfenen, zum erstenmal durchs Bahnhofsviertel streifte, tuschelten die Frauen, während sie sich die Schleier ihrer Saris mit gekrümmten Fingern über die Schläfen zogen. Eigentlich hätte er seinen Verwandten, die es ihm geliehen hatten, das Geld unangetastet zurückschicken müssen. Von seinem Bruder verleitet, sei er im Bahnhofsviertel jedoch den Dirnen und dem Alkohol verfallen. Die bösen Mädchen hätten den Jungen um den Verstand gebracht. Er habe sie wiederholt aufgesucht, so oft, bis ihm von den 500 Dollar nichts mehr geblieben sei.

Ohne Zweifel als Folge seiner Ausschweifungen sei er schließlich erkrankt, flüsterten die Männer, während sie ihre Suppe schlürften. Er habe sich eine schmerzhafte Halsinfektion zugezogen, und der Junge habe sie mit Aspirintabletten behandelt, die er mit Whisky eingenommen habe. Die unverträgliche Kombination von Alkohol und Arznei habe seine Stimmbänder angegriffen und sein Blut vergiftet. Seine Schmerzen seien noch ärger geworden, und schließlich habe er begonnen, Blut zu erbrechen. Sieben Tage, nachdem das Leiden begonnen hatte, sei er zu einem deutschen Arzt gegangen. Der habe ihm jedoch nicht helfen können und ihn ins St. Markus-Krankenhaus geschickt. Dort hätten die Ärzte seinem Bruder unmißverständlich eröffnet, Joginder Singh leide an Blutkrebs. Sie hätten zur unverzüglichen Rückkehr nach Indien geraten.

In Wahrheit ist Joginder Singh wenige Tage nach dem Frankfurter Tempelfest, dessen Menetekel und Gespött er war, nach Indien zurückgekehrt. Er kam nicht bis Dschalandar. In Chandigarh, der Hauptstadt des Bundesstaates Haryana, auf dem halben Weg zwischen Delhi und seiner Heimatstadt, ist er in einem Hospital gestorben.

Noch wußte die indische Tempelgemeinde in Frankfurt nicht, daß Joginder Singh zum Symbol dessen werden würde, was einem Inder in Deutschland zustoßen kann. Als einer der Gemeindeväter mit einer Schale voller Jalebis an ihm vorüberging (mit dem letzten Gang dessen letzter festlicher Mahlzeit), bemerkte er, daß der Junge seine Suppe verschüttet und keinen Löffel hatte. Der alte Sikh stellte die Schale auf dem Filz des Fußbodens ab, füllte seinem hinfälligen, jungen Gast den Teller mit Suppe und gab ihm einen Löffel. Später brachte er ihm ein paar Jalebis und eine Tasse mit honigsüßem Tee, der mit Nelken, Zimt und Ingwer gewürzt war.

Auch als nach einiger Zeit von dem Todgeweihten die Rede nicht mehr war, blieben die Gefahren des Bahnhofsviertels im Mittelpunkt der Gespräche.

In der Nacht vor Silvester des Jahres 1979 war es in den fahl beleuchteten, engen Korridoren eines Bordells in der Moselstraße, unter den Augen verängstigter Freier und Huren zwischen indischen Asylanten einerseits sowie deutschen Zuhältern und amerikanischen GIs andererseits zu einer blutigen Schlägerei gekommen. Die Veteranen jener Bataille – sofern sie bei diesem Gespräch zugegen waren – schlürften nur stumm ihren Tee. Denn es ist für einen Inder, der auf Reputation hält, nicht ratsam, sich im Tempel seiner Landsleute als Liebhaber der Bahnhofsbordellszene zu enttarnen.

Vier Inder sind damals verletzt worden: Sie hatten Stich-, Schnitt-, Platz-, Schürfwunden und Schwellungen über den Augen davongetragen. Die Ursache der Auseinandersetzung war für das Klima im Bahnhofsviertel typisch: Ein 20jähriger Inder hatte eine 22jährige Prostituierte auf der Bettstatt ihres Bordellzimmers gewürgt, weil sie ihm eine Wiederholung des bezahlten Liebesakts verweigerte. Der jähe Mordimpuls war dem Inder ohne Zweifel aus der Tiefe seiner Unterlegenheitsgefühle aufgestoßen, aus den Verwirrungen seiner provozierten Männlichkeit. Da er sich ohnehin schuldig fühlte, weil er sich mit der Hure eingelassen hatte, konnte er die Kränkung der Zurückweisung nicht ertragen. Jedenfalls wurde die Hure, nachdem sie sich bereits aufgegeben hatte, von dem italienischen Wirtschafter des Bordells aus dem Würgegriff des Inders befreit.

Der Pächter des Bordells und eine andere Ordnungskraft des Hauses eilten der Hure zu Hilfe und wiesen den Würger und drei andere Inder aus dem Haus. Kurz darauf kamen die Inder jedoch zurück, jetzt waren es fünfzehn Männer. In die Schlägerei, die nun begann, griffen auf seiten der deutschen Zuhälter auch amerikanische Soldaten ein. Gegen 21 Uhr kam die Polizei. Sie nahm zehn Inder im Alter von 19 bis 35 Jahren zur Feststellung ihrer Personalien vorübergehend fest. Als sie das Vierte Polizeirevier nach einigen Stunden wieder verlassen durften, durch die Verhöre und die polizeiliche Machtdemonstration gedemütigt, hatte sich der dumpfe Haß, der sie antrieb, noch gesteigert. Sie liefen in die Asylantenhäuser rund um den Hauptbahnhof und rekrutierten dort Verstärkung. Gegen ein Uhr rotteten sie sich abermals zusammen und marschierten in die Moselstraße. Diesmal waren sie mit Knüppeln und Dolchen bewaffnet. Es war nicht das Mitgefühl mit den verletzten Landsleuten, das die Inder in den Aufruhr trieb. Es war die Erbitterung über das eigene Elend, die sich Luft machte. Es war die blinde, besinnungslose Wut einer benachteiligten Fremdenklasse, die begriffen hatte, daß sie das Schicksal ihrer Chancenlosigkeit nicht wenden kann, nicht in der indischen Heimat, nicht im deutschen Asyl.

Doch die Raserei der Aufrührer fand in der Frühe jenes Silvestertages ihre Opfer nicht schnell genug. Im Vierten Polizeirevier war schon Alarm gegeben worden, als die Inder sich noch verstärkten. Und als sie in der Moselstraße aufmarschierten, wurden sie von mehreren Funkstreifen zerstreut, ehe es in der weithin menschenleeren Straße zu neuerlichen Handgreiflichkeiten kommen konnte.

Ob der 30jährige Hindu Birendra Kumar an diesen Geschehnissen beteiligt war, ist unbekannt. Denkbar ist es, denn es zieht ihn oft in die Bordelle des Bahnhofsviertels. Auch er, der sonst Redselige, schwieg, als sie Gesprächsthema waren. Er stammt aus einer kleinen Stadt in Haryana, und er kam nach Frankfurt, weil auch er einem betrügerischen Landsmann auf den Leim gekrochen war. Birendra Kumar hatte seinem Einschleuser für den Trip nach Frankfurt 22000 Rupien zahlen müssen. Auch dieser Einschleuser lebt jetzt in Frankfurt. Auch er hatte Asyl beantragt. Und wenn Birendra Kumar betrunken war, dann überlegte er laut, ob er den Mann erdolchen oder der deutschen Polizei ans Messer liefern sollte.

Zu einer Zeit, als Lager für Asylbewerber in der Bundesrepublik noch gar nicht diskutiert wurden, lebte Birendra Kumar schon in einem solchen. Zwar ist dieses Lager nur das Privatunternehmen eines kleveren Deutschen. Zwar ist es nur eine Wohnetage. Doch hat sie ungewöhnliche Ausmaße: Zu ihr gehören die mürbe getretenen Linoleum-Geschoßflächen des jeweils ersten Stocks dreier Mietshäuser im Bahnhofsbereich, nämlich der Häuser Speicherstraße 3, 4 und 5.

Die Männer schlafen zu viert oder zu sechst in einem Zimmer und zu zweit in einem Bett. Sie haben keine Spinde, nur die primitive Bettstatt, darunter den Koffer oder einen Pappkarton mit ihren Habseligkeiten. Strom wird nur in den Abendstunden eingeschaltet. Nur dann können sich die vielen Männer auf drei Kochplatten in einem dunklen Winkel der Etage eine Suppe kochen. In den Korridoren, die das Tageslicht nicht erreicht, ist es auch tagsüber finster. Die Wasserspülung in den Toiletten ist immer defekt, es stinkt. Es gibt keine Badezimmer. Es gibt auch keine Heizung, aber Kakerlaken und anderes Ungeziefer. Niemand weiß, wie lange diese Unterkunft sein Schicksal sein wird. Jeder leidet an ihr und fürchtet dennoch den Tag, an dem er sie verlassen muß, weil sein Asylantrag keine Billigung fand.

So leben die Männer in beständiger Angst. Dennoch sind sie selten solidarisch mit ihresgleichen. Eher mißtrauen oder verabscheuen sie einander, und manchmal, nachts, fallen sie haßerfüllt übereinander her. Dann entladen sich die Spannungen, die – aufgeladen von ihrer Angst, von Kastenfeindschaft und unbegründetem Neid – ständig zwischen ihnen sind. Es gibt die Schwachen, die vor den Stärkeren kriechen, und es gibt einen Stärksten, den Capo, und das ist Birendra Kumar.

Dieses Quartier gibt es immer noch, und vielleicht wirkt auch Birendra Kumar noch in ihm. Die Asylbewerber erreichen es über die Stiege des mittleren jener drei Häuser, durch den Eingang des Hauses Speicherstraße 4. Sie sehen den Main, wenn sie durch die trüben Fenster zur Straße starren, aber der Ausblick hat nichts Tröstliches, er wird von den Silos des Westhafens verstellt, der die gegenüberliegende Straßenseite begrenzt. In den Etagen über der ihren leben Gastarbeiterfamilien.

Der deutsche Herbergsvater, ein geldgieriger, unväterlicher Greis, hatte zwar die Siebzig schon überschritten, als er die verwohnte Mammutetage für monatlich 2800 Mark pachtete, doch die Gewinnchancen, die ihm das Asylrecht bot, hatte er scharfsichtig erkannt. Mit seiner Unterschrift auf den Mietquittungen bekommen die Asylbewerber vom Sozialamt ein wöchentliches Wohngeld von 45,50 Mark. Birendra Kumar nimmt ihnen das Geld am Zahltag wieder ab und händigt es dem Deutschen aus, den er „Chef" nennt. In seinen besten Tagen, ehe das Wohnungsamt einschritt und ihre Zahl auf 25 beschränkte, hat dieser Chef 70 Asylbewerber beherbergt. Sie zahlten ihm monatlich runde 13000 Mark. Aber auch mit 25 Insassen bringt ihm seine Elendsimmobilie das Doppelte dessen ein, was er dafür aufbringen muß.

Tatsächlich aber bewohnten auch nach der Intervention des Wohnungsamts sehr viel mehr Menschen dieses Quartier. Denn der Chef hatte Birendra Kumar zum „Hausmeister" ernannt, und nun nahm der Inder – ohne daß eine deutsche Behörde davon erfuhr – für fünf Mark pro Nacht so viele obdachlose Landsleute auf, daß sich die Enge und die Unverträglichkeiten des Lagerlebens bald wieder einstellten. Die meisten hatten keine Aufenthaltserlaubnis mehr, doch einen illegalen Job in einem Schnellrestaurant des Bahnhofsviertels, in der Putzkolonne eines Reinigungsunternehmens oder bei einem Kürschner. Über Illegale und Geduldete führte Birendra Kumar ein despotisches Regiment. Er hatte sich einen Leibwächter herangezogen, einen kräftigen Mann aus Gudscharat, der Ahmed hieß und seinem Boß an Grausamkeit nicht nachstand. Sie öffneten nur schlichten, ehrlichen Dörflern aus Bangla Desh und dem westindischen Bundesstaat Gudscharat die Tür ihrer Höllenzuflucht, einfältigen Männern, die nichts anderes als ihre heimischen Idiome beherrschten und der deutschen Bürokratie völlig hilflos gegenüberstanden. Birendra Kumar, der wenigstens Englisch sprach, verstand es, diese Männer das Fürchten zu lehren und ihre Unerfahrenheit auszubeuten.

Er kündigte jedem, der sich seinen Befehlen widersetzte, den Hinauswurf aus dem Quartier an. Den Illegalen drohte er mit der Polizei, aber er machte auch die anderen glauben, daß er ihre Abschiebung aus der Bundesrepublik bewirken könne. Für seinen schäbigen Beistand in deutschen Ämtern preßte er ihnen von ihren Ersparnissen und der armseligen Sozialhilfe, die sie bekamen, enorme Beträge ab. Er meldete die Neuankömmlinge, die sich dieser Prozedur selbst nicht gewachsen fühlten, beim Einwohnermeldeamt an. Dafür mußten sie ihm zwischen 300 und 400 Mark bezahlen. Und manchem Tor machte Birendra Kumar weis, daß er ihn mehrmals anmelden müsse, und der zahlte dem Hausmeister mehrmals diesen Betrag, sei es nur, weil er dessen Brutalität und den Leibwächter fürchtete.

Im Asylantenquartier an der Speicherstraße herrschte das drückende Klima der Angst, das in allen Lagern der Welt regiert, gleichgültig, ob Flüchtlinge oder Häftlinge in ihnen leben. Denn es gibt in allen Lagern einen Capo und seinen Leibwächter, die dieses Klima erzeugen. In den Häusern Schleusenstraße 6 (Bahnhofsbereich) und Taunusstraße 30 (Bahnhofsviertel), die dem deutschen Asylunternehmer Ernst Lerp gehören, folterten gewalttätige indische Capos ihre Landsleute, sie rasierten ihnen die Haare mit Glasscherben von den Köpfen.

Ich ahnte von alledem noch nichts, als ich zum erstenmal das Quartier in der Speicherstraße 4 betrat, weil ich sehen wollte, wie indische Asylbewerber leben. Die Männer, die mir mit ängstlicher Miene die Tür öffneten, führten mich wortlos zu Birendra Kumar, und der sah mich aus seinen brennenden Augen voller Mißtrauen an und konnte gleichzeitig lächeln. Er hatte welliges Haar und ein scharf geschnittenes, intelligentes Gesicht mit dem Ausdruck einer voltstarken, nervösen Energie, die förmlich darin zu glühen schien. In dem elenden Raum, in dem wir uns gegenüberstanden, schien er der einzige Lebendige zu sein. Die anderen standen wie erstarrt um uns herum und schwiegen.

Nur wenige mögen verstanden haben, wovon wir sprachen. Ich wollte, daß mein Kollege Henning Christoph im Innern dieser Etage fotografieren durfte, aber ich wollte den deutschen Nutznießer dieses Elends nicht um Erlaubnis bitten müssen. Ich bat Birendra Kumar, mir dabei behilflich zu sein. Doch er sagte, er könne mir nicht helfen, ohne seinen Chef zu fragen. Und der Chef käme freitags, um die Mietgelder abzuholen.

Als ich das Haus verließ, folgte mir einer der Männer, die hinter Birendra Kumar gestanden hatten. Ich bog in die Baseler Straße ein und ging, an mehreren Querstraßen vorüber, auf den Hauptbahnhof zu. Der Mann folgte mir wie ein ängstlicher Hund. Erst kurz vor dem Bahnhof blieb ich stehen. Mein Verfolger kam unsicheren Schritts auf mich zu und stand schließlich vor mir – ein kleiner Inder mit dünnem Oberlippenbart und flehenden Augen. Ich fragte ihn, ob er mir etwas mitteilen wolle. Doch er sah mich nur schweigend an, in seinem Gesicht zuckte es. Er hatte sichtlich etwas auf dem Herzen, doch ihm fehlte der Mut – und wohl auch die Sprache –, damit herauszurücken. Plötzlich senkte er den Kopf, wandte sich von mir ab und ließ mich stehen.

Auch von dem 33jährigen Hindu Ashok Manoj wußte ich noch wenig, als er an jenem Junihochzeitssonntag mit seiner schönen Frau, seiner Schwägerin und mit Henning Christoph und mir zum Tempel der Sikhs ging. Mit dieser Frau, die auf eine Karriere als Fotomodell hoffte, mit der Schwägerin und zwei Kindern war Ashok Manoj aus Haryana nach Frankfurt gekommen. Es war ihm gelungen, in der Bundesrepublik als politisch Verfolgter anerkannt zu werden. In Haryana sei er Journalist und ein prominentes Mitglied der Youth Congress Party gewesen, erzählte er mir. Doch ich konnte ihn nicht dazu bewegen, mir zu erklären, wann genau er seine Heimat verlassen hatte, ob unter der Diktatur Indira Ghandis, die seine Parteichefin war, oder nach der Wiederherstellung der indischen Demokratie durch die Janata Partei. Der verfolgte Feind jeder politischen Richtung in Indien konnte der Parteipolitiker doch schwerlich gewesen sein.

Jedenfalls war er schon seit einigen Jahren in Frankfurt. Er lebte mit seiner Familie in einer Mietwohnung des Bahnhofsbereichs, und in diesem Viertel, in der Gutleutstraße, betrieb er auch sein Geschäft, ein mäßig besuchtes italienisches Speiselokal mit indischem Koch.

Nun hockte er mit untergeschlagenen Beinen neben mir im Tempel und später auch beim Liebesmahl und erklärte mir das Zeremoniell. Manchmal verließ er mich, weil er mit irgendwelchen Landsleuten offensichtlich wichtige Gespräche führen mußte. Dann wieder an meiner Seite, flüsterte er:

„Es kommen so viele Sikhs nach Deutschland, weil der Pandschab, die Landschaft, in der sie gelebt haben, wirtschaftlich prosperiert und diese Leute sich die Tickets für den Flug nach Frankfurt leisten können. Mindestens jeder zweite indische Asylant ist ein Sikh."

Diese Bemerkung klang, als hielte Ashok Manoj, der auch aus dem Pandschab stammte, nicht gerade viel von seinen asylsuchenden Landsleuten und am wenigsten von den Sikhs, bei denen wir zu Gast waren. Erst viel später erfuhr ich, daß er in der indischen Asylantenzunft, die in diesen Tagen dramatisch anschwoll, als Vertrauensperson galt.

Wenige Monate vor jenem Hochzeitssonntag war er dabei gewesen, als sich dreizehn Inder im Tempel der Sikhs versammelten, um eine Frage von höchster existentieller Dringlichkeit zu erörtern. Sie alle hatten sich in ihren Asylanträgen als Mitglieder der Youth Congress Party bezeichnet. Nun ging es um die Frage, wie man die deutschen Behörden dazu bewegen könnte, diesen Emigranten den Status politisch Verfolgter zu gewähren. Und dazu ließ Ashok Manoj sich etwas einfallen.

Das Problem war nicht leicht zu lösen. Es war schon zweifelhaft gewesen, ob Mitglieder des Jugendkongresses, dem Indira Ghandis Sohn Sanchai vorgestanden hatte, von der demokratischen Regierung Morarji Desais tatsächlich verfolgt worden waren. Nach dem neuerlichen Wahlsieg Indira Ghandis im Januar 1980 aber saß mit der einstigen Opposition auch die Youth Congress Party wieder an den Schalthebeln der Macht. Ein indischer Asylbewerber in Deutschland also, der sich auf die Mitgliedschaft in dieser Partei berufen hatte, konnte mit der Anerkennung als politisch Verfolgter kaum noch rechnen. Zwar konnte er, wenn er einen abschlägigen Bescheid erhielt, seinen Aufenthalt in der Bundesrepublik und seinen Anspruch auf Arbeit oder Sozialfürsorge noch um einige Jahre verlängern, wenn er gegen Ablehnungsbescheid und Ausweisungsbeschluß bei den Gerichten Berufung einlegte. Irgendwann aber würden auch die Rechtsmittel versagen und die Verfahren zu seinem Nachteil entschieden werden. Also galt es, dem Erscheinungsbild des machthabenden Jugendkongresses ein paar düstere Farben aufzusetzen.

Was diese Bemühung ergab, war von rührender Naivität,

läßt jedoch das vitale Interesse der indischen Zuwanderer erkennen, sich in der Bundesrepublik zu behaupten. Die dreizehn Verschworenen nahmen den russischen Einmarsch in Afghanistan zum Anlaß einer Resolution, die der deutschen Öffentlichkeit beweisen sollte, daß der Jugendkongreß in Wahrheit machtlos ist.

Die Denkschrift sollte, unter den Augen der deutschen Presse und am Ende einer Demonstration aller 4000 Inder Frankfurts, im indischen Generalkonsulat übergeben werden. Es war der ehemalige Kongreßpolitiker Ashok Manoj, der an ihrer Formulierung mitwirkte:

Man klagte Indira Ghandi der Mitschuld am Unglück Afghanistans an, da sie mit den Sowjets unter einer Decke stecke. Und man bezichtigte sie der Begünstigung älterer Kongreßmitglieder zum Nachteil der jüngeren. Man forderte für die Mitglieder der Youth Congress Party eine angemessene Beteiligung an der Regierungsverantwortung.

Dann aber rückten die dreizehn von ihrem Vorhaben ab. Sie hatten gehört, daß irgendwelche Iraner in irgendeiner Stadt der Bundesrepbulik für Afghanistan demonstriert hätten und daraufhin des Landes verwiesen worden seien.

Die Youth Congress Party hatte als Vorwand für indische Asylbegehren endgültig ausgedient. Die meisten indischen Emigranten, die den Anhörungsbeamten des Frankfurter Ausländeramts seit Indira Ghandis Wahlsieg gegenübertraten, gaben sich jetzt als Naxaliten aus, als maoistische Revolutionäre.

Die Naxaliten sind erstmals 1967 bekanntgeworden, als sie im nordbengalischen Distrikt Naxalbari eine Landarbeiterrevolte gegen Großgrundbesitzer und Geldverleiher anführten. Sie wurde von Polizei und Militär blutig niedergeschlagen. Ihre Anführer gingen in den Untergrund. Sie wollten das indische Elend mit Gewalt besiegen. Sie ermordeten Grundbesitzer, Geldverleiher, Beamte und Polizisten. Und sie wurden nicht nur von der Zentralregierung Indira Ghandis, sondern auch von der marxistischen bengalischen Volksfrontregierung in Kalkutta unnachsichtig verfolgt. Zu Hunderten kamen sie, meist Jungakademiker des indischen Mittelstands, in die Gefängnisse. Viele wurden ohne Gerichtsverfahren einfach ermordet. Doch Morarji Desai ließ die Inhaftierten, nachdem er 1977 die Regierung übernommen hatte, wieder frei.

Kurz darauf setzten die Naxaliten ihre Aktionen fort. Sie schnitten schlafenden Polizisten die Kehle durch und erschlugen einen Großgrundbesitzer mit Knüppeln. So ist ihnen zu glauben, wenn sie sagen, daß man sie verfolgt. Einen dieser furchterregenden Revolutionäre habe ich im Ausländeramt beobachtet, während er einen erschöpften Beamten wortlos, nämlich mit dem Brief seines Anwalts, um Asyl bat. Im Flur drängten sich an die 100 Asylsehnsüchtige aus allen Welten des Orients, um zu diesem Schreibtisch vorzudringen. Der Beamte war ein älterer Mann mit schütterem Haar, der über den Andrang schier verzweifelte. Der Antragsteller war 25 Jahre alt und hatte ein gutmütiges Gesicht unter einem weißen Turban. Er hieß Mahender Singh, war in Chittaranjan im Pandschab geboren. Im hektographierten Brief seines Anwalts stand, daß er fünfmal verhaftet worden sei, weil er Plakate geklebt habe.

In den runden Augen dieses sanften, jungen Mannes war etwas Fassungsloses, ein grenzenloses Staunen. Mit Sicherheit hatte er nie im Leben einen Naxaliten gesehen, denn es gibt unter den 650 Millionen Indern nur 3000. Was ihn so staunen machte, war vermutlich der Umstand, daß dieses fremde Deutschland ihn, zumindest vorübergehend, aufnahm und ernährte, weil er etwas so Schreckliches gewesen zu sein behauptete wie ein Naxalit.

Im Tempel der Sikhs sah ich ihn wieder. Selbst in dieser konservativen Gesellschaft schien der sanfte Revoluzzer wohl gelitten zu sein. Er stand im Hof und lächelte einfältig.

Als der Konsul begann, vor der Tür zur Küche in einem großen Zuber das Geschirr zu spülen, verließ ich den Tempel. Auch andere Tempelgäste waren in den Hof getreten und suchten unter den Schuhen, die paarweise und frisch geputzt auf sie warteten, die ihrigen. Braut und Bräutigam standen stumm nebeneinander. Niemand kümmerte sich mehr um sie, es war, als hätte man sie schon vergessen. Nach und nach traten die Männer wieder zu ihren Frauen. Die Menschen plauderten und lachten. Im Gurudwara hinter dem Frankfurter Güterbahnhof ruhten alle Feindseligkeiten. Es herrschte tiefer Sonntagsfriede.

KAPITEL V

# Der Alltag

Show im Bahnhofsviertel: Im Zentrum des einsamen Spektakels ohne Ruhm und Applaus steht ein rundes, drehbares Bett mit rotem, abgesteppten Polster. Von der Decke darüber hängt – so groß wie ein Schulglobus – eine gleichfalls drehbare Kugel herab, rundum mit Spiegelscherben besetzt, die das Scheinwerferlicht brechen. In der cremefarbenen Plastikwand, die das träge rotierende Bett zylindrisch umgibt, reflektieren fünfzehn Fensterrechtecke aus einseitig verspiegeltem Glas die silbernen Flutwellen des gebrochenen und gestreuten Lichts. Nur wenn ein Scheinwerferkegel frontal auf ein Fenster trifft und den Spiegel durchdringt, kann Barbara das Gesicht erkennen, das sich dahinter verbirgt.

Ihr ist, als sei es immer dasselbe Gesicht – das überwache, eigentümlich reglose Antlitz eines Mannes, der sich keinen Lidschlag erlaubt, damit ihm von den 60 Sekunden Peep Show, für die er mit einer Mark bezahlt hat, keine verlorengeht. Von allen Unerträglichkeiten ihres Jobs ist ihr dieser Anblick die unerträglichste. Es ist viel schwerer, als Barbara geglaubt hatte, auf dem Bett einer Peep Show das Publikum zu ignorieren.

Ab vormittags um elf bis nachts um eins liegt sie einmal pro Stunde – und wenn eine Kollegin fehlt, auch mehrmals – für sechs Minuten auf diesem Polsterkreisel.

Dort liegt sie, wie ihre Mutter sie geboren hat, mal bäuchlings, mal auf dem Rücken, die langen, schlanken Beine mal gestreckt, mal gebeugt, meistens gespreizt, die Hände auf eine unablässige, laszive Wanderschaft über den nackten Körper geschickt, den Schmollmund halb geöffnet, die Augen halb geschlossen, im Ohr die Lautsprecherstimme des Conférenciers oder das Hallgewitter der Rockmusik, im Herzen eine Leere ohne Horizont.

Nur wenn ihr Kopf, auf das kreisende Polster gebettet, an dem kurzen, offenen Durchgang zur Garderobe vorübertreidelt, öffnet sie die Augen ganz. Dann will sie sehen, ob sich eine ihrer neun Kolleginnen am anderen Ende des Ganges zur Ablösung bereithält. Pro Tag 180 Mark bekommt sie für ihre horizontalen Darbietungen, ein Zehntel der Gage muß sie ihrem Agenten abgeben, der sie in diesen Kabinenzirkus vermittelt hat – in eines jener Spektakel des Bahnhofsviertels, die den Verarmten und Verklemmten unter den Gästen des

Milieus geschaffen wurden. Im letzten Monat war Barbara in Essen, im nächsten wird sie in Nürnberg sein.

Doch sind ihre Darbietungspflichten mit vierzehnmal sechs Minuten Räkel-, Fummel- und Gebärdenspiel noch nicht vollbracht. Über den Wandspiegeln der Garderobe – in der verregnete Mäntel und parfümierte Kleider, in der Strümpfe, Dessous, Morgenmäntel, Straß, Tüll, Pfauenfedern, Handtaschen, Schuhe, Decken, Luftmatratzen, Zeitschriften, Groschenromane, erkaltete Würstchen und erwärmter Kartoffelsalat zu einer Plunder- und Pleureusenhöhle zusammengewachsen sind –, in dieser Garderobe also hängt ein verglastes Nummerntableau. Und wenn dort die vier aufleuchtet, muß Barbara das Strickzeug sinken lassen und einem Kunden, der an der Kasse 50 Mark dafür bezahlt hat, in eine separate Kabine folgen, auf die sterile Bank eines Plastikkäfigs von 100 mal 100 mal 200 Zentimetern. Dort muß sie sich, nur mit einem Höschen bekleidet, gemeinsam mit dem Fremden einen Pornostreifen ansehen, den sie mitsingen könnte.

Dort bekommt das Gesicht ihres Publikums für wenige Minuten eine Stimme, so falsch wie sein Lächeln, einen Mund, der atmet und zwei Hände, die greifen. Und wenn sie den Händen nicht wehrt und die eigenen nicht schont, dann verdient sie sich einen Halben als Zubrot – kalt, hitzig und schnell. Aber auch im fahlen Mattscheibenlicht des Pornofilms bleibt das Gesicht dieses Fremden, ihres Publikums, obgleich es sich rötet und näßt und verzieht, jene ferne, gefräßige Alptraumfratze im Zellenverschluß hinter dem Spiegelglas.

Als sie das letzte Mal in dieser Peep-Show arbeitete, hatten die Bosse ein Pärchen engagiert, das vierzehnmal am Tag einen handgreiflichen, vitalen Koitus aufs Drehbett legte. Damals bildete die Kundschaft vor den Kabinentüren ungeduldige, schweigsame Männerklumpen, in der Mehrzahl waren es Türken, Inder, Pakistanis, Afghanen. Die Chefs hatten für den Ausbau ihres Fenstertheaters eine halbe Million Mark hinblättern müssen. Mit dem Pärchen wollten sie etwas schneller aus den roten Zahlen heraus. Dann aber machte das Ordnungsamt – mit Hinweis auf den Paragraphen 33 a der „Singspielerlaubnis" aus dem Jahre 1920 – der flotten Nummer ein Ende.

Morgens um eins stolpert Barbara mit ihrer Freundin Uschi die 100 Meter Elbestraße zum Hotel „Elbe" hinab, in dem sich die beiden Mädchen mit einer dritten Kollegin ein Zimmer teilen. Barbara und Uschi schlafen unter den trüben Lilienkelchen einer Hängelampe im Doppelbett, die dritte liegt in einem Einzelbett daneben. Und während die dritte schon schläft, drehen sich Barbara und Uschi – um besser schlafen und vielleicht sogar vergessen zu können – ein paar Joints.

Beide stammen aus dem Ruhrgebiet. Barbara ist 21 und war Verkäuferin in einem Kaufhaus, Uschi ist 19 und fand keine Lehrstelle. Während sie rauchen, sprechen sie über das Leben, aus dem sie ausgeschlossen sind, seitdem sie – immer müde, meistens verdrossen – Tag für Tag zwischen Hotel- und Kreiselbett pendeln, weil die bürgerliche Außenwelt keinen Job für sie hatte, für den zu placken sich gelohnt hätte. Sie kommen selten vor drei Uhr morgens zur Ruhe, und sie müssen um zehn schon wieder aufstehen. Wenn sie einschlafen, dann die eine in den Armen der anderen.

Ganz selten hat eines der beiden Mädchen einen jungen Mann zu Gast – vielleicht einen Freund aus dem Kohlenpott, vielleicht einen Kellner aus dem Milieu. Dann teilt er das Bett mit beiden, ein flüchtiger Besucher, der irgendwie – auch wenn Winter ist – nach Sommer und Freiheit duftet.

Allmorgens um eins schleppt sich auch ein kleiner, gemächlicher Mann mit schütterem Haar und freundlichen, blauen Augen an naiven, erotischen Tuschefresken vorüber, die Peep Show-Kellertreppe zur nächtlichen Flimmeraußenwelt des Bahnhofsviertels hinan, auch er nach vierzehn Stunden Arbeit. Es ist der Conférencier der Peep-Show, 49 Jahre alt.

Einst hatte er in den Nachtcabarets deutscher Großstädte conferiert, ein Späßchenmacher und Witzeerzähler mit einer hintergründigen Stimme, die auf das Zwerchfell seiner Zuhöhrer zielte und nun keine Pointen mehr artikuliert. Heute steht der Mann außerhalb des Kabinenzylinders der Peep-Show hinter einer Theke mit kleinem Monitor, der aus dem Zylinderinnern abbildet, was er mit der überschwenglichen Pornoverheißung seiner Kommentare untermalt. Einst sei er mit berühmten Stars befreundet gewesen, sagt er, doch sie erinnerten sich dieser Freundschaft nicht mehr.

Es gibt keine Cabarets mehr, die Conférenciers beschäftigen. „Ich bin an der Brutalität der Sexwelle kaputtgegangen", sagt der Conférencier.

Alltagsszene im Bahnhofsviertel:

Es ist ein Uhr vorbei. Dem Bahnhofsviertel läuten keine Kirchturmglocken die Stunde, aber für Peep Show-Unternehmer und Einuhrkonzessionäre hat die Sperrzeit begonnen. Einige Lokale schließen. Ein schwarzer GI in Zivil, ein Negerriese, bekleidet mit einem goldfarbenen Blouson und olivbrauner Kunstfaserhose, die ihm über Schenkeln und Hintern spannt, flaniert vom „Hamburger Drive in" die Moselstraße in Richtung Kaiserstraße hinab. Er zelebriert seinen Schritt, er wiegt sich beim Gehen in den Hüften und stoppt seinen Hüftschwung nach jedem Tritt mit einem Kick – ein musikalisches Zucken, das aus der musikalischen Mitte seines athletischen Körpers kommt. Und wenn ihm der Kick in die Finger fährt, macht er sie schnipsen. Seine großen, runden Augen über der breiten Nase spiegeln den sanften Frieden einer Haschisch-Phantasie, aber auch alles Leid seines jungen, schwarzen Lebens.

Jede Hure erkennt den Soldaten in ihm. Die farbigen Zuhälter aus Afrika, selbst die aus der Karibik, tänzeln nicht. Sie treten fester auf, ihre Gangart ist gespannt, unmerklich zögernd, von immer gewarnten Muskeln angetrieben.

Jede Hure erinnert sich des Datums, wenn sie einen amerikanischen Soldaten erkennt. Ohne den Zulauf seitens der amerikanischen Armee – damals, in jenen Besatzungstagen – wären im Bahnhofsviertel keine roten Lichter angezündet worden. Aber heute kommen die GIs nur noch einmal im Monat, am Monatsultimo, dem „Pay Day", dem Zahltag ihres Soldes – zwei Mark für einen Dollar, ein Gramm roter Libanese für 20 Mark, ein „Screw", ein „Fuck", 100 Pulsschläge Lust für 50 Mark.

Es ist Pay Day.

Der Soldat geht an dem Haus Moselstraße 39 vorüber, das die Stadt dem Hersch „Henry" Beker wohlfeil übereignet hat – noch eine düstere Lücke im Licht. Wo Taunus- und Moselstraße sich kreuzen, bleibt er stehen. Dort bildet Hersch

„Henry" Bekers altbausaniertes Zweifarbenhaus die Ecke. Der Soldat sieht an ihm empor: Hinter jedem Fenster Tüllgardinen. Hinter jeder Gardine eine rote Neonröhre. Im Erdgeschoß die Bar „King George". Ein hübsches Bordell, dessen Räume Hersch „Henry" Beker einem Manager des Milieus vermietet hat. Der Soldat zögert nicht. Im Swingschritt tritt er durch die schmale Tür neben der Bar ins Haus und steigt die Treppe hinauf, im Blick die Füße eines Vordermannes, im Rücken das Keuchen eines Hintermannes.

Zu dieser Stunde sind die Zimmertüren ganzer Korridore geschlossen. Zu dieser Nachtstunde verdienen sich die Huren zum Brot die Butter. Die Türen sind so unerbittlich zu, und auf den Fluren, den Gassenmärkten des Metiers, hat sich das Angebot so erbarmungslos der Nachfrage entzogen, daß die späten Bordellflaneure von einem Schreckgefühl der Unwiederbringlichkeit ergriffen werden.

Auch der Soldat beschleunigt seinen Schritt. Doch im dritten Stock findet er zwei benachbarte Türen geöffnet, vor jeder ein Mädchen. Die eine dringt ungeduldig mit jugoslawischem Tonfall in einen Deutschen, der sie lächelnd mustert, zu lange für ihren gierigen Geschmack. Sie ist eine füllige Bauernmadonna in weißer Spitzenwäsche, Mittelscheitel, derbe, manikürte Hände. Das Mädchen nebenan, weich gegen die Tür gelehnt, ist farbig, sie hat eine mattbraune Haut, um genau zu sein. Sie hat krauses, rotes Haar, das ihr in gestärkten Strähnen vom Kopf strebt. Sie trägt Schwarz – einen Slip, der ihr knapp übers Schamhaar reicht, einen Büstenhalter über zarter Füllung. Sie ist grazil wie ein Schwan, sehr jung und um die schläfrigen Augen herum sehr reif.

Auf sie geht der Riesenneger zu. Seine Haut ist beinahe schwarz, und sie glänzt.

„I'm gonna fuck you", sagt er brutal. Aber er lächelt.

Sie hebt die Lider um einen gleichgültigen Millimeter. Ihre Nase kräuselt sich ein wenig, eine schmale Nase über empfindsam genarbten Lippenwülsten.

„Thirty bucks," sagt sie. Dreißig Dollar – wie bei Brecht.

„Too much, babe! You're killin' me, man!"

„Whatsa chappen, breddah? It's pay day, isn't it?"

Der Soldat hat den Akzent der Hure erkannt, sie stammt aus

Jamaika. Der Soldat will als Soldat nicht erkannt werden. In seiner Rekruteneinfalt mag er sich gesagt haben, sie mache es billiger und zärtlicher, wenn er sie glauben macht, daß er auch aus Jamaika kommt. Er weiß nicht, daß in Jamaika auch ein schwarzer Amerikaner ein häßlicher Amerikaner ist und daß seine Hautfarbe ihn nicht tarnt.

„Ich komme aus Jamaika, Babe."

„Ha! Du mußt trotzdem 30 Dollar löhnen, Mann."

Da dreht sich der Deutsche, der bei der Jugoslawin steht, zu beiden um.

„Lassen Sie mich die 30 Dollar bezahlen. Nicht für mich" – er deutet auf den Soldaten – „für ihn."

„Warum nicht", sagt sie.

„Vow!" sagt er.

„Aber ich habe einen Wunsch", sagt der Deutsche. „Ich möchte dabei sein dürfen."

„Na klar, Mann!" kreischt der Soldat.

„Okay", sagt sie und lächelt.

Das Zimmer hat ein Bett und eine Couch, einen Schrank, einen Tisch, ein paar Stühle, kein rotes Licht.

Der Deutsche setzt sich auf die Couch und zündet sich eine Zigarette an. Der Soldat zögert einen Augenblick, er sieht zu diesem Mann hinüber, der ihm ein bißchen verrückt vorkommt – oder impotent. Sei's drum. Der Soldat ist selig, sein rundes Kindergesicht ganz hell, als wäre Weihnachten, ein wahrhaft Beschenkter.

„Oh, Mann", stöhnt er.

Dann zieht er sich in wenigen Sekunden aus. Er hat einen makellosen Körper, ein unentdeckter Mister Harlem, und er hat den gewaltigsten Penis, den der Deutsche je gesehen hat. Doch die Hure – eben legt sie sich rücklings aufs Bett – scheint die Gegenwart des nackten Soldaten, selbst wenn ihr Blick ihn flüchtig streift, gar nicht wahrzunehmen.

„Wasch dich", sagt sie und deutet auf das Waschbecken.

Der Soldat gehorcht. Er tut es nicht ohne Stolz, erkennbar nicht ohne den Gedanken an seine Schönheit, er ist eitel. Er schämt sich seiner Nacktheit nicht, auch nicht vor dem fremden Voyeur. Der Fremde hat den Eindruck, daß die Nacktheit dieses Negers natürlicher Anzug ist. Während der Soldat sich wäscht, übertreibt er das glänzende Spiel seiner Muskeln. Er will der Hure Eindruck machen. Er will, daß sie ihn liebt. Doch die Hure, den Kopf gelangweilt auf ein Kissen gebettet, starrt zur Decke. Die Beleuchtung ist gelb und alltäglich. Keine Musik.

Was dann geschah (und runde zwanzig Minuten dauerte), war der Akt, dem das Bahnhofsviertel seine kriminelle Existenz und sein unabwendbares Fortdauern verdankt. Es war der Akt, der ihm Reputation und Tarnung verleiht, ja auch Tarnung. Welcher Art die ungesetzliche Tat auch ist, die jemand aus diesem Milieu begeht, mag er Hehler, Dealer oder Killer sein – er wird sich immer auf diesen Akt herausreden. Denn der Verbrecher versteckt sich im undurchdringlichen Netzwerk der Prostitution. Sie ist das reißfeste Kostüm seiner Rechtschaffenheit, fleckig zwar, wie jedermann weiß, doch von der Obrigkeit gewendet und geflickt, nachdem die Unterwelt es mal gehäkelt hat. Mag der Verbrecher kilogrammweise Heroin verteilen, ohne es zu berühren, mag er auf andere Art den Tod eines jener 50 Menschen verschulden, die jährlich im Bahnhofsviertel auf unnatürliche Art ihr Leben lassen, im Verhör wird er immer nur ein Zuhälter sein – oder ein Bordellpächter, ein Hausbesitzer, ein Kellner, ein Geschäftsführer, ein Wirtschafter –, jedenfalls durch Prostitution gerechtfertigt. Sie erklärt sein Einkommen. Sie hat ein Alibi für ihn. Sie stellt ihm die Entlastungszeugen. Ihre heimlichen Garden bringen jeden Zeugen, der gegen den Verbrecher aufsteht, zum Schweigen. Seine Karriere gründet sich auf nichts so sicher wie auf die atavistische Vitalität dieses bezahlten Akts, der in 26 Bordellen und einigen Absteigen des Bahnhofsviertels, in 1000 Zimmern, mit 2000 Huren bis zu zehntausendmal pro Tag ausgeübt wird.

Anfangs fürchtete der Deutsche, das Riesenkind aus einer Eschborner Kaserne würde die Hure aus Jamaika mit seiner monströsen Heftigkeit zerreißen. Aber sie entließ nur einen flachen Seufzer. Dann sank sie in ihre grausame Gleichgültigkeit zurück. Und dennoch funktionierte ihr graziler Körper. Er produzierte Feuchtigkeit und Geruch. Stehend war dieser Leib eine einzige Zärtlichkeitsverheißung gewesen. Wem wohl gab sie ihre Zärtlichkeit? Liegend war er Opfer und Beleidigung zugleich. Die Mimik der Hure war gestorben, ihr Gliederspiel auf das Flatterecho beschränkt, das sein Athletendrängen und sein Fühlvermögen hervorriefen. Der Ausdruck ihrer Augen wäre mit Gleichgültigkeit – und später mit Ungeduld – nur ungenau beschrieben. Es war der Ausdruck eines Niegeborenseins. Es war die sinnentote Hinnahme einer Belanglosigkeit, die das Herz nicht belastet und die Erinnerung nicht befleckt. Sie ereignete sich augenscheinlich nicht in der Existenz der Hure, nur in ihrem Körper, in ihrer unbeteiligten Stofflichkeit. Ihr menschliches Leben war für die Dauer des Aktes angehalten.

„Mach ein bißchen schneller", sagte sie.

Und nach zehn Minuten:

„Was hast du eigentlich gefressen, daß du nicht kommst – Dope oder Koks?"

Dann aber wurde sie unfreundlich:

„Nun mach schon, du Ochse, ich hab nicht ewig Zeit."

„Yeah, man!" sagte der Soldat.

Schicksal im Bahnhofsviertel:

Die Lichter über der Peep-Show, die Taunus-, Ecke Elbestraße ihre kalten Feuer ausstrahlen, sind gewöhnlich längst erloschen, wenn die krebskranke Straßenhure Gina, die eigentlich Ottilie heißt, auf ihren nackten, schmerzenden Füßen in das Haus gegenüber läuft, in das Bordell, in dem sie ihren Hund und ihre Bleibe hat. Immer seltener folgt ihr in letzter Zeit ein Freier. Immer häufiger versäumt sie es, auf dem Bürgersteig der Elbestraße ihrem Gewerbe nachzugehen, das sie nie als Schande empfand und das seit 30 Jahren ihr Schicksal ist. Ausländischer Kundschaft freilich – den „Kanakenfreiern" – verweigert sie sich auch in der Not. Einem solchen Menschen ihr weißes Bett aufzuschlagen, während ihre Puppen ihr zusehen und „Lady", ihre Pekinesin, das brächte sie nicht über sich.

Die Füße schmerzten ihr nicht nur vom langen, nächtlichen Stehen – barfuß, weil sie in Schuhen quellen wie Hefeteig. Das rechte Bein martert Gina auch, wenn sie liegt. Es gehorcht ihr nicht mehr. Und was ist das Bein einer Hure noch wert, wenn es sich den Wünschen einer mitleidlosen Kundschaft und den Befehlen eines gesunden Gehirns entzieht?

Auch in der Brust sind die Schmerzen ärger geworden. Seit zwei Jahren weiß sie, daß der Krebs darin wuchert, aber bislang hat sie sich damit beholfen, daß sie kräftig mit der Faust dagegenschlug, wenn sie ihn spürte. Irgendwie hat ihr das bisher geholfen. Jetzt aber tut ihr auch der untere Brustkorb weh. Und wenn Gina, immer noch Katholikin, immer noch eine Beterin, in der Todesverlassenheit ihres Sündenbettes gegen Morgen diesen Schmerz verspürt, dann lauscht sie lange und tief in sich hinein. Dann verschließt sie sich ihren Ahnungen, indem sie sich tröstliche Diagnosen stellt: Es könnte eine Rippenfellentzündung sein. Oder Rheumatismus. Sie hat von der letzten Malaise dieser Art noch ein paar ABC-Pflaster übrig. Die klebt sie sich auf Bauch und Brustkorb.

Der Pächter des Bordells, in dem sie seit drei Jahren wohnt, ein Mann Anfang Vierzig, der im Milieu „Hacko" genannt wird, hat ihr die happigen 40 Mark Tagesmiete bis auf weiteres gestundet.

„Er ist ein gutmütiger Mann", sagt Gina.

Ihres kranken Beines wegen ist sie zu einem Arzt in der Kaiser-Passage gegangen, einem galerieähnlichen Durchstich zwischen Kaiser- und Taunusstraße, gleich bei ihr um die Ecke. Ihre Freundin, die auf dem Straßenstrich der unteren Elbestraße auch ihre Standnachbarin ist, hat ihr die Treppe zur Praxis hinaufgeholfen. Der Arzt hat ihr für 50 Mark eine Spritze gegeben, und die Schmerzen im Bein ließen vorübergehend nach. Aber er gibt ihr die Spritze nur, wenn sie die 50 Mark hat, und das treibt Gina, denn sie ist nicht krankenversichert, immer wieder des Nachts in die untere Elbestraße. Zu ihrer Freundin hat der Arzt gesagt:

„Diese Frau kostet uns noch mal 20 oder 30 000 Mark."

Damit meinte er uns alle – die Gesellschaft rechtschaffener Steuerzahler, die für Ginas Sterben aufkommen muß. Aber noch ist es nicht soweit.

Am 9. Oktober 1980 wird Gina 48 Jahre alt. Am Abend dieses Tages wird sie, außerhalb des Milieus, in der „Brückenschänke" eine große Party geben. Seit Monaten schon denkt sie unablässig an dieses Fest. Sie malt sich die Blumenarrangements aus und das üppige kalte Buffet. Mit dem Füllfederhalter und in schönschreibbemühter Kinderschrift schreibt sie die

Einladungen. Abgesehen von einiger Milieuprominenz – von Hacko selbstverständlich, aber auch von Kalli Baumüller, der stets freundlich zu ihr war und dem sie so etwas wie Ehrfurcht entgegenbringt – wird sie nur Menschen einladen, die mit diesem Milieu nichts zu tun haben, darunter einen Rechtsanwalt und einen veritablen Staatsanwalt.

Gina denkt nicht. Wenn Denken die rationale Bemühung um Erkenntnis und Bewältigung der Wirklichkeit bedeutet, dann denkt Gina nicht. Darin gleicht sie der Mehrzahl aller Huren. Sie ergeht sich nur in Erinnerungen und Visionen. Also kann sie es nicht gedacht haben – aber in den tieferen Schichten ihres Unterbewußtseins wächst dieser Geburtstag zu einer späten Rechtfertigung ihres Hurenlebens heran, zur tragischen Vollendung ihrer bürgerlichen Emanzipation, nach der sich jede Hure insgeheim sehnt. Im tiefsten Innern weiß Gina, daß sie zum Tode geweiht ist, daß es nach diesem Geburtstag keine Freier mehr geben wird. Aber die Aussicht, einen festlichen Abend lang von ihren soliden, bürgerlichen Gästen gefeiert zu werden, gibt ihr die Kraft, sich dem gnadenlosen Zugriff ihrer Krankheit bis zu diesem Tage zu verweigern. Bis zum 9. Oktober noch wird Gina in den Stunden ihres Valiumschlafs ein kurzes, allnächtliches Vergessen finden.

Überlebenskämpfe im Bahnhofsviertel:

Miusse Ziri ist achtzehn Jahre alt, Andemichael Sellasie ist siebzehn. Sie flohen gemeinsam aus Eritrea, und sie zogen gemeinsam unter Ginas entrüsteten Augen in Heinrich Gaumers Elendsasyl über der „Sauna 2000" ein. Miusse Ziris Vater ist tot. Beider Brüder kämpfen in der eritreischen Befreiungsfront. Beide wollen in Deutschland studieren, Miusse Ziri Naturwissenschaften, Andemichael Sellasie Mathematik. Nun sitzen sie nebeneinander auf einem primitiven Bett und lernen deutsch. Das ist für die beiden hellhäutigen Schwarzen mit den schmalen Gesichtern und der hohen Stirn eine uferlose Mühe.

Sie beherrschen etwas Schulenglisch, also lernen sie die Mundart ihrer Asylheimat mit englischen Lehrbüchern. Einen Lehrer können sie sich nicht leisten. Doch das Schwierigste ist für sie nicht der Umstand, daß sie auch im Englischen nicht sattelfest sind. Die meisten Probleme haben sie mit der deutschen Aussprache. Ihre Muttersprache ist Tigrinya, ein südsemitisches Idiom, das deutschen Sprachwissenschaftlern früher als Vulgärarabisch galt. Diesem Klangsystem ist eine beträchtliche Anzahl von Konsonanten eigentümlich, die mit dem Gaumen und in der Kehle gebildet werden. Um auf die deutsche Aussprache zu kommen, schreiben die beiden fleißigen Junger einen englischen Begriff ins Heft, daneben das deutsche Wort und dahinter, voller Hoffnung, in ihrer eigenen Schrift die lautsprachliche Wendung. Etwa: „Cleverness" gleich „Klugheit" gleich „Glkkitt".

So versteht sie vorerst, wenn sie ihre neuen Talente im Kaufhaus an der Kaiserstraße erproben, keine Verkäuferin.

Befragt, warum er nach Deutschland kam, antwortet Miusse Ziri:

„Wir haben einen freien Willen. Wir sind politische Flüchtlinge. Wir haben einen Grund, hier zu sein."

Befragt, warum er nicht wie sein Bruder in die Befreiungsfront eingetreten ist, sagt er, und dabei wird seine Schokoladenhaut um einen rötlichen Schatten dunkler:

„Natürlich sollten wir auch kämpfen. Aber wir sind in den Sudan geflohen und nach Deutschland gekommen, weil wir unser Leben retten wollten."

Befragt, ob er mit anderen Farbigen im Bahnhofsviertel Kontakt hat, schüttelt er heftig den Kopf. Er beschleunigt seine Schritte, wenn er schwarzen Zuhältern oder schwarzen amerikanischen Soldaten in der Elbestraße begegnet. Deren Gegenwart in dem Viertel, in dem zu leben er gezwungen ist, bereitet ihm tiefstes Unbehagen. Denn sie trinken Alkohol, rauchen Marihuana und gehen in die Bordelle. Nie würde er an so einen das Wort richten, denn Miusse Ziri ist, obgleich er aus seiner Heimat floh, vor allem ein stolzer Afrikaner. Seine Rassegenossen im Bahnhofsviertel und die Prahlerei ihres Auftretens sind eine Gefahr für seine Selbstachtung und die erhabenen Gefühle, die er sich für den Kontinent bewahrt hat, dem sein Heimweh gilt. Die Frage ist ihm peinlich.

Keine 100 Meter Luftlinie vom eritreischen Asyl entfernt, unter der Adresse Kaiserstraße 52, haben Hersch „Henry" Beker und sein älterer Bruder Chaim, genannt „Charly", ihr Büro. Es besteht aus zwei einfachen Räumen mit ebenerdiger

Tür zum Hinterhof, abgeschieden von der Sonne, versteckt vor unerwünschtem Besuch. Dieses Büro hat nichts an sich, was auf die gesellschaftlichen Ambitionen seiner Eigentümer schließen ließe. In jedem Raum stehen ein schlichter Schreibtisch und ein geräumiger Stahltresor, es gibt zwei Telefone und ein paar Stühle. Im übrigen ist die Einrichtung jeglicher Überflüssigkeiten bar, keine Bilder, keine Blumen.

In die Tresore fließen die Tages- und Nachteinnahmen der Bekerschen Betriebe. Aus ihren stählernen Kammern bekommen die Angestellten das Wechselgeld, das sie brauchen, so der Peep Show-Bedienstete von nebenan das Hartgeld für die Kasse, an der sich die Kundschaft für die Münzschlucker in den Kabinen die Marktstücke einwechselt.

Henry Beker kommt nur gelegentlich in dieses Büro. Er ist zwar der jüngere der beiden Brüder, doch weiß im Bahnhofsviertel jeder, daß er der Boß ist. Dennoch ist er keine charismatische Persönlichkeit. Die Allmacht, die er im Milieu ausübt, hat sich ihm mit keinerlei Auffälligkeit ins Gesicht geschrieben. Er trägt, wenn er seine Unternehmungen inspiziert, seinen auffallend soignierten Habitus mit energischen Schritten durch Elbe- und Moselstraße – unter dem dünnen, rötlichen Haar, im rosafarbenen Gesicht, meist ein freundliches Lächeln. Noch harmloser wirkt sein Bruder Charly: Er ist schlank, dunkles Haar, verhangener Blick, goldene Ketten unter der aufgeknöpften Hemdbrust. Und dennoch beeilt sich jeder Ganove, der diesen Männern begegnet, sie aufs artigste zu begrüßen. Unter ihrem freundlichen Blick werden Kraftmenschen und Schlagetots weich.

Daß ihnen dereinst von starken, deutschen Mannsbildern so kriecherisch gehuldigt werden würde, ist den Bekers an der Wiege nicht gesungen worden. Denn als sie geboren wurden, waren die Deutschen gerade dabei, das Volk der Juden auszurotten. Chaim Beker kam am 3. März 1941 im sowjetrussischen Kertsch, einer Hafenstadt auf der Krim, zur Welt. Sie wurde ein halbes Jahr darauf von den Deutschen besetzt. Sein Bruder Hersch wurde schon – einige tausend Fluchtkilometer von den Greifkommandos der SS entfernt – im sibirischen Barnaul geboren, am 9. November 1943. Wenn man weiß, daß beider Vater – und ihre verstorbene Mutter, die den zärtlichen

Namen Taube trug – vordem in Kattowitz zu Hause waren, dann braucht man keine Einzelheiten zu kennen, um die Tragödie einer Flucht zu begreifen.

Niemand konnte mir erzählen, wann und auf welchem Wege die Bekers nach Deutschland kamen. Sie selbst lehnten es ab, über ihr Leben und ihre Geschäfte mit mir zu sprechen. Chaim und Hersch gingen in Frankfurt zur Schule. Es muß also bald nach dem Krieg gewesen sein, daß die Bekers in dieses Land kamen, das noch zerstört war, das ihnen fremd und – seiner jüngeren Geschichte wegen – unheimlich gewesen sein muß. Sie hatten in deutschen Vernichtungslagern nahe Blutsverwandte verloren, wie übrigens auch andere ihrer engeren Geschäftspartner im Bahnhofsviertel. Aber der Augenschein läßt darauf schließen, daß sie sich mit ihrer deutschen Umwelt arrangiert haben, denn die Pächter ihrer Häuser sind Deutsche und viele ihrer Angestellten sind es auch.

Von ihrem Büro in der Kaiserstraße aus regieren Henry und Charly Beker ihr Milieu-Imperium. Weit außerhalb der Stadt, im ländlichen Götzenhain, bewohnen sie eine Villa mit Park. Vielleicht führen sie die wichtigsten Gespräche über Immobilien-Ankäufe und Bebauungsvorhaben dort. Aber auch in ihrem glanzlosen Kontor müssen sie Ernstes bereden, auch dort entscheiden sie über das Schicksal anderer. Sie tun es kühl und konzentriert, während durch die tapezierte Wand des hinteren Zimmers die dümmlichen Dialoge und theatralischen Lustseufzer eines benachbarten Pornokinos dringen. Sie fühlen sich durch die frivole Klangkulisse kaum gestört, vielleicht weil sie keinen Widerspruch zum Charakter ihres Imperiums bildet. Es ist das größte im Milieu, und es wächst immer noch.

In der Toleranzzone des Bahnhofsviertels gehören die folgenden Häuser als Grundbesitz dazu:

- Taunusstraße 48 (mit der Hure aus Jamaika),
- Elbestraße 38, noch ein Wohnhaus,
- Elbestraße 45 (verpachtet an Oswald „Ossi" Büttner),
- Elbestraße 47, vom Wohnungsamt versiegelt, vom Gericht entsiegelt, jetzt Bordell,
- Moselstraße 39 (einst städtischer Besitz),
- Moselstraße 47, mit „Henrys Pinte", einem Spielklub und einem Bordell.

Außerhalb der Toleranzzone gehören zum Bekerschen Besitz im Bahnhofsviertel die Häuser

- Münchener Straße 38 und
- Obermainanlage 24.

Außerhalb des Bahnhofsviertels, im Bordellwinkel der Frankfurter Altstadt, einer anderen Toleranzzone, gehört den Bekers das Haus

- Allerheiligenstraße 28 mit Bordell.

Und außerhalb Frankfurts zählen zu ihrem Besitz

- Liegenschaften in Höchst und Babenhausen.

Nicht alle Liegenschaften gehören Henry Beker alleine. Manchmal teilt er sich mit seinem Bruder, manchmal mit anderen Glaubensgenossen in ihren Besitz.

Überhaupt sind Eigentum und Nießnutz an Lokalen, Spielklubs, Bordellen und Liegenschaften im Bahnhofsviertel auf vielfältige Weise und bis zur fiskalischen Unkenntlichkeit ineinander verschlungen. Viele Bosse im Milieu teilen sich das Bordell links der Straße mit dem einen und die Spielhölle rechts davon mit dem anderen Kumpan, während jener wieder der Kompagnon dritter und vierter Miteigentümer ist. So sind alle, wie die Steine einer fertigen Domino-Verkettung, miteinander verbunden – durch Besitzanteile und Prozentabsprachen. Am Ende bilden sie einen nahezu geschlossenen Zirkel, eine geheimnisvolle Gesellschaft mit kaufmännischem Ehrbarkeitsanspruch.

Dieses System ist eine Igelstellung auf dem Felde der Mehrwertschöpfung, von Argwohn und Sicherheitsbedürfnis geschaffen. Es hat den Vorteil, daß nahezu jeder seines Konkurrenten Partner ist, daß er nicht befürchten muß, von ihm erledigt zu werden, weil immer auch des Partners Interessen auf dem Spiele stehen. Sollte andererseits ein Betrieb von den Behörden geschlossen, von einer feindseligen Gang zerschlagen oder von der Pleite heimgesucht werden, dann verliert jeder Beteiligte von seinem Gesamtvermögen nur einen Bruchteil.

Das System spiegelt die Schachtelbeteiligungen großer, multinationaler Konzerne.

Henry und Charly Beker begannen erst 1965, in diesem System um die Plätze zu kämpfen. Sie begannen ihre Karrieren in Etablissements, die es heute größtenteils nicht mehr gibt.

Eine Bierstube und eine Bar, einst beide in der Moselstraße, sollen die Örtlichkeiten gewesen sein, in denen ihr Senkrechtstart auf kleiner Flamme gezündet wurde.

Man kann diesem Aufstieg eine gewisse reservierte Bewunderung nicht versagen. Ähnlich wie Henry und Charly Beker haben Hunderte, Angehörige der unterschiedlichsten Nationen, im Bahnhofsviertel begonnen – mit geringem Startkapital, mit unzuverlässigen Freunden, mit allenfalls hinlänglichen Deutschkenntnissen und gegen eine Oberschicht, die sich bereits im Milieu etabliert hatte und die argwöhnisch über die einmal erkämpften Einflußzonen wachte. Unter diesen Hunderten war mancher, der sich – wie gewiß auch Henry und Charly Beker – am Beginn einer Milieukarriere wähnte. Doch es waren die Bekers, die diese Karriere schafften, schneller und steiler als jeder andere. Man fragt sich, wie sie das vollbracht haben. Gewiß mit einer wachen Intelligenz, gewiß mit Schläue, wohl aber auch mit dem Durchsetzungswillen und dem Lebenshunger zweier Menschen, in deren Bewußtsein keine historische Wahrheit so beherrschend sein mag wie der Holocaust, dem sie in ihrer Kindheit entgingen, und keine Erinnerung so motivierend wie jene an Hunger und Kälte, die sie als Kinder erlitten.

Wenn Henry Beker heute aus seinem Rolls-Royce steigt, während der Wagen, von manchem Hilfspolizisten wohlwollend übersehen, auf dem Asphalt der Kaiserstraße in zweiter Reihe parkt, dann erscheint er den Menschen, die ihn kennen, wie eine Spätgeburt des deutschen Wirtschaftswunders oder wie ein Exempel dafür, daß in dieser Gesellschaft, trotz Ölkrise, Arbeitslosigkeit und staatlichen Bilanzdefiziten, jeder seines Glückes Schmied ist. Wenn Henry Beker mit einem jovialen Lächeln durch die Kaiserstraße seinem Büro zustrebt, ist ihm anzusehen, daß ihm das Leben und die Geschäfte, denen er nachgeht, Spaß machen. Der Ausdruck seines Gesichts wird nicht mehr von der Spannung beherrscht, die seine Aufstiegskämpfe in dieses Gesicht geschrieben haben. Jetzt sucht – bei aller Härte, die seine Miene versteinern kann – die Milde ihren Platz darin.

Es klingt wie ein Tellerwäscher-Märchen aus Manhattan – die Erfolgsstory eines Gastronomen, den die Götter lieben.

Dennoch ist es nur eine Milieu-Karriere, wie sie sich im Bahnhofsviertel seit 1945 einige Male ereignet hat.

Mehr als dreißig seiner Bar-Gäste, die sich geneppt, genötigt und mißhandelt fühlten, haben gegen Henry Beker seit seinem Debüt in der Szene 1965 Strafanzeige erstattet – immer wegen schwerer Körperverletzung, immer voller Zorn. Nur ein einziges Mal freilich zog die Anzeige auch eine Verurteilung nach sich, nämlich im Jahre 1970 wegen Körperverletzung – begangen in der „New York City Bar" – zu einer Geldstrafe von 450 Mark, ersatzweise 15 Tage Haft.

Die Geschehnisse, die den jeweiligen Beschuldigungen vorausgegangen waren, glichen einander wie deutsche Fernsehkrimis: Ein – zumeist ausländischer – Nachtschwärmer begibt sich zu vorgerückter Stunde in eine nächtliche Bar, weil ihm nach frivoler Kurzweil zumute ist. Er findet dort auch, was er sucht, jedoch nicht so viel und so köstlich, wie ihm am Ende seines Besuchs berechnet wird. Also weigert er sich, zu zahlen. Später zahlt er doch. Dann geht er zur Polizei und erstattet Anzeige, weil er handgreiflich zur Zahlung gezwungen worden sei. Nahezu ein halbes Hundertmal offenbar zu Unrecht.

Die Beträge, um die es bei solchen Meinungsverschiedenheiten geht, sind selbst im neppfreudigen Bahnhofsviertel beträchtlich: Die Geschädigten beklagen zuweilen Verluste in fünfstelliger Höhe. Aufgeklärt wird keines dieser Vorkommnisse.

Die Rolle Macky Messers, „dem man nichts beweisen kann", akzeptiert Henry Beker in der Dreigroschenoper des Bahnhofsviertels trotz allem nicht. Denn als Geschäftsmann des Milieus legt er augenscheinlich großen Wert auf ein gutes Einvernehmen mit der Polizei. Dieser Boß der Bosse hat mitunter zweimal pro Woche einen Grund, ungeladen durch die Tür des Vierten Reviers zu schreiten.

Und durch diese Tür schreitet er mit sichtlich unbelastetem Gewissen. Denn seit 1977 gab es keine Anzeigen mehr gegen ihn, nicht eine. Der erste, wohl der dramatischste Abschnitt seines Aufstiegs liegt hinter ihm. Vor ihm liegt die Phase der bürgerlichen Respektabilität, in der nach der Vergangenheit des Erfolgreichen nicht mehr gefragt wird.

Im Jahre 1973 bewilligte ihm das Ordnungsamt für die „New York City Bar", Moselstraße 47, die Vieruhrkonzession – zweifellos in Kenntnis seines Vorlebens. Wenig später eröffnet Henry Beker in den umgebauten Räumen des ehemaligen Nachtlokals die Gaststätte „Henrys Pinte". Früher als die meisten Barbesitzer des Bahnhofsviertels hat er die Zeichen der Zeit erkannt: In der Abenddämmerung der sogenannten sexuellen Revolution interessiert sich die Kundschaft nicht mehr für Frauen, die sich gelangweilt entkleiden. Der Striptease hat als Augenschmaus ausgedient, und die Getränkepreise seiner Aufführungsstätten beginnen als Appetitzügler zu wirken. Für „Henrys Pinte" bewilligt das Ordnungsamt dem Chef die Sechsuhrkonzession – ihm alleine und in Kenntnis seines Vorlebens.

Torsten Schiller, der Leiter des Ordnungsamts, erklärt 1975: „Aus Barbetrieben sollen seriöse Restaurants werden." Und im Frankfurter Rathaus frohlocken die Verantwortlichen: Sie sprechen von einem „Nutzungswandel des Reviers". Vier Jahre später jedoch sieht sich der Leiter des Ordnungsamts zu gegensätzlicher Bekundung genötigt: „Der Trend zum Speiselokal ist zu Ende." Ja, denn der Trend zum Bordell ist nicht mehr aufzuhalten.

Henry Beker, seinem Bruder und beider jüdischen Freunden mag, während sie sich in 35 Nachkriegsjahren das Bahnhofsviertel unterwarfen, die Erinnerung an den Holocaust ein Alibi gewesen sein – oder mehr noch, vielleicht Motiv, vielleicht Triebfeder des Hasses, vielleicht Ansporn zur Rache. Die jüdische Mehrheit wird solche Motive – trotz gleichfalls leidvoller Erfahrung mit den Deutschen – wohl nicht billigen. Ein Deutscher indes, der die Schuld seines Volkes auf sich selbst genommen hat, wird solcher Denkart eine Art Verständnis nicht versagen können. Die Frankfurter Obrigkeit aber hätte dem jüdischen Trachten im Bahnhofsviertel nicht nachgeben dürfen.

Hätte sie Moral richtig verstanden, dann wäre sie diesen Männern mit den Mitteln des Gesetzes oder der administrativen Verordnung selbstbewußt entgegengetreten – nicht trotz, sondern wegen Auschwitz. Das Frankfurter Bahnhofsviertel (wie auch das Westend) wäre nicht geworden, was es ist, hätten sich die Behörden solcherart Spekulationsstreben eiskalt verweigert. Tatsächlich haben sie es lauwarm begünstigt. Zu fragen bleibt, ob es ein echtes Bedürfnis nach Wiedergutmachung war, das die Nachkriegsstadtväter zu ihrer Haltung bewog, ob es ein empfundenes Verlangen nach Schuldtilgung war, ein Ausdruck erlittener Scham oder wenigstens ein fehlgeleiteter Philosemitismus.

Oder war es Heuchelei, wenn nicht Korruption?

Was hat den Ordnungsbeamten gelenkt, als er einem dieser Antragsteller mit polizeibekanntem schlechten Leumund die Sechsuhrkonzession gewährte? Was hat den Liegenschaftsbeamten dazu bewogen, denselben Mann als Kaufinteressenten im Bahnhofsviertel zu bevorzugen? War es deutscher Untertanengehorsam gegenüber dem Zeitgeist? War es der feige Respekt vor einem Tabu? War es die deutsche Nachkriegsbängnis, als Nazi verdächtigt zu werden? Diesen Beamten hätte das Herz bluten dürfen, aber Henry Beker hätten sie ihre Vergünstigungen verweigern müssen.

Weil die Deutschen nie den Mut hatten, sich mit ihrer Schuld zu identifizieren, weil sie es nie über sich brachten, ihre Vergangenheit mit Selbstrespekt zu bewältigen, darum haben ihre Frankfurter Beamten und Politiker auch nicht lernen können, ihrer Entscheidungs- und Gewissenskonflikte Herr zu werden.

Vor allem dem Judentum verdankt Frankfurt seinen grandiosen wirtschaftlichen und kulturellen Vorkriegsaufstieg. Aber es waren in der Mehrzahl nicht die positiven Kräfte jener Zeit, die bei den Frankfurter Nachkriegsstadtvätern um Vergünstigungen einkamen. Größtenteils waren es Menschen, die von Holocaust, Krieg und Nachkriegszeit erstmals an den Main verschlagen wurden. Was diese Stadtväter – und zwar nicht nur der Ordnungsbeamte, nicht nur der Liegenschaftsverwalter – mit ihrer verklemmten Großzügigkeit, was sie mit ihrer Politik der offenen Hand gegenüber Beker und seinen Freunden bewirkt haben, ist das Schlimmste, was sie bewirken konnten – nämlich einen neuen Antisemitismus. Wahrscheinlich ist er nirgends so virulent und haßgetrieben wie in Frankfurt. Ihn verantwortet die Obrigkeit der Stadt.

Henry und Charly Beker bemühen sich heute um Unauffälligkeit und Gesetzestreue. Befragt, bis zu welcher Konsequenz für ihre Mieter sie die Umrüstung eines Wohnhauses zum Bordell betreiben würden, antwortet Charly Beker:

„Sehen Sie, wir haben ein Haus gekauft, in dem ausländische Gastarbeiter mit ihren Kindern leben. Und als wir dahin gegangen sind und die Kinderchen gesehen haben, da hat mein Bruder mich am Rock gefaßt, und er hat gesagt: Diese Leute können wir nie hinauswerfen. Das bringen wir nicht übers Herz."

Und später fügt er hinzu:

„Wäre ich ein Arbeiter, würde ich allerdings mit Kindern hier nicht leben wollen. Das Bahnhofsviertel ist sehr schädlich für Kinder. Ich weiß, wovon ich rede. Denn auch ich bin nicht reich auf die Welt gekommen."

Nostalgie im Bahnhofsviertel:

Es kommt sicher nicht häufig vor, daß sich ein Mann mit einer gewissen sentimentalen Vergnüglichkeit der Fische erinnert, die er einstmals besessen hat. Schließlich gelten Fische den meisten Menschen, wenn nicht als Speise, dann allenfalls als Zimmerschmuck, ihrem Einrichtungsgeschmack etwas näher als ihrem Herzen. Jimmy Meyer* aber erinnert sich seiner Fische durchaus mit Gefühl, denn sie waren nicht nur Dekoration für ihn, sie bedeuteten ihm mehr, sie schenkten ihm Genugtuung und manche zu Herzen gehende Beglückung.

Wenn er nachmittags im weitläufigen Salon seiner Wohnung im Bahnhofsviertel auf der Couch sitzt, vor sich auf der Marmortischplatte eine Flasche Whisky, die ihn innerlich wärmt, neben sich auf dem Polster eines der beiden Mädchen, mit denen er zusammenlebt und die ihm äußere Wärme spenden, dann sieht er in den Nebelbildern seiner Erinnerung manchmal diese Fische. Das Aquarium stand nahe dem Fenster, durch das er den schmalen Eingang eines Hotels auf der anderen Straßenseite beobachten kann, seines Hotels.

Jimmy Meyer hat die Vierzig hinter sich, aber er ist noch immer ein vitaler, elastischer Mann, schlank und hochgewachsen, ein lebensunersättlicher Rheinländer mit dunklem, glatt gekämmten Haar und munteren braunen Augen.

Er hatte einen Schwarm kleiner Zierfische in seinem bodenbeheizten Aquarium, deren Zahl sich, solange Jimmy Meyer sie nicht auffrischte, ständig verringerte, denn es schwammen auch zwei kräftige Haiwelse darin herum, und das sind

* Der Name wurde geändert

bekanntlich Raubfische. Sie fraßen die kleineren Tiere, und für Jimmy Meyer war es immer ein befriedigendes Erlebnis, wenn er den Haiwelsräubereien, denen die Zierfische eine waffenlose Beute waren, für die Dauer eines besinnlichen Stündchens zusah. Er hatte die beiden Raubfische auf die – wie er sagt – „guten, alten deutschen Namen" Himmler und Heydrich getauft. Die Beutetierchen aber hießen Chaim und Herschel und Isaak oder auch Silberstein und Weinstein, na und so weiter. Als die Fische noch lebten, konnte Jimmy Meyer, neben sich seinen Schäferhund, ausdauernd vor seinem Aquarium sitzen und mitansehen, wie Himmler und Heydrich die Juden fraßen.

Jimmy Meyer sagt, er sei der einzige nichtjüdische Hotelbesitzer im Bahnhofsviertel. Einigen Hotels stünden zwar türkische oder jugoslawische Geschäftsführende vor, aber die hätten ihre Häuser von den Eigentümern nur gepachtet – zu beträchtlich überhöhten Mietpreisen, da sie für sich selbst keine Konzessionen bekommen würden.

Jimmy Meyer ist auch einer der wenigen Hotelbesitzer, in dessen Gästebetten keine Asylbewerber schlafen. Als die Welle der Asylbewerber Mitte 1979 zur Springflut wurde und in die Stadtviertel am Hauptbahnhof schwappte, kamen die Herren vom Sozialamt auch zu ihm. Sie bettelten förmlich um Quartiere. Damals hat sich Jimmy Meyer darauf eingelassen, afghanische Flüchtlinge aufzunehmen. Das war eigentlich sogar ein gutes Geschäft für ihn, wenn man nur auf die Zahlen sieht. Die Umsätze und Gewinne, die er in jenen Tagen auf dem Papier erzielte, waren höher als je zuvor. Das lag keineswegs an seiner Geschäftstüchtigkeit, sagt Jimmy Meyer. Es lag vielmehr daran, daß es den Beamten des Sozialamts an jeglichem Geschäftssinn mangelte. Denn:

„Ehe die Asylanten kamen, habe ich für ein Hotelbett pro Nacht nur 25 Mark berechnet. Doch die Behörde bewilligte mir, ohne hinzusehen, nahezu das Doppelte, nämlich 49 Mark. Na, und wenn die so viel bezahlen wollen, dann nehme ich das Geld und halte den Mund."

Nur: Sie zahlten nicht, zumindest aber außerordentlich spät, zu spät für einen, dem die Kapitaldecke zu kurz ist.

Im zweiten Stock des alten Mietshauses, eine Etage über

seiner Wohnung, hat Jimmy Meyer sein Büro. Er braucht nicht durch das Treppenhaus, um dorthin zu gelangen, denn die beiden Geschosse sind durch eine hölzerne Innentreppe miteinander verbunden. Das Interieur aller Räume, oben wie unten, ergibt sich aus einer eigentümlich widersprüchlichen Mischung aus Partyplüsch und deutscher Eiche.

Um auf den Betrag zu kommen, den das Sozialamt ihm noch schuldet, muß Jimmy Meyer ins Büro hinauf. Er hat die Summen nicht im Kopf, er ist ja nicht kleinkariert. Der Holzschreibtisch im Büro riegelt die Zimmerdecke neben dem Fenster ab, an der Wand darüber hängt ein gerahmtes Porträt Adolf Hitlers, daneben steht die alte deutsche Reichskriegsflagge. Aus alten Leitz-Ordnern, die keinerlei Registratorenpfleglichkeit erkennen lassen, errechnet Jimmy Meyer den Betrag, dessen Bezahlung durch das Sozialamt im August 1980 noch aussteht, obwohl er im März 1980 schon fällig war. Es sind 14554,50 Mark.

Jimmy Meyer ist zu jung, um die Nazizeit bewußter denn präpubertär erlebt zu haben. Es hat nicht einmal mehr für die Hitlerjugend gereicht. Er ist ein Nachkriegsantisemit. Er teilt den dumpfen Judenhaß und die Neidgefühle jener deutschen Zuhälter, die sich früher einmal im Jahr zusammenrotteten, ein paar Schnäpse tranken und anschließend durchs Bahnhofsviertel zogen und jeden Juden, den sie trafen, brutal zusammenschlugen. Sie hatten für diese Aktion auch einen Namen. Sie nannten sie „Kristallnacht".

Dabei hat Jimmy Meyer seine Strategien der Selbstbehauptung und des Überlebens in einem Milieu, in dem das Faustrecht über das Gesetz geht, von den Juden gelernt. Er hat seine Bahnhofsviertelkarriere vor rund 20 Jahren als Geschäftsführer jüdischer Kneipiers begonnen und sie später als deren Kompagnon fortgesetzt. Sein Resümee:

„Die Juden waren meine Lehrherren. Heute verbinde ich meinen deutschen Fleiß mit jüdischer Chuzpe und jüdischer Cleverness."

Und:

„Heute stehen 30 Kroaten hinter mir. Wenn mir einer an den Karren fahren will, dann brauche ich nur zu pfeifen, und die sind da und schlagen für mich alles kurz und klein."

Beschaulichkeit im Bahnhofsviertel:

Im fünften Stock eines der schönsten alten Häuser bewohnt die Witwe Emmy Kröger, 87 Jahre alt, eine Mansardenwohnung, die nicht viel mehr als eine Flucht ehemaliger Domestikenkammern ist. Der Architekt hat die kleinen, kubischen Raumschachteln wie dünnwandige Puppenstuben unter der steilen Dachschräge in die Ziegelwölbung gedrückt. Nach dem Krieg, als die kurze, großbürgerliche Blütezeit des Hauses vorüber war, wurde der enge Flur, an dem die Zimmerchen liegen, zum Treppenhaus hin verriegelt, und Emmy Kröger, Flüchtling aus Insterburg in Ostpreußen, zog unter einer Adresse ein, die ganz nach ihrem protestantisch-preußischen Herzen war: Kaiserstraße 55.

Sie war damals schon eine Witwe, kinderlos, wie sie bedauert. Ihr Mann ist 1934 gestorben. Sie hat den Einzug in dieses Haus und den Zuzug in dieses Viertel in den 31 Jahren, in denen sie hier wohnt, nie bereut.

Sie ist eine große, etwas knochige Frau mit weißem Haar, das sie offen und wellig trägt. Ihre Augen sind kaum getrübt, sie sind von kräftiger, heller Bläue. Zwischen den Falten ihres Gesichts hat sich der Ausdruck lauterer Zuversicht gegen die Schatten ihrer Lebenserfahrung auf eine Weise behauptet, die jedem Jüngeren Eindruck macht, wenn er in dieses Gesicht sieht.

„Die Kaiserstraße", sagt sie mit weichem, ostpreußischen Tonfall, „is eijentlich, also von mir aus jesehen, die keenichliche Straße Frankfurts. Wenn man hier lebt, kann man das so richtich empfinden. Äs wohnt sich prachtvoll hier."

Wie viele Asylbewerber heute, wie mancher Gastarbeiter gestern und wie etliche jüdische Bosse damals nach dem Krieg, hat auch Emmy Kröger während der ersten Jahre als Illegale im Bahnhofsviertel gelebt, mit einem Status also, von dem man in diesem Viertel nie viel Aufhebens machte. Damals hieß das Papier, das sie gebraucht hätte, um ihre Anwesenheit zu legalisieren, „Zuzugsgenehmigung". Die bekam sie erst 1953, vier Jahre nach ihrem Einzug in die Puppenstubenwohnung. Doch sie hat auch diese Jahre in heiterer Gottesfurcht durchlebt:

„Wo keen Kläjer war, da war och keen Richter. Die Illejalen durften damals in Frankfurt nich beschäfticht werden. Da bin ich stopfen jejangen, bei den Jeschäftsleuten und beim Oberkirchenrat Kratz, wissense, äin netter Mänsch, sein Vater war Vizepräsident bei der Äisenbahn."

Oft sitzt Emmy Kröger bis Mitternacht in ihrer Wohnstube und schreibt bei sparsamer Nutzung des elektrischen Lichts lange, nachdenkliche Briefe an die letzten Freunde, die ihr noch geblieben sind. Über ihr, an der Tapetenwand, hängen die goldgerahmten, schon etwas gilben Fotografien jener Menschen, die ihr im Leben die liebsten waren, und das waren ihre Mutter, ihr Vater und ihr verstorbener Mann:

„Ich hatte äinen scheenen, äinen härrlichen Mann."

Emmy Kröger hat in den 31 Jahren Bahnhofsviertel nie mit einer Hure gesprochen:

„Aber nur, weil äs sich nich erjeben hat. Mich störten se nich."

Nie ist sie bestohlen oder überfallen worden:

„Wenn ich mäine Briefe jeschrieben hab, dann bring ich se nachts noch runter. Hier kann ich auch später noch runterjehen, das würde ich am Stadtrand nich wagen. Nachts is es scheen. Die Passanten schlendern dann so scheen."

Und nie hat Emmy Kröger einen Funken Fremdenhaß in sich gespürt:

„Ich bedaure nich, daß de Ausländer hier sind. Ich denke mir, es muß wohl so sein."

Tatsächlich ereignet sich der Straßenraub nirgends so häufig wie im Frankfurter Bahnhofsviertel. Dennoch führt Emmy Kröger ihren Besuchern ungewollt und unbewußt vor Augen, wie schön das Leben in diesem Viertel sein könnte, wären alle Menschen so großherzig wie sie, gäbe es ein paar mehr Wohnungen für diese Menschen und ein bißchen weniger Nachtklamauk und Prostitution.

Am meisten liebt Emmy Kröger den Bahnhof.

„Jeder Mänsch hat immär äin bißchen Färnweh im Härzen. Und der Bahnhof, wissense, is so aparrt."

Für alte Menschen ist es kein Unglück, im Bahnhofsviertel zu leben. Nirgends gibt es vom Balkon aus soviel zu sehen. Nirgends ist zu jeder Tages- und Nachtstunde soviel Leben in den Straßen. Nirgends gibt es so viele lebendige Einwände gegen die Alterseinsamkeit.

Von ihrer Wohnung aus kann Emmy Kröger die Kaiserstraße nicht sehen, denn ihre Fenster gestatten nur den Ausblick auf den Hinterhof. Aber wenn sie das Haus verläßt, dann springt ihr von der anderen Straßenseite zuerst der breite, offene Zugang zu Henry Bekers Peep Show ins Auge, darüber die gleißende Leuchtreklame, daneben das Pornokino. Dieser Anblick hat die alte Dame noch nie schockiert.

Und wenn die älteste Bewohnerin des Bahnhofsviertels, eine Greisin von 95 Jahren, mit ihrer 66jährigen Tochter, die wie sie verwitwet ist, aus den Fenstern der gemeinsamen Wohnung in der Elbestraße schauen, dann mag es sein, daß sie sich über manches, was sie da draußen sehen, entrüsten. Aber sie genießen ihre Entrüstung auch, das Ärgernis über die Objekte ihrer Betrachtung ist spannender als die Langeweile, die Empörung lebendiger als die Einsamkeit.

Ihren Fenstern gegenüber bildet das Hotel „Victoria" die Ecke zur Kaiserstraße, ein Haus, das nie renoviert wurde und ins anthrazitgrau verrußt ist, bewohnt von orientalischen Asylbewerbern. Dieses Haus gereicht beiden Frauen zum Gegenstand ihrer tiefsten Verachtung. Sie können sich lange und lustvoll darüber mokieren, daß die Fensterscheiben mindestens zerbrochen, auf jeden Fall aber unter einer dicken Staubschicht erblindet und daß die Gardinen rissig sind und seit Menschengedenken nicht gewaschen wurden.

Blicken Mutter und Tochter die Elbestraße in Richtung Münchener Straße hinunter, dann können sie im ersten Stock eines anderen Hauses gegenüber eine Fensterfront mit weißen Wolkenstores ins Auge fassen, von der sie zuverlässig wissen, daß sich – außerhalb der Toleranzzone übrigens – eine Hurenabsteige dahinter verbirgt. Auch unter ihren Fenstern, auf dem Bürgersteig der Elbestraße, vor der schmutzigen Front des Hotels „Victoria", ist eigentlich immer etwas los. Entweder begibt sich eine aufregende Schlägerei, die, von fremden Zungen, mit gräßlichem Brüllen begleitet wird, oder die beiden alten Frauen können dem lautlosen Manöver folgen, mit dem sich ein Gastarbeiter einer heroinsüchtigen Hure nähert. Dann stehen Hure und Freier eine Weile voreinander, sprechen Unverständliches, anschließend gehen sie gewöhnlich, wie unschlüssig, ein paar Meter, die Hure voran, als flöhe sie, der

Gastarbeiter sodann wie jäh entschlossen, mit beschleunigtem Schritt hinterher. Schließlich bleiben sie erneut stehen, ein letztes Feilschen, endlich biegen sie gemeinsam, beinahe wie ausgesöhnt, in die Kaiserstraße ein.

Das ist der Augenblick, da die beiden alten Gafferinnen das Atmen wieder aufnehmen und sich – mit behaglichen Seufzern – gegenseitig ihres Unverständnisses über die Zeitläufe versichern.

Die Hure und der Freier aber gehen –

Tod im Bahnhofsviertel:

– entweder in das Haus Weserstraße 15 oder, um die Ecke, in das Haus Kaiserstraße 51. Auch im Hause Weserstraße 19, dem letzteren unmittelbar benachbart, leben süchtige Huren, aber sie betreten es mit ihren Freiern durch den Eingang an der Kaiserstraße. Die vierte und die fünfte Etage beider Häuser – – in denen der Putz von den Wänden bröckelt und eine energische Gangart dicke Staubwolken aufwirbelt – sind durch einen Mauerdurchbruch miteinander verbunden. Die Pächter beider Etagen, somit die unmittelbaren Herbergsväter des Heroinelends darin, sind ein ehemaliger Lehrer aus der Schweiz und ein früherer Kraftfahrzeugmechaniker aus Österreich. Sie haben auch die Huren des Hauses Weserstraße 15 unter Mietvertrag. Der ganze Komplex befindet sich außerhalb der Toleranzzone, also im Sperrgebiet.

Der Pädagoge und sein Partner haben eine Gesellschaft mit beschränkter Haftung gegründet und ihr in einem unbenutzten Büro an der Mainzer Landstraße eine Tarnadresse gegeben. Die Gesellschaft ist vorgeblich Handelsinteressen verpflichtet und soll den Aufenthalt der beiden Ausländer in Frankfurt rechtfertigen. Die Miete, die ihr eigentliches Geschäft ist und die sie ihren suchtkranken Opfern abverlangen, beträgt 40 Mark pro Tag und Bett.

In diesen Häusern, die so verkommen sind, daß sich das Hotel „Victoria" neben ihnen wie eine Nobelherberge ausnimmt, existieren die fettesten Ratten der Stadt. In jedem Zimmer, das von einer Hure bewohnt wird, haben die Vermieter als Verhaltensmuster für den Fall polizeilicher Kontrolle ein handgeschriebenes Papier folgenden Inhalts angebracht:

*Vom Anwalt zum Eigenschutz gegen Maßnahmen der Soko oder Kripo Bundesbürgern gegenüber*

1. *Namen der Polizeibeamten!*
2. *Hausdurchsuchungsbefehl vorweisen lassen*
3. *Name des sachbearbeitenden Beamten auf der Kripo*
4. *Aktenzeichen erfragen*
5. *Wenn von seiten der Kripo gesagt wird, es wäre Gefahr im Verzug! (Begründung angeben lassen)*
6. *Zeuge, der unbeteiligt ist oder neutral angeben!*
7. *Montag bis Freitag Rechtsanwalt von 15–18$^{h}$ im Büro zu erreichen!*
   *Tel.: 25 19 09*

Aber es gibt auch andere handgeschriebene Zettel, die in diesen Häusern geklebt werden, außen an einer Zimmertür etwa:

Sie sind ein stummer Schrei:

*„Hallo Geri!*
*Wir sind am entziehen.*
*Nur im Notfall stören.*
*Danke"*

Es ist kaum anzunehmen, daß Geri von diesem Papier sehr beeindruckt war. Denn in diesen Häusern wurden schon zwölf- und vierzehnjährige Mädchen zur Sucht und anschließend zur Prostitution verführt. Vor deren Zimmern standen die Freier damals Schlange, vornehmlich jene aus der Türkei. Und in den Zimmern dieses Hauses starben am 4. Juli 1980 die 20jährige Martina und am 7. September 1980 die 28jährige Angela am Goldenen Schuß.

**E**lbestraße 32: Eritreische Asylbewerber beziehen im Juni 1980 ihr Elendsquartier über dem Luxus-Bordell „Sauna 2000"

Speicherstraße 3: Die deutsche Mieterin dieses Hauses fühlt sich in der Nachbarschaft der Asylanten nicht mehr wohl

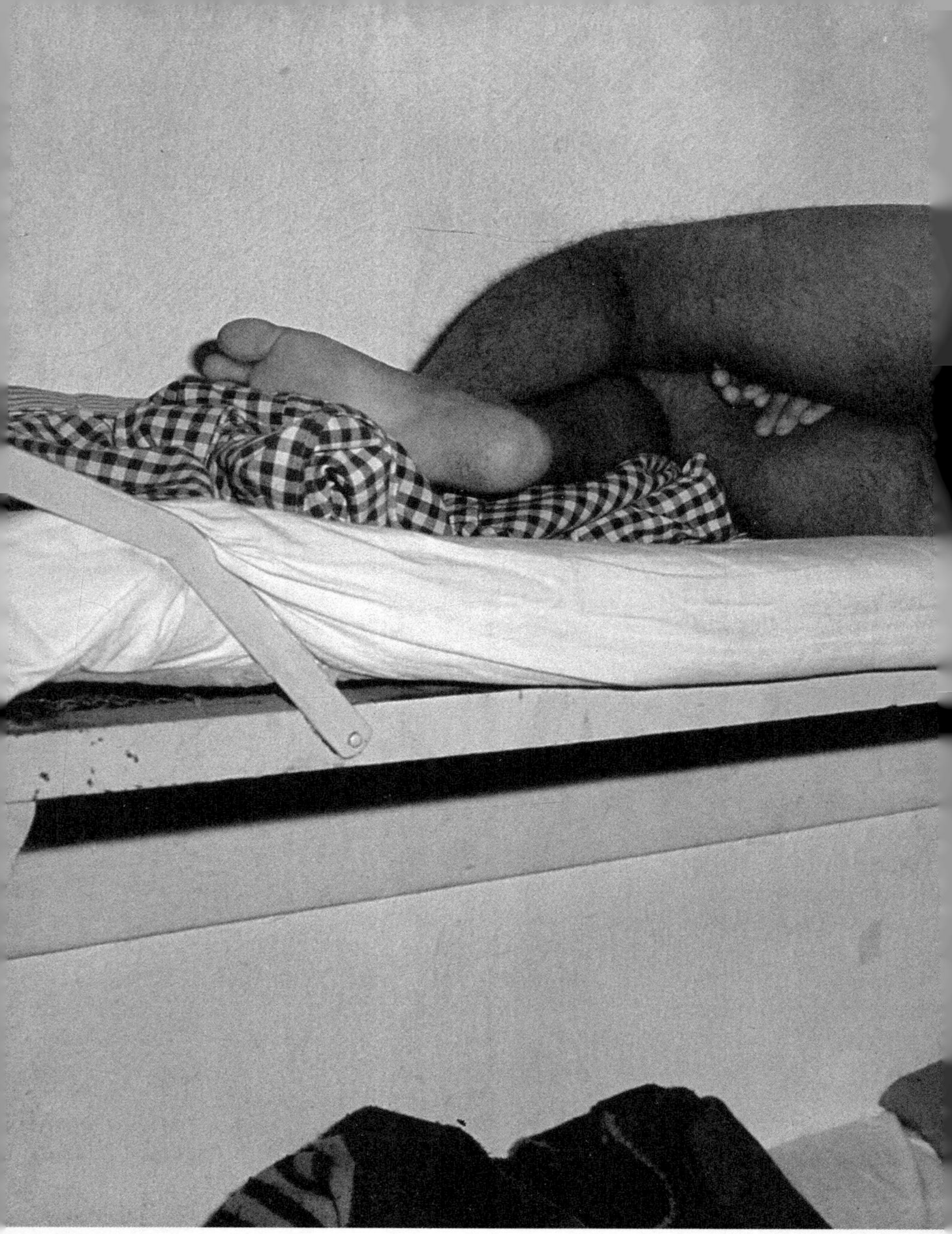

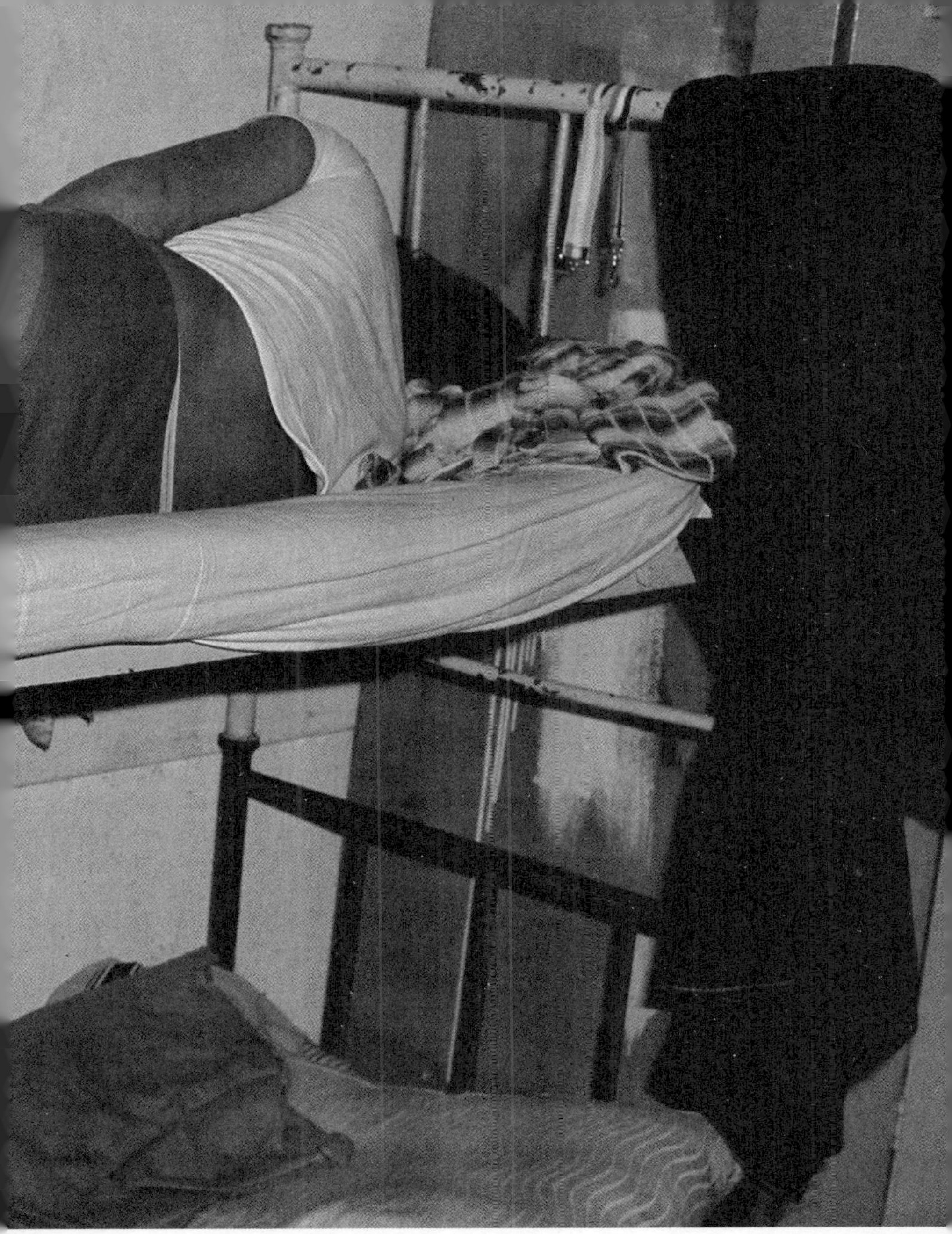

Speicherstraße 4: Wer als Asylbewerber kam und als Illegaler bleibt, findet das Ziel seiner Sehnsucht nur noch im Traum

Jugoslawische Zigeunerinnen betteln mit ihren Kindern in der Kaiserstraße. Auch sie haben politisches Asyl beantragt

74

K aiserstraße 74: In der Nachbarschaft eines Porno-Kinos besuchen die Kinder türkischer Gastarbeiter und Asylanten die Koran-Schule

Flughafen Frankfurt:
Pakistanische Illegale verlassen
durch die Steigenberger Küche
den Transitraum B.
So kommen sie ungesehen
am Grenzschutz vorbei

genberger
Flughafen
erie 5 Continents
«Number 1»
open 12.00 – 22.00 h
Zeppelin
chtsrestaurant – Café
open Sommer 8.00 – 20.00 h
Winter 9.00 – 19.00 h

Flughafen Frankfurt: Ein pakistanischer Einschleuser vergewissert sich im Flur über der Transithalle B, ob die Luft rein ist

Elbestraße 32: Politische Flüchtlinge aus Eritrea in ihrem Elendsquartier über der „Sauna 2000", vor dem Fenster die Dresdner Bank-Zentrale

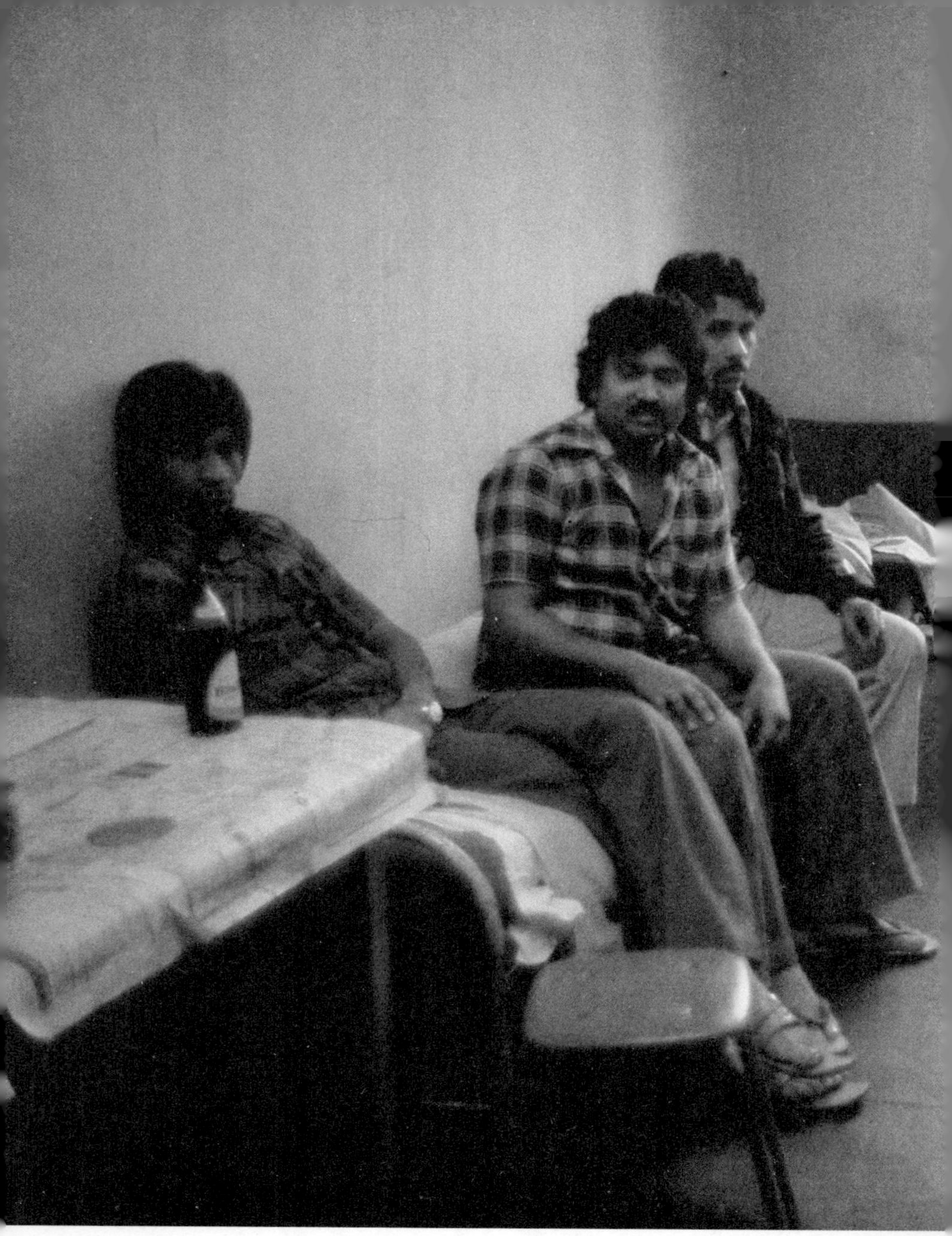

**S**peicherstraße 4: Indische Asylanten in ihrem Elendsquartier, in dem ein Deutscher sie ausnimmt und ein Inder sie unterdrückt

Neue Mainzer Straße 24: Hier leben Inder, Afghanen und Bangladeschi in Räumen voller Bauschutt ohne Wasser und WC

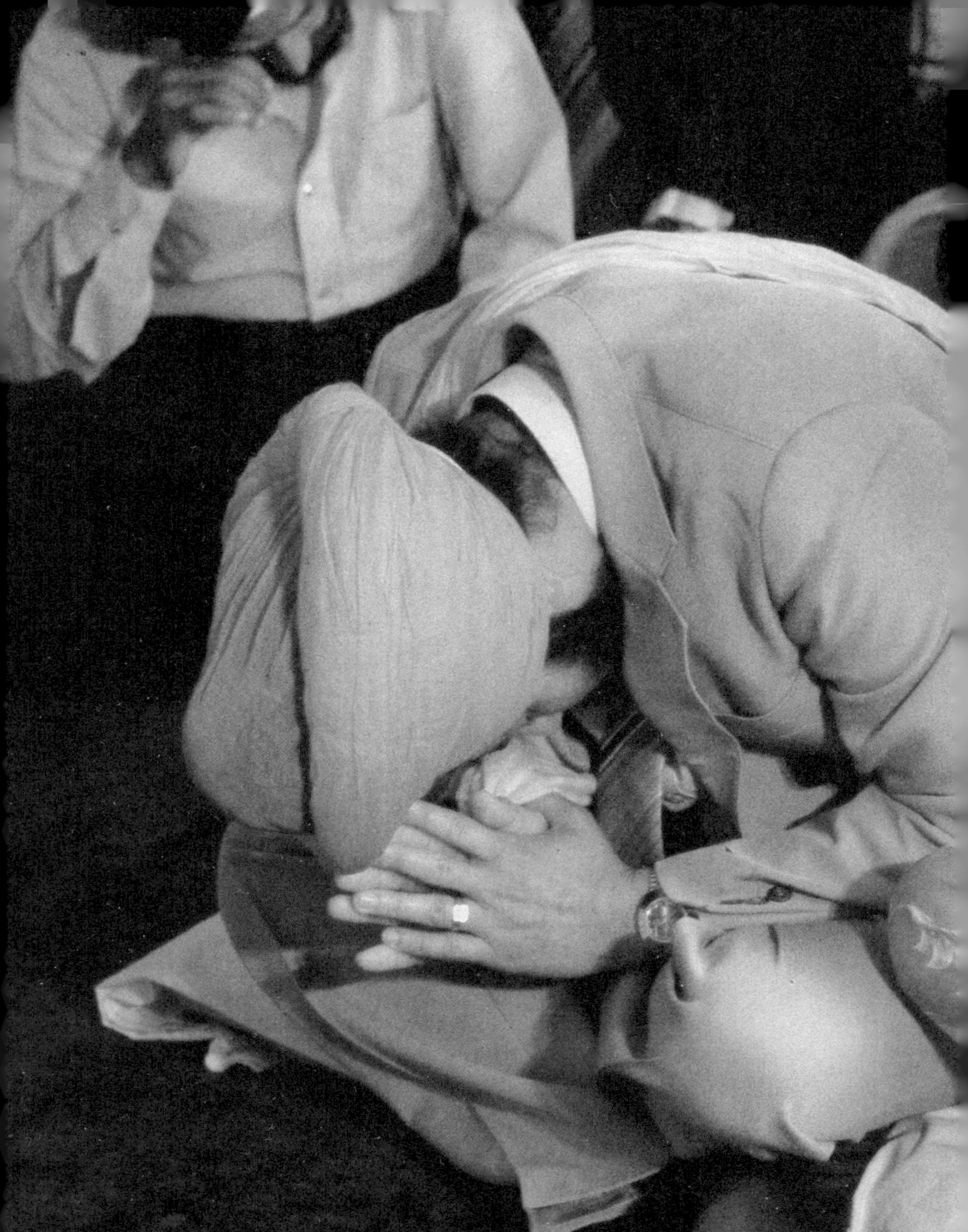

**K**leyerstraße 24: Im „Gurudwara", dem Tempel der indischen Sikhs, heiratet ein Asylbewerber ein Mädchen aus der Heimat

Kaiserstraße 74: Aus einer ehemals großbürgerlichen Wohnung wurde eine Moschee. Hier beten jeden Freitag 1000 Türken zu Allah

Gutleutstraße 127: Gsbhatia Singh, indischer Konsul in Frankfurt, der als Sikh einen Turban trägt, tanzt mit indischen Asylanten

Ausländerbehörde im Juni 1980: Asylbewerber aus allen Winkeln der Dritten Welt drängeln sich vor den Amtsstuben

Türkische Gastarbeiter warten am Frankfurter Hauptbahnhof auf den Bus, der sie für die Dauer eines Urlaubs in die Heimat bringt

KAPITEL VI

# Die Hackordnung

Wer an einem Werktagsspätnachmittag durch das Frankfurter Bahnhofsviertel streift, der begegnet ihnen noch: den Zuhältern alten Schlages. Es muß freilich an einem Werktag sein, denn am Wochenende ziehen sich die Herren, wie andere Bürger auch, von ihren Geschäften zurück. Aber auch werktags sieht der Milieuinteressierte, der die alten Zuhälter besichtigen will, nicht sie selbst. Denn sie selbst – die sie einst waren – gibt es nicht mehr.

Er sieht nur ihre erstarrte Hülle, die ihnen in den Kneipenbataillen und Straßenschlachten ihrer frühen Jahre zugewachsen ist, als sie noch sie selbst waren. Er sieht ihre Pose, ihr Muskelpathos, die finstere Mimikry ihres eingefrorenen Mienenspiels, in dem nur die Herzenskälte, die Humorlosigkeit und die schlechte Laune echt sind, nicht aber das Imponiergehabe ihrer Mundwinkel und der Todesstich ihrer Starrsichtigkeit.

Vielleicht sitzt einer düster vor einer Flasche Dom Pérignon, im „King George" etwa oder im „Leierkasten" an der Elbestraße, und nicht einmal der Champagner weicht ein Lächeln in sein Steingesicht. Dennoch wird er nach der dritten Flasche zum Opfer seiner eigenen Beute werden, ein Hurenfreier, der bar bezahlt. Notzucht – einst die grausame Belustigung vielköpfiger Zuhälterbanden, die manchmal, wie der frühere Zuhälter Sobota es in seinem Roman „Der Minus-Mann" beschrieb, einem halben Kind die Illusionen und den Unterleib zerstörten – ist sein Metier nicht mehr: Zu riskant, falls die Kröte singt. Der Held ist kalt geworden.

Das bedeutet nicht, daß er der Gewalt abgeschworen hätte. Gewalt ist nicht allein ein Mittel seines Lebenskampfes oder der Unterdrückung, die von ihm ausgeht. Sie bedeutet ihm mehr: Sie ist eine Demonstration seiner Gefährlichkeit, sie hat mythische Bedeutung, und sie bereitet ihm Genuß. Das erklärt auch die faschistische Gesinnung, zu der sich die meisten Zuhälter in dumpfer Ehrfurcht bekennen, obwohl sie in einer faschistischen Diktatur nicht viel zu lachen hätten.

Vielleicht fährt einer im hochglanzgewienerten Achtzylinder durch die Kaiserstraße, vielleicht ist sein Nacken noch etwas breiter als sein rothaariger Schädel. Doch den Schädel zieht er ein, und er gibt Gas, wenn er durch diese Straße fährt. Denn die heimliche Unterweltsgerichtsbarkeit hat ihn auf Lebenszeit aus dem Bahnhofsviertel verbannt, weil er als V-Mann des Vierten Polizeireviers auffällig geworden ist. Das Milieu habe das Urteil gesprochen, sagen manche, weil der Rothaarige über Bekers delikate Beziehungen zum Ordnungsamt geplaudert habe.

„Quatsch!" sagt Kalli Baumüller. „Ich habe ihm Beine gemacht! Ich selbst!"

Jedenfalls hat er die Beine in die Hand genommen, wer immer ihn dazu verurteilt hat. Weit außerhalb Hanaus, im kühlen Kieferngrund, führt er heute ein Lokal mit einem Hexenknuspernamen, aber natürlich ist es eine Rotlichtbauernfalle mit Fummelgrotten, eine Art Puff allemal. Dort erzählt er manchmal von den engen Beziehungen zwischen dem Frankfurter Ordnungsamt und dem Milieu des Bahnhofsviertels. Dieser Held ist mißgünstig geworden.

Vielleicht hockt einer in Kalli Baumüllers Feinschmeckerpinte „La Calèche". Seine Unterarme fallen wie Keulen neben die Kaffeetasse. Trotzdem ist Karl Hausmann ein erloschener Heißsporn, der sich an Kalli Baumüllers warmem Ofen wärmt. Als er sich am Bordellpächterboykott gegen die schwarzen Huren beteiligen sollte, weil den Herren die schwarzen Zuhälter lästig wurden, da machte er nicht mit, denn er war um den Frieden und die Einkünfte seines Zuhälterherbstes besorgt – ein Held, der bequem geworden ist.

Vielleicht hockt einer in Taunus- oder Moselstraße auf dem Sattel einer Kawasaki, immer noch so stämmig, daß er das Leder seiner schwarzen Montur zu sprengen droht, immer noch so gespreizt wie ein Möbelpacker, der auf Playboy trainiert. Oswald „Ossi" Büttner, gelernter Metzger, einst Boxer im Schwergewicht, ist geradezu eine Symbolfigur der Zuhälterentartung im Bahnhofsviertel – ein Held, der zum Abziehbild seiner eigenen Legende wurde.

In der ansehnlichen Liste seiner Vorstrafen steht die gefährliche Körperverletzung obenan. Doch die Zeiten, in denen sich der bullige Hitzkopf, heute 45 Jahre alt, sein Ruhmesregister in die Gerichtsakten drosch, die alten Tage, in denen er auf Ganovenehre hielt, sind längst vorbei. Heute petzt er's Mami, wenn ihm einer weh tut. Heute gehört er – wie auch Karl Hausmann – zum Kreis jener genervten Bordelltyrannen, die der

Oberstaatsanwältin Adelheid Werner mitteilen ließen, daß sie etwas wüßten: Sie dienten ihr Informationen über Handel und Händel der schwarzen Heroinzuhälter an. Hat man das im Bahnhofsviertel je gehört, daß sich Zuhälter zum Kadi schleichen, um Zuhälter zu verpfeifen?

Es ist erst sechs Jahre her, daß die Leiterin der Abteilung Schwerpunktkriminalität bei der Frankfurter Staatsanwaltschaft, von ihrer Kundschaft „Baby Doll" genannt, den Zeugen Ossi Büttner fragte, was er über den Mordfall Tudič wisse. Wie es indes den Allgemeinen Geschäftsbedingungen des Milieus entspricht, hatte damals niemand nichts gesehen – auch Ossi Büttner nicht. Als der jugoslawische Zuhälter Josef Tudič in der Diskothek „New Fashioned" unter den Augen Ossi Büttners von dem italienischen Juwelenräuber Paolo Lippera abgestochen wurde, war dem deutschen Boxchampion – so damals *Der Spiegel* – gerade „der Blick verstellt".

„Ich hatte eine Frau neben mir", ließ er bei der Hauptverhandlung den Schwurgerichtsvorsitzenden wissen, „die war oben ein bißchen offen. Da sind mir die Augen auf die Nase gefallen."

Zu normaler Sehtüchtigkeit habe er erst zurückgefunden, behauptete er, als alles vorüber war – nachdem der Italiener den Jugoslawen mit zwölf Messerstichen auf der Tanzfläche erledigt hatte. Ehe Josef Tudič vor der Tanzdielenpforte auf dem Bürgersteig verblutete, hatte er noch, mit aufgeschlitztem rechten Augapfel, stehend, blutend, rufen können:

„I've got beaten up! They had no fuckin' reason!"

Ossi Büttner und ein Privatdetektiv, der dem Zuhältergewerbe nahesteht und auch nichts gesehen hatte, schleiften den Sterbenden auf die Straße. Dort konstatierte der blonde Boxer in der trockenen Manier seines Standes:

„Der hat die Augen auf Null gestellt."

Vor sechs Jahren also hatte Ossi Büttner der Oberstaatsanwältin noch die kalte Athletenschulter gezeigt. Selbst drei Jahre später, als er selbst in ein Messer lief, war er in der Bahnhofssubkultur noch wer, obgleich er damals auf peinliche Art den kürzeren zog.

Eine seiner ausländischen Huren hatte sich – so jedenfalls beschrieb Ossi Büttner ihre Aufsässigkeit – im Büttnerschen

Bordell nicht an die Hausordnung gehalten, weshalb er sie hinauswarf. Daraufhin mußte er in seinem Bordellkontor unerwünschten Besuch erdulden: Die Hure hatte einen französischen Beschützer, freilich nur ein zierliches Männchen, ein Wicht mit Lederjacke. Ossi Büttner stellte dem Zwerg seinen Doppelzentner Knochengerüst und Muskulatur in den Weg. Doch der Franzose verbarg ein Messer unter seiner Lederjacke, auch war er etwas schneller, und er hatte es mehr im Kopf. Durch die Jacke hindurch schlitzte er das germanische Muskelpaket, ehe es sich handgreiflich entfalten konnte, von unten nach oben auf – die Narbe, die Ossi Büttner davontrug, ist 40 Zentimeter hoch.

Der Messerheld entschwand. Aber der Deutsche zeigte nun, auch bildlich gesprochen, was in ihm steckte. Seine Gedärme flutschten ihm durch die aufgeschnittene Bauchdecke, aber er ließ sich dadurch nicht entmutigen. Er fing sein Darmgeschling in den Handflächen auf und trug es behutsam durch die Bordelltür. Auf der Straße fand er ein Auto, dessen Fahrer ihm, ohne zu fackeln oder zu fragen, den Wagenschlag öffnete. Mit ihm fuhr Ossi Büttner, das Gedärm im Gebet seiner Pranken, zum Krankenhaus und lieferte sich ein. Drei Tage lag er im Koma. Zwei Wochen darauf aber trat er, geschwächt, doch geflickt, in den Kneipen seiner Szene wieder auf, nach außen hin so brüsk und brutal wie eh und je.

Doch er war nicht mehr, was er schien. Keiner war es noch. Der anbrechende Krieg mit den schwarzen Zuhältern sollte es ans Licht bringen: Die alten Kämpen fühlten sich, selbstgefälliger denn zuvor, als Hautevolee der Halbwelt. Und wer zur Hautevolee gehört, der läßt die Kastanien lieber im Feuer, ehe er sich die Finger verbrennt. Oder er delegiert die Schmutzarbeit an die Kleinen, die sie mit Hingabe verrichten, denn nur in den Leibgarden haben sie eine Chance, den Großen zu gefallen.

Die alemannische Athletenschau, die Ossi Büttner und seinesgleichen in den Kneipen des Bahnhofsviertels en suite zur Aufführung bringen, ist also nur noch Mimikry. Die streitsüchtige Zuhälterspezies deutscher Couleur gibt es in diesem Milieu seit acht Jahren nicht mehr. Seit der Darmstädter Regierungspräsident 1973 die Hurenkasernierung erzwang, indem er seine

Sperrgebietsverordnung erließ, hat sich in Mosel- und Elbestraße der Zuhältertyp gewandelt. Seitdem fand die landläufige Spezies keinen Zulauf mehr, weniger gewiß, weil es an Hingabe an den Erwerb, sondern vielmehr, weil es an Hoffnung auf den Erfolg mangelte. Denn der herkömmlichen Hureneinschüchterung mit Faust und Rasiermesser entzogen sich nun die Opfer.

In den gesicherten Häusern, die sie nach und nach bezogen, bedurften die Huren des räuberischen Beistands ihrer Ausbeuter klassischen Stils nicht mehr. Fortan schützte sie die kleine Minderheit des Zuhälteradels aus der Feudalepoche des Milieus mit ihrem Ansehen und ihren Leibwächtern. In einem Bordell an der Elbestraße beispielsweise sorgte zeitweilig eine Staffel amerikanischer Militärpolizisten mit der Dienstwaffe für Ordnung – gegen Liebes- und Geldlohn. Die deutschen Standesherren des Gewerbes aus den Tagen der Prügelstrafe hatten es nun durch ehrbare Anmietung und obrigkeitlich sanktionierte Bewirtschaftung der neuen Bordelle zu Reputation und gesichertem Mehrwert gebracht.

„Meine Hilfssheriffs", nennt Polizei-Hauptkommissar Ditmar Kühn, stellvertretender Leiter des Vierten Reviers, die etablierten Helden. Tatsächlich entlasten sie die Polizeiarbeit mit der Strenge ihrer Hausordnungen und ihrer selbstgerechten Ordnungsliebe. In ihren Häusern herrscht Ruhe.

Die Nietenzieher, die Fahrkartenschützen unter den Zuhältern alten Schlages, denen die neuen Körbe zu hoch hingen, verließen Frankfurt mit Bitterkeit. Oder sie wurden Kellner. Oder Geschäftsführer. Oder sie stehen heute wie Bettler vor den Striptease-Lokalen, die mehr und mehr aus der Freiermode kommen, und suchen die Passanten mit schmierigem Grinsen und einfallslosen Sprüchen ins Innere ihrer Neppfallen zu kobern. Die Hierarchie der Ganoven ist durch die Sperrgebietsverordnung und ihre Folgen erkennbarer geworden: Hier ist der Mittelstand der Bordellpächter, dort das Lumpenproletariat der Zukurzgekommenen. Die Kleinen wissen jetzt, daß sie nicht mehr nach oben kommen, und sie geben sich damit zufrieden.

Von der Drangsal durch ihre früheren Peiniger befreit, wandten sich die Huren einer sanfteren Schmarotzersorte zu, dem verträglicheren Typ des Gigolos, der sich Seidenhemd und Rolex nicht mit Hieberei erpreßt, sondern mit Liebelei ersäuselt. Viele Mädchen verzichteten hinfort auf jegliche maskuline Rechtfertigung ihrer diskriminierten Dirnenexistenz – auch das eine Emanzipation: Sie pfiffen auf den kostspieligen Paradebeau fürs Frühlokal und die Disco. Viele mußten erleben, daß auch der Softy sie ausbeutete. Von drei Huren des Bahnhofsviertels haben heute nur noch zwei einen Partner, der von ihren Einkünften lebt, auf den also die Bezeichnung Zuhälter paßt.

Anfangs hätte man fast sagen können, daß die Sperrgebietsverordnung für die eine oder den anderen auch etwas Gutes hatte, wenigstens für die Huren und die Polizei. Die Huren waren ihre Blutsauger los. Und im Milieu zog so etwas wie eine innere Ordnung ein, einvernehmlich garantiert von den Bordellpächtern, dem Ordnungsamt und dem Vierten Revier. Jeder Bordellmachthaber ist seitdem gehalten, der Polizei einmal im Monat eine „Belegungsliste" einzureichen, auf der die Huren seines Hauses namentlich aufgeführt sein müssen.

Doch es ist eine trügerische Ordnung. Die Hurenausbeutung war geblieben – es hatten sich nur die Modalitäten und die Nutznießer geändert. Die Konzentration des Gewerbes auf das engräumige Straßenrechteck der Toleranzzone erleichterte der Polizei zwar die Überwachung der Prostitution an sich (Beischlafdiebstähle und Ausschreitungen gegen Huren ließen sich nun leichter untersuchen), aber sie bot Räubern und Rauschgifthändlern bessere Möglichkeiten der Selbstrechtfertigung und der Tarnung. Außerdem bewirkte die Sperrgebietsverordnung die Kapitalisierung der Prostitutionsgewinne.

Im Frankfurter Bahnhofsviertel verdienen heute sehr viel weniger Bosse sehr viel mehr Geld an der sogenannten Gewerbsunzucht als je zuvor. Es ist jedoch bekannt, daß Geld, das in der Prostitution verdient wird, sehr oft in kriminelle Aktionen fließt. Überall auf der Welt, wo Gangstersyndikate an der Prostitution verdienen, investieren sie ihre Bordellgewinne in illegale Unternehmungen anderer Art, deren Vollzug und Verschleierung einigen Kapitals bedarf. Das ist in New York nicht anders als in Tokio oder Amsterdam. Zumeist bilden Prostitution, illegales Glücksspiel und Rauschgifthandel die

Tochterunternehmen einer Holding. Ich sehe keinen Grund, warum das im Frankfurter Bahnhofsviertel, wo der Hurennießbrauch und das kleine Kartenglück erlaubt sind, anders sein sollte. Warum sollte man ausgerechnet dort der Versuchung widerstehen, die ganz großen Dinger mit dem kumulierten Hurenlohn zu finanzieren? Aus Angst gewiß nicht. Denn je mehr Geld in einer Straftat steckt, desto schwieriger ist es, sie aufzuklären.

Ein Beispiel ist der Rauschgifthandel:

Trotz gelegentlicher Fahndungserfolge ist es der Frankfurter Polizei bis heute nicht gelungen, die heimlichen Drahtzieher dieses mörderischen Geschäfts zu enttarnen, die schwerreichen Hintermänner, das Syndikat. Denn im Drogenhandel gilt die Regel: Je größer der Umsatz, desto kleiner das Risiko. Wer beim Großhandel 100 Gramm Heroin einkauft und zweimal 50 Gramm an kleine Dealer abgibt, der verdient zwar weniger als ein anderer, der zehnmal zehn Gramm an die suchtkranken Endverbraucher verkauft, aber sein Risiko, beim Deal erwischt zu werden, ist fünfmal geringer. Wer nun gar über die Geldmittel zum Ankauf von 100 Kilogramm verfügt, wer also mit mehreren Millionen Mark in das Geschäft einsteigen kann, der kann es in einer Größenordnung betreiben, die ihn jeglicher Strafverfolgung praktisch entzieht.

Ich will damit nicht behaupten, daß die Bordellgewaltigen des Bahnhofsviertels mit Heroin handeln. Gründe, es auszuschließen, sehe ich in jedem Fall für die Pächter, denn deren Mittel sind beschränkt; ein Pächter verdient gewöhnlich nur an einem einzigen Bordell. Kein Zweifel andererseits, daß der Heroinmarkt der Bundesrepublik von Frankfurt aus beliefert wird. Dafür sprechen die Preise: Im Rhein-Main-Gebiet kostet ein Gramm reines Heroin je nach Marktlage zwischen 400 und 600 Mark. Je weiter – nach Norden wie nach Süden – eine deutsche Stadt von der Mainmetropole entfernt ist, desto teurer ist auf den lokalen Märkten der Stoff. Transportspesen und Zwischendeal haben ihn verteuert.

Wer im Rauschgift-Großhandel die finanzgewaltigen Hintermänner sind, kann man allenfalls vermuten. Über den Schauplatz des großen Deals herrscht indes nahezu Gewißheit: das Bahnhofsviertel.

Im März 1975 zerschlug das Drogenkommissariat der Frankfurter Polizei eine israelische Bande, die den Stoff mit Hilfe süchtiger Frauen aus Amsterdam nach Frankfurt importiert hatte. Der frühere Barmixer Joseph „Big Joe" Amiel aus Tel Aviv und der einstige israelische Fallschirmjäger Simon „Kuschi" Rimon waren die Chefs der Bande. Big Joe Amiel war am „Sabra" beteiligt, einer Bar in der Moselstraße. Nachdem die Polizei sein Telefon angezapft hatte, flogen die Rauschgifthändler auf. Aber als sie auf der Anklagebank saßen, fehlte Big Joe Amiel. Im Herbst 1975 war es ihm gelungen, aus der Strafanstalt Dieburg in Hessen zu fliehen. Während eines Hofgangs war ihm über die zwei Meter hohe Anstaltsmauer eine Strickleiter zugeflogen, und Big Joe Amiel entwischte in wenigen Sekunden. Er wurde erst vier Jahre später in Argentinien wieder gefaßt.

Über die Hintergründe seines Ausbruchs berichtete damals *Der Spiegel*:

„. . . die Position, die sich der Israeli in Frankfurts Unterwelt erkämpft hatte, ermöglichte seine Flucht. Kumpane knüpften Kontakte in den Knast, sammelten draußen das ‚Bewegungsgeld' – die nötigen Scheine für Mietwagen, Kleidung und Paß. Zwischen den Bars eines Kabel Adler und Henrik Zalczmann gibt es immer Freunde, die helfen, oder doch solche, die im entscheidenden Augenblick nichts zu sehen pflegen. Anlaufstellen, wo weitergereicht wird, Nischen, in denen man sich verstecken kann, bietet das Milieu zur Genüge, und es ist für die Fahnder nur eine Frage der Zeit, bis sich ein neuer Rauschgiftring ähnlichen Formats etabliert hat – wenn er nicht unerkannt längst arbeitet."

Im Sommer 1979 verhaftete die Polizei zehn türkische Kurden, die in den Jahren 1977 beziehungsweise 1978 als politisch Verfolgte nach Frankfurt gekommen waren und um Asyl gebeten hatten. Nun standen die Kurden in dem Verdacht, sechzehn Kilogramm Heroin aus der Türkei in die Bundesrepublik geschmuggelt und in Frankfurt, aber auch in Emmerich, Celle und Den Haag zu Großhandelstarifen verkauft zu haben. Das Verfahren gegen die Asylbewerber dauert vor der hessischen Staatsschutzkammer beim Landgericht Frankfurt zur Stunde noch an.

Im September 1979 erklärte der hessische Innenminister Ekkehard Gries vor der Presse, daß „Frankfurt die Stadt Amsterdam als Zentrum des Drogenhandels abgelöst hat".

Im Mai 1980 observierten die Drogenfahnder der Frankfurter Polizei im Fußgängerabschnitt der Kaiserstraße sechs Türken, die im Tempelschatten ihrer Etagenmoschee, unter der Reklame des Pornokinos, über größere Heroinlieferungen verhandelten. Diese Beobachtung führte zur Beschlagnahme von 27 Kilogramm Heroin, somit zum bislang spektakulärsten Erfolg des Frankfurter Rauschgiftkommissariats. Vier Türken und ein Araber wurden damals verhaftet.

Gleichgültig jedoch, ob den polizeilichen Fahndungsmühen Israelis, Türken oder Araber ins Netz gingen, das – so Oberstaatsanwältin Adelheid Werner – „wahre Topmanagement der Branche" war nie darunter. Wer Big Joe Amiel und Kuschi Rimon finanziert, wer den türkischen Asylbewerbern unter die Arme gegriffen, wer den Ankauf derartig beträchtlicher Drogenmengen ermöglicht hatte – diese Fragen blieben unbeantwortet.

Wer sich auch immer hinter dem großen Deal versteckt – die Sperrgebietsverordnung, die das Frankfurter Bahnhofsviertel als Rotlichtdistrikt und Halbweltstadt sanktionierte, war jedenfalls kaum dazu geeignet, die Bekämpfung des Verbrechens zu erleichtern. Dabei geht es nicht nur um den Rauschgifthandel. Die Mehr-Kapital-Weniger-Risiko-Regel gilt auch für andere Spielarten der Kriminalität – bis hin zum Mord, den der Boß nicht selbst verüben muß, wenn ihm seine Liquidität einen professionellen Killer gestattet.

Und was die innere Ruhe im Milieu angeht, die von der Sperrgebietsverordnung zunächst gestiftet worden war, so hatte sie nur wenige Jahre Bestand. Denn zu Beginn des Jahres 1979 traten erstmals die schwarzen Milieuaspiranten auf der Szene auf, und die waren vom herkömmlichen Zuhälterschrot und Ausbeuterkorn – skrupellos, brutal und von Mimik wie Muskelspiel Ossi Büttners und seiner Kumpane vollkommen unbeeindruckt. Obwohl es der Polizei schwerfiel, ihre Schokoladengesichter voneinander zu unterscheiden, war man sich im Vierten Revier doch sicher, daß die gefährliche, neue Zuhälterspezies mit sehr bald 20, wenn nicht 30 Vertretern im Bahnhofsviertel präsent war. Und jeder dieser schattenfarbigen Modellathleten gebot über sechs bis acht junge Mädchen gleicher Hautfarbe, die sich, falls erforderlich, mit einem gefälschten französischen Personalausweis oder einer echten deutschen Duldungsbescheinigung legitimieren konnten. Vereinzelt hörten auch gefügige deutsche Fräuleins auf die Befehle dieser dunklen Gebieter.

Die Männer stammten überwiegend aus den Ländern Afrikas, die ehemals französische Kolonien waren, und einige kamen aus den karibischen Besitzungen Frankreichs, so beispielsweise der 27jährige Michel Dacalor aus Saint Claude im französischen Übersee-Département Guadeloupe, einer Inselgruppe, die zu den Kleinen Antillen gehört. In der Clanordnung, der sich diese Zuhälter augenscheinlich unterwarfen, war er einer der Häuptlinge. Mit hoffnungsbreitem Grinsen über dem Lenkrad chauffierte er einen metallisch grünen Mercedes 280 SE durch die Kaiserstraße, der auf den Namen einer im rheinischen Wesel ansässigen jungen Deutschen zugelassen war. Im Frankfurter Bahnhofsviertel trieb er seine Geschäftsanteile bei acht farbigen Mädchen ein, die sie unter der Direktion Ossi Büttners, Karl Hausmanns und einiger anderer Bordellväter für ihn anschafften.

Denn gegen die schwarzen Mädchen hatten die deutschen Helden anfänglich nichts. Die exotischen Huren erfreuten sich unter den Freiern des Bahnhofsviertels schon bald eines allergünstigsten Rufes und emsiger Nachfrage. Denn sie entfalteten die Variationsfülle ihrer Phantasie für einen einmaligen Tribut von 50 Mark und verzichteten willig auf Präservativ wie Preisaufschlag. Da es ihre deutschen Kolleginnen in diesen Dingen anders hielten, da sie für 50 Mark über keinerlei erotische Phantasie geboten und jedes Extra ihrer Gunst mit arithmetisch gestaffelten Listenprämien berechneten, sahen sie sich von der farbigen Konkurrenz schon bald an die Wand gedrückt. Manche deutsche Hure war nicht mehr dazu imstande, die täglichen Zahlungen zu leisten, die ihr Pachtherr unerbittlich von ihr verlangte. Die Gesundheitsbehörde aber schlug Alarm. Sie hatte einen flagranten Anstieg der Geschlechtskrankheiten registriert.

Die schwarzen Zuhälter hatten sich im Bahnhofsviertel profitabel etabliert: Acht rastlose Mädchen schütteten einem Mann wie Michel Dacalor mühelos eine Tagesdividende von 1600 Mark aus. Da die meisten dieser jungen Afrikanerinnen von ihren Zwingherren an die Nadel gewöhnt worden waren, erbrachte die tägliche Heroinlieferung einen zusätzlichen Gewinn in ähnlicher Höhe. Und rechnen konnten auch die deutschen Bordellpächter: Ein Tagesprofit von 3000 Mark ergab ein Monatsplus von 90000 Mark, pro Zuhälternase. Der Tag schien nicht fern, an dem sich die fremden Eindringlinge unausrottbar im Milieu einkaufen würden. Bordellpächter und Polizei waren sich darin einig, daß es der schwarzen Gefahr zu widerstreiten galt.

Doch seit dem Erlaß der Sperrgebietsverordnung stand dieser Gefährdung eine streitbare weiße Zuhälterphalanx nicht mehr entgegen. Die Gigolos zeigten keine Neigung, sich mit den Schwarzen anzulegen. Selbst die überforderten Polizeibeamten des Vierten Reviers waren ratlos. Wie entwaffnet sie sich fühlten, schimmert noch durch die nüchterne Sprache eines Artikels hindurch, den der Polizeioberkommissar Alfred Prase vom Vierten Revier damals für die Zeitschrift *Polizei in Frankfurt am Main* schrieb. Unter der Überschrift „Asylbewerber vom afrikanischen Kontinent und deren Aktivitäten" beklagte er vor allem die unzureichende Kooperation Frankfurter Behörden mit der Polizei:

„Während 1978 Farbige aus afrikanischen Ländern das Touristenprivileg noch zum Verkauf von hier in Frankfurt erworbenen Holzfiguren und billigen Artikeln des Kunstgewerbes ausnutzten, wird auch hier seit Anfang 1979 eine totale Negativveränderung festgestellt. Das Bahnhofsgebiet wird seit März/April 1979 von Schwarzen beiderlei Geschlechts – vorwiegend aus Kamerun, Senegal, Ghana und Gambia – förmlich überschwemmt. Viele dieser Personen verfügen über französische Identitätskarten oder Reisepässe, sodaß ein Verstoß gegen das Ausländergesetz in der Praxis nur schwer nachgewiesen werden kann. Der Regelfall stellt sich dabei etwa so dar: Der Farbige bringt seine Dirne, die fast immer als Schwester bezeichnet wird, in eines der in jüngster Zeit wie Pilze aus dem Boden schießenden Bordelle und partizipiert dann erheblich von der mehr als einträglichen Gewerbsunzucht. Die Frauen werden lediglich vom Außendienst des Gesundheitsamtes erfaßt. Dies bleibt für sie ohne ausländerbehördliche und vollzugspolizeiliche Konsequenzen; denn das Gesundheitsamt verweigert nach wie vor jede Auskunft an andere Behörden unter Berufung auf die ärztliche Schweigepflicht. Dadurch entsteht nicht nur eine nicht verkraftbare Informationslücke bei der polizeilichen Beweisführung und eine erhebliche Einschränkung bei sonst möglichen Maßnahmen der Ausländerbehörde (Ausweisung, Abschiebung). Darüber hinaus ergibt sich – wie bereits geschehen – die kaum zu glaubende Möglichkeit, trotz enormer Einkünfte aus der Dirnentätigkeit zusätzliche Sozialhilfeleistungen von monatlich 500 bis 1300 Mark zu empfangen."

Als pekuniäre Fluchthilfe für Asylbewerber nämlich. Kurz gesagt: Der frustrierte Oberkommissar kann nicht durchgreifen, weil sich das Gesundheitsamt nicht in die Karteikarten gucken läßt, und das Sozialamt läßt sich von bemittelten Prostituierten ein Zubrot abschwindeln, weil der Oberkommissar nichts weiß.

So waren es – nachdem sie ein Jahr gezögert hatten – schließlich doch die alten Kämpen des Milieus, die sich zum Krieg entschlossen. Freilich mit fremder Hilfe: Die Herren fühlten sich nicht ausgeruht genug, die leidige Angelegenheit, wie sie es früher vermutlich getan hätten, mit In-fight und Clinch selbst zu bereinigen.

Zunächst jedoch ein Wort zur Bewaffnung der Milieustreitkräfte.

Einst gehörte zur Armierung eines Zuhälters im Bahnhofsviertel, nebst Schlagring oder Stilett, mindestens ein „Ballermann": eine Beretta des Kalibers 7,65 Millimeter oder – besser noch, denn sie schießt ein größeres Loch – eine Neunmillimeter Parabellum der deutschen Wehrmachtsmarke Walther. Mag sein, daß diese Schießeisen unter den Kopfkissen ihrer Besitzer gehegt werden. In ihren Hurenklitschen und Heldenkneipen haben sich die Herren jedenfalls mit neuartigem Gerät gewappnet, nämlich mit Ochsenziemern und Baseballschlägern, waffenscheinfrei. Besonders der Baseballschläger hat es im Frankfurter Bahnhofsviertel während der Toleranzzonenjahre zum Archetyp milieugerechter Armierung gebracht, eine Hartholzkeule mit geriffelter Oberfläche, die 107 Zentimeter lang ist und an ihrem dicken Ende einen Durchmesser von sieben Zentimetern hat.

Als der erste ,,Baseballer" den Lockenschädel eines schwarzen Zuhälters traf, befand sich das Sportgerät in den Fäusten Jürgen Eidenmüllers genannt „der Metzger". Zum Kriege war man zu dieser Stunde noch gar nicht bereit, die Reserven hatten noch nicht mobil gemacht. Dennoch begann er soeben.

„Der Metzger" hat das Haus Elbestraße 35 gepachtet, ein Bordell mit dem Namen „Sex Inn". Dort wachte er über 28 Huren, von denen nur fünf eine weiße Haut und einen deutschen Paß hatten. Außerdem bewirtschaftete er Taunus-, Ecke Moselstraße eine gastliche Baulücke, die einem Makler des Milieus gehört. Sie ist mit eisernem Gartengestühl und hölzernen Bänken ausgerüstet und durch einen verglasten Würstchen- und Schankkiosk mit der Aufschrift „Bierwies'n" als Freiluftkneipe erkennbar, eine Art Heurigenlokal gewissermaßen.

Dieser Archipel Gemütlichkeit mitten in der Toleranzzone des Bahnhofsviertels hatte auf die schwarzen Zuwanderer, wenn über dem Main die Sonne schien, von Anfang an wie ein Magnet gewirkt. Dort lümmelten sie sich rottenweise und goldkettenschwer auf die Gartenmöbel, und von dort aus widmeten sie dem Passantenvorbeimarsch ihr gönnerhaftes Grinsen. Und während sie in der „Bierwies'n" ihre tatenarmen Zuhältertage absaßen, verzehrten sie wenig und dealten viel. Wenn sie nicht gerade ihre Frauen mit Heroin versorgten, dann unsere Verbündeten aus den hessischen Kasernen der Nato.

Der Metzger beobachtete sie mit zunehmendem Mißvergnügen. Er hatte schon – wie auch seine Kollegen Ossi Büttner und Karl Hausmann – mit geschwollener Stirnader geschwiegen, wenn die frechen Burschen gegen jede ordnungsamtliche Regel zu ihm ins Bordell kamen und ihre Frauen besuchten. Als ihm die Junischwüle des Jahres 1980 ein dauerhaftes Gartenwetter bescherte und seine schwarzen Eckensitzer immer zahlreicher kamen und immer länger blieben, entschloß er sich zu handeln. Den letzten Stoß hatte das Zentrum seiner Wut getroffen, als er wieder einen schwarzen Zuhälter aus seinem Bordell kommen sah. Im bemühten Kanakendeutsch, das sonst nur im Gespräch mit Gastarbeitern gestammelt wird, bedeutete „der Metzger" seinen frankophonen Belagerern, daß sie für die „Bierwies'n" künftig Hausverbot hätten.

In der ersten Überraschung standen sie tatsächlich auf und trollten sich auf die andere Seite der Taunusstraße und ins Innere einer Stehkneipe mit Schnellimbiß, die „Grillstubb" heißt. Dort erst begann ihnen zu dämmern, was ihnen angetan worden war. So traten einige wieder auf die Straße und schickten sich an, sie abermals zu überqueren. Das war der Augenblick, der dem Metzger die Besinnung raubte. Er rannte zu seinem Auto und holte den Baseballschläger aus dem Kofferraum. Wie ein blutblinder Stier stürmte er über die Straße und drosch einem der Schwarzen die Keule auf den Wuschelkopf.

Jetzt hatten sie begriffen. Nun bewaffneten sie sich mit dem Nächststehenden, und das waren die hölzernen Barhocker der „Grillstubb" und zerschlugen sie auf dem Metzger. Mit lebensgefährlichen Kopfverletzungen kam er ins Krankenhaus. Er hatte einen Schädelbasisbruch, und ein Splitter seiner Schädeldecke war ihm ins Gehirn gedrungen. Er lag zwei Tage im Koma, ehe er sich zu erholen begann.

Noch am gleichen Abend – es war Sonntag, der 13. Juli 1980 – sammelten sich die deutschen Bordellpächter gegenüber der „Bierwies'n im „King George" an der furnierten Bar, um gemeinsam auf Rache zu sinnen. Es sollte nicht allein eine Rache werden, sondern das endgültige Ende aller Schwierigkeiten mit den schwarzen Zuhältern. Noch am gleichen Abend riefen die jäh erwachten, alten Haudegen des Milieus ihre auswärtigen Verbindungen an, und bald darauf trafen die Reserven ein. Sie kamen aus Köln, Kassel, Marburg und anderen Städten mit Bordellszene. Aus Marburg kam des blessierten Metzgers Halbbruder, 38 Jahre alt, der im Frankfurter Bahnhofsviertel auf den Milieugeschmak und in Marburg zu einem Bordell gekommen war. Alle zusammen bildeten die Rauhbeine der deutschen Zuhältercreme ein kampfstarkes Baseballgeschwader von rund 30 Mann. Tags darauf eröffneten sie die Kampfhandlungen.

Als sich eine lohnende Anzahl schwarzer Zuhälter im Straßendreieck am „Hamburger Drive in" versammelt hatte, denn dort zumeist wickelten sie ihre Drogengeschäfte mit den amerikanischen GIs ab, stießen die Deutschen durch Mosel-, Karl- und Niddastraße gleichzeitig vor. Um der Polizei keine Ausweisungsgründe zu liefern, hatten sich die Schwarzen nie bewaffnet, und jetzt waren sie den Angreifern auch an Zahl weit unterlegen. Mögliche Fluchtwege sahen sie blockiert. So erlitten sie unter den Baseballkeulen der deutschen Einkreisung eine blutige Niederlage. Einige flohen in den engen Stehgastraum des „Hamburger Drive in", und einer von ihnen soll, als er sich auch dort verfolgt sah, vor Angst in die heiße Friteuse gesprungen sein. So jedenfalls wurde beim Siegespalaver berichtet.

Zwei Senegalesen und ein Mann aus Gambia waren schwer verletzt worden. Auch die Frittenbude mit dem klangvollen amerikanischen Namen hatte beträchtliche Kriegsfolgen zu beklagen, doch ihre 32jährige deutsche Geschäftsführerin verzichtete weise auf Strafanträge und Reparationen.

Freilich war der Zuhälterkrieg mit der Bataille am „Hamburger Drive in" noch nicht zu Ende. In den 48 Stunden danach geriet das Bahnhofsviertel, namentlich das nächtliche, jedem Besucher mit schattigem Teint zum Lebensrisiko. Denn weniger noch als den Polizeibeamten vom Vierten Revier war es den Keulenschlägern aus Kassel oder Köln gegeben, Neger von Negern zu unterscheiden, etwa afrikanische Zuhälter von amerikanischen Infanteristen. Die ersteren wußten nun, daß ihnen die Stunde geschlagen hatte; sie blieben füglich in ihren Schlupfwinkeln. Die letzteren aber – sofern sie in der Monatsmitte noch ein paar Mark hatten – tänzelten ahnungslos durchs Milieu. Glücklicherweise gibt es von dieser haushälterischen Wesensart in der US-Army nur sehr wenige.

Einige Stunden nach der ersten Schlacht, am 15. Juli, morgens um zwei, wurde Kaiser-, Ecke Weselstraße ein Liberianer zusammengeschlagen, der kein Zuhälter war.

Drei Stunden später erwischte es in der Unterführung zum Hauptbahnhof einen Mann aus Gambia, der einer war.

Am Abend desselben Tages, gegen 23 Uhr, stoppte ein Frankfurter Diskjockey, der von der französischen Karibik-Insel Martinique stammte, seinen blauen Mercedes Kaiser-, Ecke Moselstraße vor der Ampel bei rot. Er wurde von sieben Männern jäh aus dem Auto gerissen und auf dem Bürgersteig mit Fäusten und Baseballern niedergeschlagen. Anschließend demolierten die Angreifer den Mercedes. Der verlor seinen Lack, sein Besitzer die Zähne.

Etwa zur gleichen Zeit bestellte ein zivil gekleideter amerikanischer GI in der „Bierwies'n" ein Getränk. Doch der italienische Kellner, den der Metzger erst wenige Tage zuvor eingestellt hatte, bediente den farbigen Gast statt mit Flüssigem mit der Faust. Er schlug sie ihm ins Gesicht. Als der streitunlustige Soldat, aufgeschreckt vielleicht aus Haschischfriedensträumen, die Flucht ergriff, wurde er von vier Milieuverteidigern mit dem Baseballer erwartet. Als er vor denen floh, lief er einer anderen Zuhälterriege in den Keulenangriff. Dem entkam er nicht. Schließlich taumelte er, nahezu besinnungslos, auf einen Funkstreifenwagen zu, der an der Niggerschlachtung vorbeirollte. Dieser Soldat war das letzte Opfer des Zuhälterkrieges, und er war lebensgefährlich verletzt.

Zwar mußte ein Marokkaner im „Bachuskeller" an der Münchener Straße wenige Stunden später, am 16. Juli, morgens nach eins, noch eine Schußwunde am Hinterkopf erleiden. Die hatte ihm ein Ganove beigebracht, der den Tötungsakt nicht vollenden konnte, weil in seiner 7,65er eine Feder brach und das Magazin herausfiel. Zwar kam es in der Gutleutstraße noch zu einem Schußwechsel zwischen Israelis und Italienern. Vieles – allein die Wahl der Waffen – spricht jedoch dagegen, daß auch diese Schießereien dem Zuhälter-Nord-Süd-Konflikt zuzurechnen waren. Es ist vielmehr zu vermuten, daß sich in der Gewitterstimmung des Milieukrieges auch andere Spannungen entluden.

Die deutsche Streitmacht sammelte sich jedenfalls in der Etappe ihrer Pinten und beschloß, den Krieg zu beenden. Die Bordellpächter hatten sich daran erinnert, daß die amerikanischen Soldaten ihre Kunden sind. Die müden Helden hatten diesen Krieg wahrhaftig nicht gewollt. Es war ein Abwehrschlag gewesen, ein Kampf um Lebensraum. Die Polizei hatte niemanden verhaftet. Nun erträumten sich die deutschen Kämpfer den totalen Sieg.

Einer von ihnen drückte aus, was alle glaubten:

„Die Schwarzen nehmen den Denkzettel ernst. Die kommen nie wieder."

Der das sagte, war ein blonder, junger Mann mit schmalem Kopf und wachen, meerwasserblauen Augen. Er ist im Waisenhaus aufgewachsen und hat eine Metzgerlehre gemacht, ehe er einmal in seinem Leben für vier Jahre in den Knast mußte. Er ist intelligent und nachdenklich, und er neigt eher zum Ausgleich denn zum Streit. Vielleicht wäre er Architekt oder Anwalt geworden, hätte er in seiner Kindheit bessere Startbedingungen gehabt.

„Die Schwarzen sind keine guten Typen", sagte er. „Die haben ja nicht mal Verträge mit ihren Frauen. Die guten Typen lassen sich hier überhaupt nicht sehen. Die leben in Frankreich. Die haben ein Haus in der Provence, und hier haben sie 15 Frauen, die ihnen ihre Anteile überweisen. Diese Männer haben die Mädchen aus den Slums geholt, haben ihnen die richtigen Pässe besorgt und ihnen ein Monatseinkommen von 10000 Mark garantiert. Diese Männer haben Stil. Die geben sich damit zufrieden, wenn ihnen jede ihrer Frauen 3000 Mark im Monat überweist. Sie haben richtige Verträge mit ihren Frauen."

„Und wenn eine sich selbständig macht? Wenn sie ihren Vertrag nicht einhält?"

„Dann gibt es allerdings eine Hinrichtung. Aber das kommt selten vor. Die Frauen wissen, was ihnen blüht, wenn sie sich nicht an ihre Verträge halten."

„Und wenn die Schwarzen doch zurückkommen? Weil sie rechnen können? Weil sie hier zu gut verdient haben?"

„Die kommen nicht zurück, verlaß dich drauf."

Eine Weile sah man sie tagsüber noch im Bahnhofsviertel. Sie standen immer eng beieinander, unbeweglich manchmal, während ihre Augäpfel wanderten. Und sie schwiegen beredt. Dann waren sie plötzlich aus dem Straßenbild des Milieus verschwunden. Auch Kalli Baumüller glaubte nicht, daß sie wiederkommen würden.

Doch sie kamen wieder, zahlreicher als zuvor, vorsichtiger jetzt. Bald wurde auch Michel Dacalor in der Kaiserstraße wieder gesehen. Natürlich kamen die geflohenen Zuhälter zurück, denn ihre Leibeigenen waren ja geblieben. Gewiß hätten die jäh Verlassenen ihren Anteilseignern die Dividenden auch per Postanweisung auszahlen können. Aber sie brauchten ihre Männer leibhaftig. Denn sie brauchten die Droge. Und da die Männer nicht nur des Hurenlohnes, sondern auch des Drogenprofits begierig waren, kamen sie zurück. Im November 1980 hatte sich die schwarze Gefahr im Bahnhofsviertel wieder massiert. Und diesmal würde sie – so rechneten die deutschen Baseballerhelden – in Waffen gefährlich sein.

Das war der Monat, in dem Oberstaatsanwältin Adelheid Werner davon erfuhr, als nämlich die deutschen Bordellpächter sie wissen ließen, daß sie mit sachdienlichen Hinweisen über die Umtriebe der schwarzen Konkurrenz nicht geizen würden, falls die gefürchtete Strafverfolgerin ihrer bedürfte. Freilich bemühten sich die verdrossenen Murrköpfe nicht selbst in die Höhle der Löwin. Statt dessen dienten sie der Oberstaatsanwältin einen Mittelsmann an, über den sie ihre Informationen transferieren wollten. Es war, seltsam, der leitende Ordnungsbeamte aus dem dritten Kapitel dieses Buches, der im Milieu, im Vierten Revier und in der eigenen Behörde als bestochen gilt.

Ossi Büttner aber saß wieder mit quellenden Schenkeln auf dem Sattel einer Kawasaki. Sein Antlitz war so kantig, daß man glauben konnte, es sei unter seiner bleichsüchtigen Haut aus Steinen geschichtet worden. Wenn er vom Motorrad herabstieg, war er im Kreuz etwas steif. Vielleicht ging er ins „King George", vielleicht trat er hinter die furnierte Bar, als gehöre ihm das Lokal. Mit seinem starren Blick sah er in die Runde harmloser, bürgerlicher Gäste. Er sah, daß sie sich duckten. Sie schielten ihm aus den Augenwinkeln nach, wenn er ein Glas zum Munde führte, oder wenn er mit heiserem Flüstern telefonierte. Dann kümmerte er sich nicht mehr um sie. Vielleicht wußte Ossi Büttner nun, daß sie ihn fürchteten.

KAPITEL VII

# Die »Bullen«

Während die ansässigen weißen mit den aufsässigen schwarzen Zuhältern im Frankfurter Bahnhofsviertel um das Monopol des Hurennießbrauchs stritten, fällten zwei deutsche Gerichte unabhängig voneinander zwei Entscheidungen, die – jedenfalls dem Wortlaut nach – dazu geeignet waren, die Gewinner des Zuhälterkrieges um die nahrhaften Früchte ihres Sieges zu bringen. Das eine Diktum erging in Berlin, das andere in Kassel. Daß diese Urteile dann doch nur hektographiertes Papier waren, daß sie dann doch keine Blutsaugerexistenz im Bahnhofsviertel gefährdeten, daß sie gewissermaßen gar nicht vollstreckt wurden, hat Ursachen, die dieses Kapitel erhellen soll.

Am 15. Juli 1980, während die schwarzen Zuhälter am „Hamburger Drive in" eine Schlacht verloren, unterlagen auch – fernab vom keulenkriegerischen Geschehen – ihre Frauen, freilich ahnungslos. Denn an diesem Tag fällte das Bundesverwaltungsgericht in Berlin eine Revisionsentscheidung, das sogenannte „Ravennes-Urteil", auf das Polizeikräfte und Ordnungsämter nicht nur in Frankfurt seit sechs Jahren, teils sehnsüchtig, teils bänglich, gewartet hatten. Viele Jahre hatte sich der Erste Senat des höchsten deutschen Verwaltungsgerichts mit der – am Üblichen gemessen – etwas abseitigen, beinahe delikaten Frage auseinandergesetzt, ob es Ausländerinnen, die einem Staatswesen der Europäischen Gemeinschaft zugehören, hinfort gestattet sein sollte, in der Bundesrepublik ein Hurenleben zu führen. Nun hatten die Berliner Richter diese Frage entschlossen und zweifelsfrei verneint.

Kernsätze aus der Urteilsbegründung:

„Die Erwerbsunzucht ist keine selbständige Erwerbstätigkeit, für die Staatsangehörige der Mitgliedstaaten der Europäischen Gemeinschaften Freizügigkeit genießen."

„Das Ausländergesetz erblickt in der Erwerbsunzucht ohne Rücksicht darauf, in welcher Weise ihr der Ausländer nachgeht, grundsätzlich eine Beeinträchtigung der Belange der Bundesrepublik Deutschland."

„Erwerbsunzucht gilt, auch wenn sie nicht verboten und strafbar ist, als eine sittenwidrige und in verschiedener Hinsicht sozialwidrige Tätigkeit. Die Präambel zu der Konvention der Vereinten Nationen zur Unterdrückung des Menschenhandels und der Ausbeutung der Prostitution anderer . . . betont, daß ‚die Prostitution und das damit verbundene Übel des Menschenhandels unvereinbar mit der Würde und dem Wert der menschlichen Person sind und das Wohl des einzelnen, der Familie und der Gemeinschaft gefährden'."

„Demgemäß verletzt es auch nicht das allgemeine Diskriminierungsverbot des Art. 7 Abs. 1 EWGV (des Vertrages zur Gründung der Europäischen Wirtschaftsgemeinschaft, der Autor), wenn Ausländern aus den Mitgliedstaaten der Europäischen Gemeinschaften der Aufenthalt zum Zwecke der Ausübung der Erwerbsunzucht verwehrt wird."

Die Einstellung der Justiz zur sogenannten Erwerbsunzucht ist immer wieder verblüffend: Man erlaubt sie, weil man ihr nicht wehren kann. Aber man wehrt ihr nach Kräften, obwohl sie erlaubt ist. Das Verbrechen des Menschenhandels indes, Ausbeutung und Fremdbestimmung der Huren ließen sich steuern, entschlösse sich der Gesetzgeber dazu, die Phänomene der Prostitution rechtsverbindlich zu regeln. Die Eröffnung eines Bordells beispielsweise könnte dann von einer Charakterprüfung des Eigentümers und der Vergabe einer Konzession abhängig gemacht werden. Das setzt freilich voraus, daß der Gesetzgeber die Prostitution als gesellschaftliche Wirklichkeit überhaupt zur Kenntnis nimmt, daß er Tabus verletzt, statt die Probleme naserümpfend unter den Teppich zu kehren. Der Berliner Urteilsspruch wurzelt in jenem christlichen Rechtsverständnis, das der Hure, während sie reglementiert und diskriminiert werden darf, die Obhut des Gesetzes verweigert.

Diesem Berliner Spruch war die Klage einer Milchkaffeeschönheit mit gültigem französischen Paß vorausgegangen, mit der sie sich durch drei Instanzen hindurch gegen den Ausweisungsbeschluß der Stadt Frankfurt aufgelehnt hatte.

Eva Constance Ravennes aus dem französischen Übersee-Département Martinique war im August 1970 nach Deutschland gekommen. Sie ging zunächst nach Lübeck, wo ihr die Ausländerbehörde eine befristete Aufenthaltserlaubnis gewährte und später auch verlängerte, nämlich bis zum 5. November 1970. Aus Gründen, die für das Berliner Urteil keine Bedeutung hatten, mußte damals ein strafrechtliches Ermittlungsverfahren gegen sie eingeleitet werden, weshalb sie Lübeck verließ und, auf Umwegen, nach Frankfurt kam.

Dort wurde sie im Januar 1973 von der Polizei aufgegriffen. Sie war polizeilich nicht gemeldet und hatte keine Aufenthaltserlaubnis. Sie ging der Prostitution nach, jeglicher Gesundheitskontrolle jedoch aus dem Wege. Am 19. Januar 1973 wiesen die Frankfurter Behörden sie aus.

Eva Constance Ravennes legte gegen den Ausweisungsbeschluß beim Regierungspräsidenten in Darmstadt Widerspruch ein. Der wies ihn zurück. Sie erhob Anfechtungsklage beim Verwaltungsgericht in Frankfurt und unterlag. Mutmaßlich von milieuinteressierten Dritten dazu ermutigt, legte sie vor dem Hessischen Verwaltungsgerichtshof in Kassel Berufung ein, aber sie verlor – am 27. Juni 1974 – auch dort. Vertreten durch den Frankfurter Rechtsanwalt Fritz Sauer, der fünf Jahre darauf Hans Fabrys erfolgloser Verteidiger vor dem Schwurgericht werden sollte, erhob das koloniale Beutekind der Vierten Französischen Republik vor dem Bundesverwaltungsgericht Revisionsklage. Und nun hatte auch dieses Gericht zu ihrem Nachteil entschieden.

Immerhin aber hätte die beharrliche Gasthübschlerin aus der Weite des Europäischen Marktes, der nur für sie und ihresgleichen nicht gemeinsam ist, sieben Bordelljahre am Main zubringen können, fette Jahre möglicherweise, ungestörte Jahre gewiß. Die Prozeßkosten hielten sich in erschwinglichen Grenzen. In der Kostenfrage waren die Bundesverwaltungsrichter milde gewesen. Sie hatten den Streitwert des langjährigen Verfahrens auf bescheidene 3000 Mark festgesetzt.

Für Ordnungs- und Polizeikräfte hingegen waren diese sieben Jahre – sofern sie danach gestrebt hatten, deutschen Huren die nationalen Freiermärkte zu erhalten – außerordentlich mager gewesen. Da sie nicht voraussehen konnten, wie die Berliner Richter entscheiden würden, wollten sie auch keine Ausweisungsbeschlüsse erwirken, etwa gegen eine karibische Pariserin oder gegen ein Sambasternchen aus Rio, das ein seniler römischer Cavaliere für eine Handvoll Dollar auf dem Standesamt zur italienischen Signora geadelt hatte. Mindestens solange das Revisionsverfahren anhängig war, fühlten sich die Beamten nicht dazu ermuntert, einer Schönheit vom Gemeinsamen Markt den Stuhl vor die Bordelltür zu setzen und ihr die Gemeinsamkeit dieses Marktes zu bestreiten.

Nun aber war dieser Zustand beendet. Nun hätten die Frankfurter Ordnungs- und Vollzugsbehörden, gestützt auf das Ravennes-Urteil, die schwarzen Mieterinnen der Herren Büttner, Hausmann und Companie kassieren können. Oder genauer gesagt: Die Ordnungsbehörde hätte das Vierte Polizeirevier darum ersuchen müssen, dieses Geschäft für sie zu erledigen. Doch es geschah nichts. Der Juni verging, der Juli, der August, der September und der Oktober auch. Im November wuchsen den Bordellpatriarchen schwarzer Liebesmägde mit französischem Paß keine grauen Haare mehr. Im Herbst hatten sie noch mit Razzien gerechnet. Als es jedoch keine Razzien gab und die Geschäfte unbehelligt weitergingen, vergaßen sie die Angelegenheit.

Nur die deutschblütigen, die blaßhäutigen Huren gaben sich unverhohlen enttäuscht. In ihren Kreisen hatte man monatelang voller Hoffnung von einem Urteil gesprochen, über das man zwar nichts Genaueres wußte, immerhin aber soviel, daß es der lästigen exotischen Konkurrenz ein für allemal den Garaus machen würde. Nun wurde gemunkelt, das Urteil sei ergangen. Doch den Rivalinnen trat keine Ausländerbehörde zu nahe. Sie blieben in ihren Häusern, und dort waren sie so emsig und begehrt wie immer.

Die andere Gerichtsentscheidung wurde am 4. November 1980 vom Hessischen Verwaltungsgerichtshof in Kassel gefällt. Auch sie sorgte im Frankfurter Bahnhofsviertel nur vorübergehend für Bängnis und Baisse. Dabei ging es um etwas ganz und gar Unerhörtes: Die Kasseler Richter hatten die Sperrgebietsverordnung, die der Darmstädter Regierungspräsident am 2. Februar 1973 erlassen hatte, für rechtsunwirksam erklärt, und zwar von Anfang an. Sie hatten die staatliche Geschäftsgarantie widerrufen, derer sich das Milieu innerhalb der Toleranzzone sieben Jahre lang erfreut hatte. Gegen dieses Urteil gab es keine Rechtsmittel. Es war endgültig.

Die Eigentümerin eines Mietshauses im Bahnhofsviertel, die dem allgemeinen panischen Trend nicht gefolgt war und ihren ererbten Besitz nicht verkauft hatte, war in diesem Gerichtsverfahren die Siegerin. Sie hatte „gegen das Land Hessen, vertreten durch den Herrn Regierungspräsidenten in Darmstadt", ein Normenkontrollverfahren angestrengt. Sie hatte also geprüft wissen wollen, ob die Rechtsnorm der Sperrgebietsverordnung mit einer Norm höheren Ranges vereinbar war, nämlich mit dem Gesetz. In der Begründung ihres Antrags hatte der Prozeßvertreter der Klägerin auf die wirtschaftlichen Einbußen hingewiesen, die eine Wohnungsvermieterin im Bahnhofsviertel als Konsequenz der Bordellnachbarschaft erleidet. Außerdem hatte er entwickelt, warum der Erlaß im Sinne der gesetzlichen Bestimmungen, auf denen er fußte, überhaupt nicht rechtens war.

Doch die Kasseler Richter hoben auf diese Argumente nicht ab, als sie die Sperrgebietsverordnung für rechtsunwirksam erklärten. Vielmehr begründeten sie ihre Entscheidung mit einem juristischen Formfehler, der dem Regierungspräsidenten unterlaufen war: Er hatte im Text seiner Verfügung die gesetzlichen Grundlagen nicht erwähnt, auf die er sie stützte.

Dennoch hätten die deutschen Bordellpächter und ihre jüdischen Überväter allen Grund gehabt, sich um die Zukunft ihrer Profite ernstliche Sorgen zu machen. Wenn nämlich die Sperrgebietsverordnung „von Anfang an" rechtsunwirksam war, aus welchen Urteilsgründen auch immer, dann galt erneut, was vor ihrem Erlaß gegolten hatte. Dann war die Prostitution im gesamten Bahnhofsviertel wieder verboten.

Doch die Herren machten sich keine Sorgen.

Es war der Magistratsdirektor Torsten Schiller, Leiter des Frankfurter Ordnungsamts, der sie aller Befürchtungen enthob, als er tags nach dem Urteil zur Presse sprach. Die *Frankfurter Rundschau* berichtete, was Frankfurts oberster Ordnungswächter über das Kasseler Urteil dachte.

Danach war er „. . . noch unsicher, ob er den Wegfall aller Beschränkungen oder die Wiederanwendung der alten Sperrbezirksregelung annehmen soll". Doch mochte er „das Kasseler Urteil nicht überbewertet wissen. Ob nun das eine oder das andere gilt, klar sei der allgemeine Wille, die Prostitution so zu regeln, wie sie bis jetzt geregelt war. Wenn die Vorschriften dazu rechtlich mangelhaft gewesen seien, werde der Regierungspräsident in Kürze rechtlich einwandfreie mit etwa gleichem Inhalt erlassen."

Dieser milieuweit beruhigenden Feststellung folgte ein Satz, der die eindrucksvollen diplomatischen Talente des Mannes enthüllte, der ihn inspiriert hatte. Was der Leiter des Ordnungsamts dem *Rundschau*-Reporter füchsisch erklärt hatte, las sich anderntags in der *Frankfurter Rundschau* wie folgt:

„Es sei also gar kein Anreiz zur Ausdehnung der Prostitution während der Zwischenzeit gegeben."

Aber gewiß nicht! Allein: Darum ging es zur Stunde ja auch gar nicht. Es ging vielmehr darum, daß die Frankfurter Ordnungsbehörde – denn nun galt ja erneut, was vor dem Erlaß der Sperrgebietsverordnung gegolten hatte, nämlich das Verbot der Prostitution im gesamten Bahnhofsviertel – unverzüglich und unnachsichtig 26 Bordelle zu schließen hatte. Oder was sonst ist ein letztinstanzliches Gerichtsurteil in der freiheitlich-demokratischen Rechtsordnung dieser Republik noch wert?

Ohnehin ist das Frankfurter Ordnungsamt mit der Prostitution, die sich – teils mit Leuchtreklame an der Tür – außerhalb seiner Toleranzzonen etabliert hatte, überaus nachsichtig umgegangen. Oder hat es etwa die grausame Ausbeutung suchtkranker Huren in der Kaiser- und der Weserstraße unterbunden und die Bordelletagen geschlossen, die, außerhalb der Toleranzzone, an diesen Straßen liegen? Wäre es den Ordnungsbeamten je eine Anstrengung wert gewesen, wenigstens „zum Schutz der Jugend", wenn nicht der Nachbarn, die „Sauna Arosa" in der Schönstraße zu schließen, eines Bordells, das mitten im kinderreichen Arbeiterwohnbezirk des Bahnhofsbereichs residiert? Die Beamten des Vierten Reviers, die selbst keine Befugnis zum Eingreifen haben, haben das Ordnungsamt wiederholt und nachdrücklich auf diese Mißstände hingewiesen.

Wäre der Magistratsdirektor diesen Hinweisen nachgegangen, dann hätte ich ihm vielleicht geglaubt. Ich hätte ihm auch geglaubt, wenn er nun wenigstens das Kasseler Urteil zum Anlaß genommen hätte, die Sperrgebietsverordnung zu überdenken und die Bordellstruktur, wo sie sich kriminell verfilzt hatte, aufzubrechen.

Niemand jedoch, der in Frankfurt am Hurenfleiß profitiert, mußte sich nach dem Kasseler Urteil Sorgen machen, weder

der Bordellboß außerhalb, noch sein Kollege innerhalb der Toleranzzonen. Freilich wäre den Bossen im Bahnhofsviertel das Ende ihrer Konjunktur auch dann gestundet worden, wenn der Leiter des Ordnungsamts die Schließung verfügt hätte. Denn die Polizeibeamten des Vierten Reviers wären gar nicht Manns gewesen, eine Schließungsanordnung zu vollstrecken. Nicht einmal die Konsequenz aus dem Ravennes-Urteil hätten sie ziehen, nicht einmal der schwarzen französischen Liebeskunst hätten sie ein Ende machen können, hätte das Ordnungsamt sie darum gebeten. Denn das Vierte Polizeirevier weiß sich für Vollzugsaufgaben solcher Art personell nicht ausreichend gerüstet.

„Wie sollten wir das machen?" fragt Polizei-Hauptkommissar Ditmar Kühn, stellvertretender Leiter des Reviers. „Wir haben doch für solche Aufgaben gar nicht die Zeit und die erforderliche Anzahl der Beamten."

Ich habe zu fragen vergessen, seit wann der Hauptkommissar im Vierten Revier Dienst macht. Aber der Schatten des Getäuschtseins und die Zweifelsschimmer eines Gehorsams ohne Echo, die ich auf dem Gesicht dieses Beamten sah, eines durchaus beherrschten Beamten übrigens, können nur das Resultat einer langen Karriere im Bahnhofsviertel sein. Er wirkte wie ein Frontsoldat auf mich, der über sein Sprachvermögen verzweifelt, weil er nie die richtigen Worte findet, der Etappe die Schlacht zu beschreiben. Und die Schlacht zwischen einer unterlegenen Ordnungsstreitmacht und der übermächtigen Alptraumhölle des Milieus, das sich im unablässigen Bandenwettbewerb um die Honigtöpfe des Lasters immer wieder regeneriert, wird nirgends in Frankfurt so erbittert ausgetragen wie in den Straßen am Hauptbahnhof.

Das Vierte Polizeirevier ist in einem sechsstöckigen Gebäude am Wiesenhüttenplatz 37 untergebracht, einem abweisend schmucklosen Betonbau, dessen Fassade nur das Streben nach Zweckmäßigkeit erkennen läßt. Mit schmaler Straßenfront steht das Gebäude dem stuckbarocken Portal des renommierten Park-Hotels genau gegenüber, in einem stilleren Winkel des Bezirks, den die Jahreszeiten dekorieren dürfen, denn hier stehen ein paar alte Bäume.

Der Schließer des Reviers wirft jedem Besucher, der vor der

schmalen, verglasten Stahltür um Einlaß heischt, einen langen, argwöhnischen Blick zu, ehe er auf den Knopf der automatischen Schließanlage drückt. Er hat seine Maschinenpistole neben sich auf der Tischplatte.

Spätestens wenn der Besucher diese Waffe sieht, während er den Schließer über sein Begehr ins Bild setzt, begreift der Besucher, daß er eine Polizeidienststelle betreten hat, die sich im Kriegszustand befindet. Schon hier sieht er einem Polizeibeamten ins Gesicht, von dem er meinen könnte, daß er nie in seinem Leben gelächelt hat.

Nachdem dieser Beamte auch für die zweite Stahlglastür auf den Knopf des Summers gedrückt hat und der Besucher ein paar Stufen aufwärtsgegangen ist, sieht er zu seiner Linken die offene Tür des Wachraums.

Die Tiefe dieses Raumes ist, wie in allen Polizei-Wachen, durch eine Barriere gegen das Publikum abgegrenzt, dahinter das übliche Inventar aus fleckiger Eiche, darüber ein zwielichtiges Halbdunkel.

Der Gesichtsausdruck der Polizisten ist zumeist mürrisch, oftmals gereizt. Darauf wird sich der Besucher – sofern er dem Milieu des Bahnhofsviertels, also der dickfelligen Stammkundschaft dieses Reviers, nicht angehört – vermutlich einen falschen Reim machen. Er wird in der düsteren Mienenstarre der Wachhabenden den professionellen Argwohn zu erkennen meinen und in ihrer lakonischen, vielfach barschen Sprechweise den Ton subalterner Anmaßung. Er wird in ihren verdrossenen Gendarmengesichtern die Selbstgefälligkeit staatlicher Allmacht identifizieren. Doch das Gegenteil ist richtig: In diesen Gesichtern spiegelt sich das Bewußtsein der eigenen Ohnmacht.

Im ganzen Bundesland Hessen gibt es nur wenig Polizeibeamte, die in Frankfurt Dienst tun wollen, und innerhalb Frankfurts gibt es wohl kaum einen, der sich als Stätte seines Wirkens das Vierte Revier ersehnt. Von den 2400 Schutzpolizisten der Stadt haben über 900 bei ihrer vorgesetzten Behörde, dem hessischen Innenministerium, um ihre Versetzung gebeten. Mancher verzichtete auf Beförderung, mancher bat gar um seine Degradierung, damit ihm eine Versetzungschance erhalten blieb. Und wer am Wiesenhüttenplatz diesem Fernwehbataillon nicht angehört, betrachtet sein Dienstschicksal zumindest als bittere Fügung, unabwendbar und unverdient.

Seiner Personalstärke nach ist das Vierte Polizeirevier unter allen Revieren Frankfurts, sieht man auf die Zahl seiner Planstellen, das größte. Dennoch ist es nie so stark, wie es, gemessen an seinem Auftrag, sein sollte. Von seinen 131 Planstellen sind nur 121 besetzt. Von den 24 bis 26 Beamten, die (Sollstärke) einer der vier Dienstgruppen angehören, sind (Iststärke) gewöhnlich nur fünfzehn in Wachraum oder Streifenwagen auf Posten. Die anderen sind krank oder im Urlaub. Oder sie warten als Zeugen vor der Tür eines Gerichtssaales auf einen immer verspäteten Termin und ihre Einvernahme. Oder sie wurden zu einem „GSOD-Einsatz" in einem anderen Stadtbezirk abkommandiert, also zum „Großen Sicherheits- und Ordnungsdienst" bei einer politischen Demonstration, so heißt amtsdeutsch der vollzugspolizeiliche Knüppeldienst an der Demokratie. Das eine wie das andere gilt den Beamten als nackter Horror. Als Zeugen vor Gericht müssen sie sich submissest von hochmütigen Richtern abkanzeln lassen, weil sie nicht hellsichtig genug sind oder weil sie kein Elefantengedächtnis haben oder weil sie ein Fremdwort falsch benutzen. Und wenn die Unzufriedenen dieser Republik auf die Straße gehen, und dazu sehen sie sich in der Spekulantenmetropole besonders häufig herausgefordert, dann sind die Polizisten, Knüppel an der Hosennaht, die „Scheißbullen" der staatlichen Autorität.

Dreißig- bis vierzigmal im Jahr muß sich jeder Beamte des Vierten Reviers solcher Straßenköterschmähung aussetzen, meistens am Wochenende. Runde 50 Demonstrationen gab es im Jahre 1980. Und in den Revierschreibtischen vergilben die Formularsätze, die jeder von ihnen ausfüllen muß, wenn er einen Demonstranten festgenommen hat.

„Wir brauchen diese Dinger nicht," sagt ein Beamter des gehobenen Dienstes, das Vatergesicht über dem gebügelten Uniformhemd ohne Rangabzeichen ganz ernst und feierlich, „denn wir machen schon lange keine Festnahmen mehr. Warum? Weil wir, wenn wir bei einer Demo jemanden verhaften, vor Gericht gegen ihn aussagen müssen. Dann schnauzt uns von vorne der Richter an, und hinter uns johlen die

Zuschauer. Außerdem sehen uns die Leute in unseren Privatwagen, und später zünden sie die an."

„Was tun Sie also?"

„Das will ich Ihnen sagen: Wir knüppeln die Kerle gleich bei der Demo zusammen. Da können die gar nichts machen. Unter unseren Helmen erkennt uns niemand. Und hinterher haben wir keinen Ärger."

An solchen Tagen bekämpft das Vierte Revier die Umtriebe im Milieu mit verdünnter Front. Dann wird sein Dienstbereich in Stadtviertel und Wachstube von der Mindestbeamtenzahl belauert, die – Verfügung des Präsidiums – niemals unterschritten werden darf: Von zehn Beamten des mittleren und einem des gehobenen Dienstes. Denn unterhalb dieser Zahl wäre das Revier nur noch eine staatsautoritäre Fälschung, ein Potemkinsches Wehrdorf.

Aber auch elf Mann können kaum mehr sein als eine matte Demonstration der Abschreckung. Sie stehen gegen Heroinkurden und Graue Wölfe, gegen arabische Geheimdienste, die am Drogenhandel, und jugoslawische Gangsterbanden, die am Kraftfahrzeugdiebstahl profitieren, gegen korrupte Privatdetektive und verzweifelte Warenhausdiebe, gegen italienische Hurenhändler und französische Hochstapler, gegen deutsche Scheckbetrüger, afrikanische Zuhälter und indische Schwarzarbeiter, gegen Einbrecher, Hehler, Dealer, Trickdiebe, Falschspieler, Zechpreller, diebische Huren und betrunkene Randalierer. Doch selbst wenn die Abkommandierten abgekämpft vom GSOD zur Wache zurückkehren, selbst wenn es einige auf ihre Überstunden nehmen, die wachhabende Dienstgruppe zu verstärken, selbst dann addieren sie sich mit dem harten Kern oftmals nur auf fünfzehn Beamte.

Zwar gibt es noch die siebzehnköpfige Ermittlungsgruppe, die der kleinen und mittleren Kriminalität auf den Fersen ist. Sie widmet sich jenen kriminalpolizeilichen Aufgaben, die das Vierte Revier 1977 von der Kripo übernehmen mußte. Es gibt ja auch noch, außerhalb des Reviers, die Kripo selbst. Doch die Kollegen von der Fahndung ermitteln langfristig, möglichst unsichtbar, sie sind als Abschreckungspotential nicht anschaulich, während sich der akute Alarmfall vor der Barriere des Wachraumes oder der Theke eines Nachtlokals ereignet.

Von fünf Funkstreifenwagen müssen zu jeder Stunde mindestens zwei im Einsatz sein, während ein dritter als Präventivstreife startklar ist. So sind von elf Männern mitunter sechs unterwegs, aber nur fünf in der Wache, einer davon an der Pforte, einer am Telefon, während sich die Kundschaft, bezecht, bekifft, bekümmert, vor der Schranke mit Namen und Klagen ins Wachbuch drängelt. Und jeder Angehörige des Vierten Reviers schiebt ein Polster von 70 bis 150 Überstunden vor sich her, auf das er sich nicht betten kann. Wann denn sollte er eine solche Stundenzahl abfeiern?

Doch ist der Männermangel nicht die einzige Schwäche des Reviers – der Mangel an Beamtenerfahrung ist eine andere. Mehr als die Hälfte aller Polizisten ist jünger als 25. Die meisten älteren Beamten mit einiger Erfahrung gehören der Ermittlungsgruppe an. Im Streifenwagen aber sitzen zwei Jünglinge, die das erschreckte Staunen in ihren Kinderaugen zu verschleiern trachten, indem sie die Lider senken und gefährliche Sehschlitze bilden, die keinem Ganoven Angst machen.

„Diese jungen Beamten" – so Hauptkommissar Ditmar Kühn – „machen alle Fehler, die man macht, wenn man jung ist, die man aber nicht machen müßte, stünde einem ein erfahrener Kollege zur Seite."

Einige dieser neunzehn- oder zwanzigjährigen Schutzmänner sehen aus, als seien sie erst sechzehn. Die Akne der Pubertät noch auf den Wangen, körperlich eben mannbar, geistig noch unfertig, die Knabenseele verletzlich wie Seidenpapier, sollen sie sich mit erfahrenen Huren, durchtriebenen Zuhältern und deren Rechtsanwälten messen. Schmalbrüstige Fliegengewichte sollen sich gegen professionelle Schwergewichte wie Ossi Büttner durchsetzen. Und man verlangt von ihnen, daß sie souverän handeln und kühles Blut bewahren.

Einige zerbrechen an dieser Überforderung und werden zu Duckmäusern. Andere werden gute Polizisten. Da aber die Guten im Vierten Revier bleiben müssen, und die Schlechten an den friedlichen Stadtrand versetzt werden, verleugnet sich so manches Polizistentalent – mit dem Ziel der Strafversetzung in eine heile Welt, in der Hoffnung auf einen Druckposten. Wer sich also verbessern will, täuscht Unfähigkeit vor.

Natürlich merken diese jungen Männer, daß sie verheizt

werden. So verwandelt sich ihre anfängliche Hilflosigkeit in Aggression. So werden Bullen aus Buben.

Sie sind im Alter von fünfzehn oder sechzehn Jahren in den Polizeidienst eingetreten und haben drei Jahre bei der Bereitschaftspolizei gelernt. Dann haben sie ein Jahr in einer Einsatzhundertschaft gedient und mit ihr an geschlossenen Einsätzen teilgenommen, etwa bei Staatsbesuchen oder beim GSOD. Sie sind neunzehn oder zwanzig, wenn sie ins Vierte Frankfurter Polizeirevier versetzt werden, wenn das Schicksal uniformierter Mannbarkeit sie mit einer Realität ereilt, die sie sich in ihren Knabenzukunftsträumen so kalt und so unbarmherzig nicht vorgestellt haben.

Sie stammen in der Mehrzahl aus den Rinder- und Roggendörfern Nordhessens, aus einer friedfertigen, versöhnlichen Untertanengesellschaft, in der ein Wachtmeister der Gendarmerie noch auf Respekt rechnen kann, und nun müssen sie sich in den Schlägerschenken des Frankfurter Bahnhofsviertels die Schirmmützen vom Kopf schlagen lassen, nun haben sie Dienstausweis und Ballermann und gelten ihren Gegnern doch nur ein Garnichts, belächelt, verachtet, verhöhnt von einem Gesindel, das in einer Nachtstunde verjubelt, was sie im Monat nicht verdienen. Die meisten von ihnen erleben in Frankfurt zum erstenmal die Großstadt und im Bahnhofsviertel sogleich die abscheulichsten Abgründe großstädtischer Mißgestalt. Sie haben noch keine Frauen, selten eine Freundin, und sie leben im Polizeiwohnheim, dem sogenannten „Bullenkloster". Wohnungen oder Zimmer können sie sich von ihrem Anfängergehalt nicht leisten. Und so haben sie nur eine Sehnsucht: Weg von hier! Bloß weg!

Sie sind zu jung, zu unerfahren, an Zahl zu wenige, und sie fühlen sich allein gelassen.

So kommt es, daß eine Toleranzzone auf lange Zeit eine Toleranzzone bleiben muß, selbst wenn das Ordnungsamt gewillt wäre, sie aufzuheben.

So kommt es, daß ein Ravennes-Urteil ins Leere gesprochen wurde, selbst wenn das Ordnungsamt gewillt wäre, ihm zu folgen.

So kommt es, daß es Rechtsbrecher und Vergehen gibt, die den Beamten im Vierten Revier wohlbekannt sind, und daß sie aus Zeit- und Erfahrungsmangel trotzdem nicht dagegen einschreiten können. So kommt es, daß aus unpolitischen Polizeianwärtern rechte Bullen werden.

Beispielsweise wissen die Wachhabenden des Vierten Reviers ziemlich genau, daß von den 75000 Arbeitsplätzen auf dem Arbeitsmarkt ihres Revierbereichs runde 10000 illegal besetzt sind – von Ausländern aus allen Weltregionen der Entbehrung, die sich ohne Aufenthalts- und Arbeitsgenehmigung durch die Republik schlagen. Diese glücklosen Glücksritter ohne Visum oder Duldung dienen ihren – größtenteils deutschen – Brotherren ohne Kenntnis der Tarife, ohne Lohnsteuerabgabe und Versicherungsschutz für schäbigen Lohn: Inder und Türken den Raumpflegechefs, Jugoslawen den Bauunternehmern, Griechen und Türken den Kürschnern, Inder und Pakistanis den Gastwirten. Ähnlich den mexikanischen „Wedbacks" in den Vereinigten Staaten bilden diese Zuwanderer ein rechtloses Lumpenproletariat, das sich – durch gescheiterte Asylbewerber unmerklich vermehrt – in der Außenseiterdämmerung der Illegalität mit Ressentiments und rebellischen Energien auflädt.

Die Beamten des Vierten Reviers wissen so genau Bescheid, weil sie von legal seßhaften Ausländern, Gastarbeitern wie Asylbewerbern, täglich erneut und anonym – doch mit Schwarzarbeiternamen und Firmenbenennung überaus akkurat über die Illegalen informiert werden. Zu solchem Verpfiff lassen sich die amtserlaubten Landesgäste aus Angst um die eigenen Arbeitsplätze herbei.

Doch die Polizisten sehen sich außerstande, diesen Hinweisen nachzugehen. Denn jede Arbeitnehmerfestnahme bedeutet einen Formularkrieg von mehreren Stunden, jede Arbeitgebersistierung einen Verwaltungsaufwand von mehreren Tagen, und es ist hauptsächlich der festnehmende Beamte selbst, der diese Arbeit zu leisten hat. Welcher Wachhabende aber hätte dafür Zeit, während er Gefahr für Leib und Leben anderer Bürger abwenden soll?

Wenn der sich ihr jedoch unterzieht, dann zumeist mit dem Gefühl der Vergeblichkeit. Denn die Ausländerbehörde wird nur selten eine Ausweisung verfügen. Sie hat bereits öffentlich ihren Bankrott erklärt.

Ein anderes Beispiel: Während sie sich in der Wache – wie sie sagen – mit „Dreckskerlen" herumschlagen, wissen die Beamten, daß den Freiern in der „Sauna Arosa", jenem bereits erwähnten Schwips- und Schwitzbordell im Sperrgebiet des Bahnhofsbereichs, ohne Schankkonzession alkoholische Muntermacher kredenzt werden. Doch ist ihnen dieses Delikt in dem Ganovendschungel, durch den sie sich schlagen müssen, viel zu nebensächlich, um sich damit abzugeben. Also haben sie das Ordnungsamt darauf hingewiesen, doch das Ordnungsamt hat – wie so oft – nichts unternommen.

Vor allem aber haben sie vielfältige Kenntnis über jene Verbrechen, die man vornehm „white colour crimes" nennt. Sie wissen, welcher betuchte Boß des Milieus Dreck am Stecken hat, oft auch, welchen Dreck. Doch an diese Herren kommt das Fußvolk des Vierten Reviers selten heran. Denn wo Liquidität und Kriminalität sich vermählen, erschöpfen sich allzu leicht Beweiskraft und Vollzugsgewalt. Und das erbittert die Beamten weitaus am meisten.

Es war ein Gereifter des gehobenen Dienstes, der sich äußerte:

„Sobald einer von diesen Gangstern ein bißchen Geld hat, kann er machen, was er will, da passiert ihm gar nichts. Und wenn wir mal einen festnehmen, dann ist er innerhalb kürzester Zeit wieder auf freiem Fuß, warum wohl, warum? Das macht uns so zornig, daß wir so ohnmächtig sind. Manchmal sage ich mir, wenn ich einen einfachen, kleinen Mann mit 2,1 Promille aus der Kneipe kommen und ins Auto steigen sehe: Laß das arme Schwein doch laufen! Aber natürlich nehme ich ihm den Führerschein ab, und ich weiß doch genau, mein Gott, der kommt nie aus meinem Griff heraus. Der nicht!"

So erweist sich sogar in den Amtsstuben jener, die dem Schutze der Gerechtigkeit ihre Dienststunden widmen, daß der Volksmund in aller bitteren Einfalt meist die Wahrheit sagt: Die Kleinen hängt man, die Großen läßt man laufen. Und wenn es doch mal ein paar Kleine gibt, die man laufen läßt, dann nicht aus Mitgefühl:

„Wenn sich die Inder in ihren Asylantenquartieren wieder einmal prügeln" – so ein Beamter des Vierten Reviers – „dann gehen wir gar nicht mehr hin. Sollen sie sich doch gegenseitig umbringen! Dann sind wir sie wenigstens los."

Unterhalb des Wachraumes, beiderseits der Garage, befinden sich die Haftzellen des Reviers, fahl beleuchtete, nüchtern gekalkte Raumwürfel, nur mit einer gemauerten Pritsche möbliert. Solange die Wände nicht neu gekalkt wurden, erzählen sie von der Verzweiflung und der blinden Aufsässigkeit, die sie umschlossen haben. Unter die dünne Strichzeichnung einer Injektionskanüle schrieb ein Mädchen:

„Hier muß ich jetzt schon das dritte Mal meine ‚Stunden' absitzen! Hätte ich doch nur einen Schuß! Bin auf Turkey! Christel – 28.12.79."

Und in einer anderen Zelle ein anderes Mädchen:

„Birgit – Weserstr. 15 – alles Scheiße – Saubullen."

Oder auch:

„Solidarität mit der RAF!"

Den Suchtkranken erscheint die Polizei noch als übermächtig, und eines Tages, irgendwann, wird sie sich sogar als unentrinnbar erweisen, dann sind die Polizisten traumfeindliche Büttel, die gnadenlosen Pförtner der Turkeyhölle. Für die Beamten des Vierten Reviers aber sind die Süchtigen nur die Zeugen vollzugspolizeilicher Ohnmacht, lebendig oder tot.

Außer jenen zwei herointoten Mädchen, die in den verkommenen Drogenhöhlenlöchern in der vierten und fünften Etage des Eckhauses Kaiserstraße 51 aufgefunden wurden, haben die Streifenbeamten des Vierten Reviers von Neujahr bis Novembermitte des Jahres 1980 elf weiteren Leichen zum Zwecke ihrer Identifizierung in die Hand- oder Brieftaschen greifen müssen – blutjungen Menschen zumeist, die der Goldene Schuß getötet hat. Die Beamten fanden:

Am 6. Januar einen 22jährigen Mann im Hinterhof des Hotels „Saloniki" in der Moselstraße.

Am 14. März eine 24jährige Frau in einer Wohnung des Hauses Baseler Straße 54.

Am 21. März eine 20jährige Prostituierte im Bordell des Hauses Taunusstraße 34.

Am 2. Mai einen 28jährigen Mann im Inneren eines in der Hardenbergstraße geparkten Wagens.

Am 8. Juni eine 26jährige Frau im Hotel „Nürnberg" an der Moselstraße, einem jener Hotels, in dem die schwarzen Zuhälter Quartier genommen haben.

Am 11. Juli eine 39jährige Prostituierte im Hause Weserstraße 19, dessen Bordellzimmer von einem ehemaligen Schweizer Lehrer und einem früheren österreichischen Kraftfahrzeugmechaniker bewirtschaftet werden.

Am 31. Juli eine 23jährige Frau im Hotel „Ambassador" an der Moselstraße, das von Asylbewerbern bewohnt wird.

Am 14. September einen 33jährigen Mann unter der Mainbrücke am Ufer des Flusses.

Am 15. September einen 30jährigen Mann in der Toilette des „Wienerwald"-Restaurants, Kaiserstraße 75.

Am 29. Oktober eine nicht identifizierte junge Frau in der Toilette des Schnellrestaurants „McDonald", Kaiserstraße 70.

Am 11. November einen 20jährigen Mann in der Toilette des Hauptbahnhofs.

Diese Toten, die er mit einem Seufzer der Resignation identifiziert, die er dem Arzt für den Totenschein und dem Leichenschauhaus für eine Inaugenscheinnahme überantwortet hat, bedeuten manchem jungen Polizeibeamten in den schwermütigen Denkpausen zwischen einem Funkspruch und einer Festnahme, zwischen Revier und Bullenkloster vielleicht eine Herausforderung an sein Gewissen. Vielleicht stehen nicht nur diese Toten, vielleicht stehen alle Heroinopfer der Republik manchmal vor dem Gewissen dieser Beamten des Vierten Frankfurter Polizeireviers auf, denn es ist doch ihr Dienstbereich, in dem der große Deal gemacht wird, von dem aus die Drogenmärkte und die Leichenschauhäuser der Republik beliefert werden. Und sie müssen es ohnmächtig geschehen lassen.

Machen sich solche Gewissensbisse auch die Amtsträger in den Behörden, in denen dem großen Deal und seinen Helfershelfern und Hintermännern und Schlupfwinkelgebern die reißfeste Dschungeltarnung gestrickt wurde? Muß sich nicht jeder Staatsdiener, der auf die eine oder die andere Art daran beteiligt war, unruhig im Schlafe wälzen, von Alpträumen und Selbstvorwürfen geplagt? Ich glaube, eher als jeder Polizeibeamte des Vierten Reviers muß sich jeder Verwaltungsmann seinen Schuldanteil ins Gewissen rufen, gleichgültig, ob er sich mit Zuhältern gemein machte, ob er Asylbewerber vergaß, ob er einen Sanierungsplan verriet, ob er Bordellbossen eine Liegenschaft zuschob, ob er die Hurenkasernierung begünstigte, ob er das Bordellwesen mit Zweckentfremdungen beflügelte, ob er Rechtsbrüche übersah oder ob er – wir werden es noch sehen – eine Schule skandalös verkommen ließ.

Auch aber, wenn er als Dienstvorgesetzter im Polizeipräsidium sein Viertes Revier vergaß. Denn:

„Zwischen denen da oben" – so ein Revierbeamter des gehobenen Dienstes mit aufwärts gerecktem Zeigefinger – „und uns hier an der Basis gibt es schon lange keine Kommunikation mehr. Die haben uns schlicht vergessen."

Diese Polizeibeamten zerreißen sich fast vor unterdrückter Wut. Aber sie haben sie politisch noch immer gezügelt. Auch in der Demokratie haben sie vor allem Gehorsam lernen müssen. Ein einziges Mal nur sind Polizeibeamte für ihre Forderungen auf die Straße gegangen, und das war Ende der sechziger Jahre in Frankfurt. Dieser Zorn hat kein Ventil, es sei denn, er sucht sich eines in Zelle oder Wachraum, einem Dealer, einem Zuhälter zum Nachteil – einem „Dreckskerl" allemal.

So ist es kaum verwunderlich, daß sich diese Männer, die ohne Rückendeckung Recht und Ordnung garantieren sollen, nach nichts so sehnen wie nach Recht und Ordnung. Oder genauer: Nach einer politischen Macht, die mit Autorität, wenn nicht mit Totalität, dafür einsteht. Und diese Macht versprechen sich die meisten von rechts.

Im „Dippegucker" an der Münchener Straße, unter den 260 Lokalen des Bahnhofsviertels eines von zweien, die Angehörige des Vierten Reviers privat betreten dürfen, saß ich einem älteren Polizeibeamten gegenüber, als er Mund und Seele öffnete. Er erzählte mir zwei Geschichten, eine lange und eine kurze.

Das ist die lange Geschichte:

„Seit Mitte 1976 war sowohl im Revier wie auch im Präsidium bekannt, daß wir von der Schutzpolizei die kleine und mittlere Kriminalität von der Kripo übernehmen sollten. Das waren 48 Prozent der kriminalpolizeilichen Arbeit. Aber es wurde nichts, ich sage gar nichts, vorbereitet. Na, und zur Weihnachtsfeier 1976 kommt der damalige Polizei-Vizepräsident Gerling zu uns und fragt so richtig leutselig:

‚Ist alles klar?'

Aber nichts war klar. Wir hatten keine Räume, wir hatten

nicht mal Büromöbel für die neuen Aufgaben. Und niemand war dafür ausgebildet worden. Kein Schwanz. Also wurde die Übernahme erst mal vom 1. Januar 1977 auf den 1. März verschoben. Aber auch dann war nichts klar. Der Beamte im Beschaffungswesen, der die neuen Möbel und den ganzen Kram bestellen sollte, war pensioniert worden und hatte alle Bestellungen unbearbeitet liegengelassen. Trotzdem fingen wir an. Aber das muß man sich mal vorstellen: Jetzt mußten Schutzpolizisten ohne richtige Ausbildung die Arbeit der Kriminalpolizei übernehmen. Und das sollten sie auch noch in Uniform machen. Die sollten in Uniform in den Puff gehen und da ermitteln."

Und das ist die zweite Geschichte:

„Wenn ein Jude falsch geparkt hat, und er hat einen Zettel an der Windschutzscheibe, dann kommt er heute noch ins Revier und sagt, daß er Jude ist. Er denkt, dann müssen wir ihm die paar Mark erlassen. Aber nicht mit uns! Immer wenn früher so einer kam und betonte, daß er Jude ist und einen Beamten vielleicht noch als Nazi beschimpfte, dann gab's gleich eins aufs Maul!"

Der Beamte trank sein Bier aus, wischte sich den Schaum vom Mund und lachte leise. Er lachte ohne Unrechtsbewußtsein. Er hatte von einer Weltordnung erzählt, die er für eine natürliche oder gottgegebene hielt.

Karmeliter-Schule in der Moselstraße: 84 Prozent aller Schüler dieser vernachlässigten Lehranstalt sind Ausländer

unox Heisse
SAVOY
101

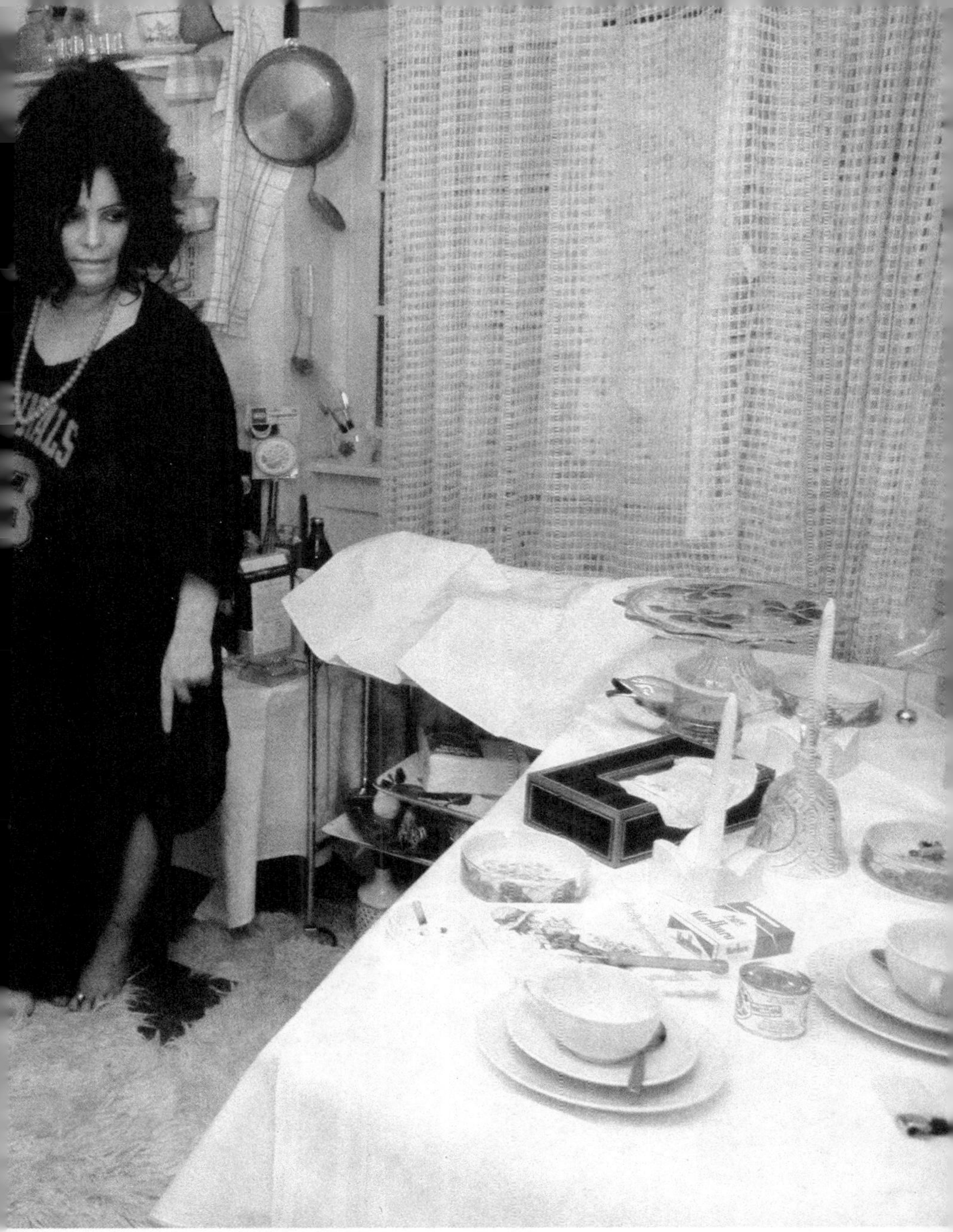

Die Straßenhure Gina privat: Dieses Stübchen in einem Bordell in der Elbestraße durften ihre Freier nie betreten

Moselstraße 6: Das Schach-Café, einzig in der Bundesrepublik, sollte schließen. Die Frankfurter Presse rettete es

INDIA-RESTAURANT
WETT-

Die letzten deutschen Bewohner des Bahnhofsviertels sind zumeist alte Leute. Der Blick aus dem Fenster ist hier immer spannend

KAPITEL VIII

# Die Asylanten

T'ink my t'inking", sagte Birendra Kumar.

Ich bemühte mich redlich, seine Gedanken zu denken, ich versuchte sogar, seine Gefühle zu fühlen. Seit ich den Schicksalen der Asylbewerber in ihren Schmutz- und Schlummerbastionen am Frankfurter Hauptbahnhof nachspürte, bemühte ich mich, in ihre Gedankenwelt einzudringen.

Birendra Kumar sah mich an, als wollte er mir mit seinem Hinduhypnotenblick wie mit einer glühenden Sonde in die Seele greifen.

„Strike your mind", sagte er.

Ich verstand diese Bemerkung nicht genau, aber ich verstand, daß sie eine dringliche Bitte war zu begreifen, was er nicht zu beschreiben vermochte: das Geworfensein des Entwurzelten, sein gläsernes Dasein zwischen Reue und Hoffnung, nämlich der Reue, nach Deutschland gegangen zu sein, und der Hoffnung, bleiben zu dürfen. Ich glaube, er wollte mir die ganze grelle Widersprüchlichkeit seiner Gefühle mitteilen, die er für die kalte Stadt seiner Asylhoffnung hegte, die ihm aber kein Asyl gewähren würde, deren Menschen ihn verabscheuten und deren lasterhafter Reichtum ihn dennoch fesselte.

Der Fotograf Henning Christoph und ich saßen dem indischen Asylbewerber in dem Zimmer gegenüber, das er im Dreietagenquartier an der Speicherstraße bewohnte und das mit Schrank und Tisch und Stuhl etwas vollkommener möbliert war als die Bettensäle seiner Gefährten, wenn auch ebenso menschenfeindlich wie jene. Noch wußten wir nicht, daß Birendra Kumar in dieser Notgemeinschaft Geflüchteter und Geächteter ein heimlicher Despot war, daß er seine Landsleute brutal drangsalierte, daß er sie erpreßte und betrog.

Doch konnte uns nicht entgehen, wie er mit seinem Mitbewohner umsprang, mit dem er sich das Zimmer teilte. Es war ein schüchterner, junger Mann, der nicht Englisch sprach, der eigentlich überhaupt nicht sprach, in dessen Antlitz allein die Augen beredt waren, furchtsam und flehentlich. Birendra Kumar war ja – der Leser erinnert sich – in den Asylantenetagen an der Speicherstraße der Hausmeister, dem das Quartier von seinem deutschen Vermieter zu einer Art Lehen gegeben worden war. Es war augenscheinlich, daß der junge Mann

Birendra Kumars Diener war, sein Kuli, sicherlich ein Illegaler, von des Hausmeisters Allgewalt in eine befremdliche Botmäßigkeit gepreßt.

Während sich Henning Christoph und ich – zwei Deutsche immerhin, zwei Sendboten der Schicksalswende vielleicht – in diesem Zimmer aufhielten, standen die anderen Asylinsassen im dunklen Flur und lauschten. Manchmal unterdrückte jemand ein Räuspern, manchmal knarrte ein Dielenbrett. Auch der junge Mann verließ, nachdem Birendra Kumar in barschem Ton auf Pandschabi zu ihm gesprochen hatte, für die Dauer unseres Besuchs das Zimmer. Nur einmal kam er noch herein, als er uns mit seinen mageren Händen unbeholfen ein Omelett servierte, das er im engen Kochverschlag des Quartiers zubereitet hatte. Birendra Kumar füllte unsere Wassergläser bis zum Rand mit Whisky und nötigte uns zu essen.

Er hatte ein Codewort mit uns verabredet: „Greenflower." Er hatte uns eine konspirative Verkehrsregel aufgedrängt: Wir sollten uns, wenn wir ihn anriefen, mit der poetischen Losung am Telefon melden, damit er sicher sein konnte, daß wir es waren, die mit ihm sprachen. Der Despot hatte Angst.

Mehr noch aber beherrschte ihn der Haß. Er wäre nie nach Deutschland gekommen, sagte Birendra Kumar mit flinker Zunge und spröder Stimme, wäre er in seiner Heimat Haryana nicht jenem Inder begegnet, der ihn zur Emigration überredet habe. Dieser Mensch, sein Versucher, sein Verderber, habe ihm vom deutschen Asyl erzählt wie von einem außerirdischen Märchenland, in dem es Arbeit und Wohlstand gäbe – und Menschen, die diesen Wohlstand mit einem armen Inder teilen würden. Dann habe ihm dieser Mann für die Reise nach Frankfurt das Vierfache dessen abgeschwindelt, was sie gekostet habe.

Dabei sei es ihm in Haryana nicht einmal schlecht ergangen, sagte Birendra Kumar, während er die verräucherte Luft tief durch die Nase zog und ein Teil seiner Gespanntheit aufzuweichen schien. Er habe täglich um die 40 Rupien ausgeben und Diplomatenwhisky trinken können, den teuren importierten Whisky also. Und von Deutschland habe er kaum gewußt, wo es liegt.

Dann, als er fortfuhr, stieg ihm das innere Glühen wieder ins Gesicht: Nun wolle er den Einschleuser bestraft und den fatalen Lebensirrtum der eigenen Flucht gerächt wissen, möglicherweise, sagte Birendra Kumar, würde er ihn von eigener Hand richten. Auch dieser Betrüger lebe mittlerweile in Frankfurt, sagte er, doch wenn er, Kumar, alleine vor dessen Wohnungstür stünde, würde ihm nicht geöffnet werden.

Deshalb bat er uns, mit ihm zu gehen, damit der Mann – von der Schelle an den Spion seiner Tür gerufen – zwei Deutsche sähe, denn Deutschen würde er selbstverständlich öffnen, auch über dieses Mannes Schicksal entschieden letztlich Deutsche. Noch in derselben Nacht, zu einer Stunde, da anzunehmen war, daß der Einschleuser schliefe, wollte Birendra Kumar ihn in unserer Begleitung aufsuchen. Noch in dieser Nacht wollte er, wenn die Tür offen war, aus einem Versteck treten und wie ein Schattenblitz an uns vorbeihuschen und dann . . .

„I hit him! I kill that man!"

Natürlich waren Henning Christoph und ich daran interessiert, einen indischen Einschleuser kennenzulernen, jedoch nicht in dieser Nacht und nicht an der Seite Birendra Kumars, der sich aus der Whiskyflasche auflud wie ein Akku an einem Generator. Wir sahen die nervösen Lichter in seinen Augen, und wir mußten dafürhalten, daß seine Amokentschlossenheit zum Mord sie angezündet hatte. Wir sagten, daß wir den Einschleuser am darauffolgenden Tag besuchen wollten. Wir versuchten, Birendra Kumar den Namen und die Adresse des Mannes abzuluchsen.

Aber er spürte die Dringlichkeit unseres Interesses, und nun wollte er ein Geschäft daraus machen. Doch er wußte offensichtlich nicht, was er von uns verlangen konnte. Wir boten ihm Geld, doch Geld nahm er nicht von uns, von Deutschen, deren Freundschaft, deren vertrauliche Nähe er sich wünschte. Geld preßte er nur seinesgleichen ab. Er sprach vage von Hilfe, geschwollen von Menschlichkeit, und er versicherte uns seiner Freundschaft.

Wieder einmal sollte ich seine unausgesprochenen Gedanken denken. Wieder einmal enthüllte er mir ungewollt die Verlorenheit seiner entwurzelten Existenz, der, trotz seiner Durchtriebenheit, in diesem Lande keine neuen Wurzeln wachsen konnten. Was erhoffte er sich von uns? Eine Verlängerung seiner Duldung? Die Anerkennung als politischer Flüchtling, der er erklärtermaßen nicht war? Straffreiheit vor deutschen Gerichten? Schutz vor seinen Landsleuten, deren Ausbeuter er war? Er vermochte es nicht zu sagen, denn er spürte instinktiv, daß wir, wenn auch deutsch, ihm gleichwohl keinerlei Zugeständnisse machen konnten. Und dennoch: Irgendeiner Schicksalsgarantie, irgendeines Sicherheitsversprechens mußten wir doch mächtig sein. Waren wir nicht deutsch? Waren wir keine Sahibs, denen die allmächtige Zauberhautfarbe Weiß ins Gesicht gewachsen war? War es denn nicht die Ordnung der Welt, daß die Weißen über das Glück Andersfarbiger gebieten konnten? Wäre Birendra Kumar in ein Land emigriert, das von Farbigen bewohnt wird?

Als wir ihn verließen, sah er uns mit seinen zudringlichen Augen nach, ein tyrannischer Bettlerkönig, ein glückloser Eiferer, den der Schöpfer aus geladenen Stromdrähten gebündelt hatte. Im Flur teilte sich die Mauer der Lauscher vor uns. Ihrer aller Augen hingen an unseren weißen Gesichtern. Doch die Sendboten der Schicksalswende gingen stumm durch das Spalier der Erwartung hindurch und verließen das Haus.

Erst einige Tage später ließ sich Birendra Kumar dazu herbei, Henning Christoph im Verlaufe eines längeren Greenflowertelefonats den Namen und die Adresse seines Einschleusers zu nennen. Dieser Mann wohnte außerhalb der Frankfurter Innenstadt mit Eltern und Bruder in einer kaufhausmöblierten Zweizimmerwohnung. Und er bestritt alles.

Aber er zitterte, als wären wir die Polizei.

Wir nannten ihm Birendra Kumars Namen nicht, denn das hatte Henning Christoph dem Hausmeister versprechen müssen. Der Inder saß uns auf einem hellen, genoppten Sofa gegenüber. Er war noch keine Dreißig. Seine Augen wurden vor gespannter Wachsamkeit ganz rund. Seine Eltern hielten sich hinter der unverschlossenen Tür in der Küche auf, und es war klar, daß sie uns zuhörten.

Er habe nie derlei getan, sagte der Inder. Er sei ein einfacher Asylant. Aber er könne sich vorstellen, welcher seiner Landsleute solche Geschichten über ihn verbreite. In dieser Bemerkung war eine Frage versteckt, aber wir hielten uns an das gegebene Versprechen und verrieten Birendra Kumar nicht. Auf dem Tisch lag eine Telefonrechnung über 189 Mark, an sie war ein Abrechnungszettel über ein Ferngespräch mit Pakistan geheftet. Ein Fingerzeig? Kaum. Dennoch vermittelte dieser Mann uns nicht das Gefühl, daß er die Wahrheit sagte. Er wußte sichtlich vorübergehend nicht, was tun, was sagen, angesichts unserer heiligen, forschenden Biedermannsgesichter – mein Gott, zumindest für mich selbst muß ich bekennen, daß ich ihn lange in der Gewißheit befragte, das Recht, das beleidigte Recht, stünde auf meiner Seite. Seine Hände waren unstet, seine Augen voller Angst. Mag er sich an Birendra Kumar vergangen haben, der sich an anderen verging. Doch welches Unrecht hatte dieser Mann mir zugefügt, wenn er einen Landsmann für 22000 Rupien in das Deutschland meiner bevorzugten Existenz geleitet hatte? Und welches Unrecht fügten mir die sogenannten „Scheinasylanten" zu?

Vielleicht war er so verunsichert, weil er sich ganz allgemein vor uns fürchtete, weil sich jeder indische Asylbewerber im ungewissen Schwebezustand seines deutschen Daseins vor den Fragen ängstigen würde, die ich diesem Mann stellte. Vielleicht hatte er in seiner Asylkarriere eine einzige Einschleusung bewerkstelligt, diejenige Birendra Kumars. Vielleicht gehörte er auch einer Organisation von Einschleusern an, die ihre Landsleute mitleidslos zum eigenen Vorteil in die Knechtschaft der Verschuldung führen und sich des Menschenhandels schuldig machen. Beweisen konnte ich diesem Inder nichts.

Aber das weltvergessene, pharisäische Gefühl der Selbstgerechtigkeit, diese vitale Angst um den eigenen Honigtopf, habe ich noch einmal an mir erfahren, als ich nämlich zusah, wie illegale Immigranten von Einschleusern ins Land gebracht wurden. Das geschah im Frühsommer 1980, als die Asylantendebatte in den deutschen Medien ihren Höhepunkt erreichte. Auch mich hatte die Überfremdungsangst infiziert. Ich war zu lange durch die Asylantengettos im Frankfurter Bahnhofsviertel gestiegen. Wie die Straßenhure Gina begann ich mich nach dem Odenwald zu sehnen.

An drei Samstagen des Jahres 1980 beobachteten, belauerten Henning Christoph und ich den illegalen Grenzübertritt pakistanischer Zuwanderer auf dem Frankfurter Flughafen, um genau zu sein: am 31. Mai, am 14. Juni und am 21. Juni. Henning Christoph fotografierte. Verblüfft sahen wir zu, wie die Pakistanis in die Bundesrepublik kamen. Sie gingen einen schlauen, unauffälligen Weg, von dem anzunehmen ist, daß er noch immer beschritten wird. Denn am 10. Oktober 1980, vier Monate später, konnte das *Hamburger Abendblatt* in einem Artikel über illegale Immigranten noch vermerken:

„19 Inder aus der Gruppe, die auf bisher ungeklärte Weise auf dem Frankfurter Flughafen die Paß- und Zollkontrolle umgehen konnten, sind nach Angaben der Polizei bereits untergetaucht."

Es war uns schon im Juni gelungen, diese „ungeklärte Weise" zu enträtseln: Die heimlichen Einwanderer umgingen die Kontrollbarrieren, die ihrer Einreise auf dem Frankfurter Flughafen entgegenstehen, aufrechten Hauptes durch einen Küchenvorraum der Steigenberger-Betriebe. Dieser Hotel- und Gaststättenmulti bewirtschaftet in den Wandelhallen der größten deutschen Luftverkehrsstation die Gastronomie.

In der Transithalle B des Rhein-Main-Flughafens befindet sich – nahe einer rechteckigen Bar im Saloonformat – zwischen Souvenirläden und einem weitläufigen Restaurant mit Startbahnblick ein freistehender, kunststoffvertäfelter Gebäudekern, der die Küche der Steigenberger-Betriebe birgt und von niemandem beachtet wird. Er ist gegenüber der Bar – etwa sechs Meter von ihr entfernt – durch eine schmale Tür zugänglich, die gewöhnlich unverschlossen bleibt. Diese Tür ist mit einem roten Durchfahrtsverbotsschild aus der Nomenklatur der Straßenverkehrszeichen als unpassierbar gekennzeichnet. Ein argloser Fluggast dürfte sie freilich kaum bemerken, da sich sein müßiges Interesse sicherlich bereitwilliger von einer grellen Sexshopreklame fesseln läßt, in deren Lichtschatten sich die Tür befindet.

Wer sie jedoch durchschreitet, gelangt ungehindert in einen Vorraum der Steigenberger-Küche. Er hat dann zur Linken drei Fahrstühle, die in den dritten Stock des Flughafengebäudes fahren. Sie erreichen dort hinter der verglasten, gardinenverhängten Rückwand des Restaurants „Graf Zeppelin" ihre Endstation – außerhalb des Zollbereichs.

Wer also diesen Weg gegangen ist und den Lift im dritten Stock verläßt, der gelangte in die Bundesrepublik, ohne daß ihn ein deutscher Grenzschützer oder ein Zöllner zu Gesicht bekommen hätte. Diese Grenzüberschreitung mit dem Lift ins gelobte Land ist ein Akt von Sekunden. Einem Uneingeweihten kann daran nichts auffallen.

Für die illegalen Zuwanderer vom indischen Subkontinent fügt es sich dabei glücklich, daß die Steigenberger-Betriebe in Küche und Service überwiegend Inder und Pakistanis beschäftigen. Es muß angenommen werden, daß einige dieser Köche und Kellner – gegen bescheidenen Gewinnanteil – mit den Einschleusern im Bunde sind. Es muß außerdem angenommen werden, daß jede Linienmaschine aus dem Fernen oder Mittleren Osten eine Handvoll Reisender aus dem Morgenland mitbringt, die dieses Sesam, öffne dich! an der Hand ihrer Lotsen benutzen. Es muß endlich angenommen werden, daß zu diesen Grenzliftlotsen ehemalige Flughafen-Bedienstete gehören, die ihre Betriebsausweise über Kündigung oder Entlassung gerettet haben.

Eine jener Maschinen, die aus dem Fernen Osten einfliegen, ist der Pan American-Jumbo mit der Flugnummer 1. Allsamstags gegen 9 Uhr 35 fährt er – aus Tokio und Karatschi auf dem Frankfurter Flughafen gelandet – an einen Flugsteigkopf der Abfertigungshalle B. Und jeden Samstag hat er ein Grüppchen junger pakistanischer Männer ohne Gepäck und mit Pässen ohne Visum an Bord. Sie haben füglich schon während des Fluges nicht nebeneinander gesessen, und sie treten auch im Zollbereich des Flughafens allenfalls in einen verstohlenen Blickkontakt.

Henning Christoph und ich erkannten sie ohne Schwierigkeit, als sie – es war der erste Samstag unserer Einschleuser-Beobachtung – aus dem Finger des Flugsteigs in das runde Satellitengebäude traten. Denn sie hatten kein Handgepäck, und der erste Eindruck ihrer Sehnsuchtsheimat, die sterile, überlichtete Raumordnung des Flughafens, schien sie zu erschrecken. Sie zögerten ängstlich, ehe sie weitergingen, den langen Gang zum Transitraum hinab. Hin und wieder sahen sie sich um, als suchten sie jemand, ihren Frankfurter Agenten vielleicht. Sie stammten aus einem pakistanischen Dorf und sahen sich in einen europäischen Großflughafen verschlagen. Gewiß hatten sie ihre Weisungen, aber der jähe Angriff von Technik und Reklame und Luxus verwirrte sie sichtlich.

Es waren an jenem ersten Samstag zwei junge Männer, denen wir folgten. Der eine trug einen schwarzen Vollbart und einen schmucken dreiteiligen Anzug. Der andere kam in Hemd und Jeans. Noch wußten wir nicht, wie sie aus dem Flughafen herauskommen würden. Sie hockten – weit voneinander entfernt – lange auf den schwarzen Ledersesseln des Transitraumes, zwischen aufgeräumt lärmenden amerikanischen Touristen, die auf ihre Heimflüge nach New York oder Chikago warteten. Die beiden Pakistanis schienen an ihren Sesseln anzuwachsen. Zwei Stunden saßen sie dort, nur ihre Augen und ihre Hände wanderten.

Und plötzlich waren sie weg.

Wir hatten sie für einen Moment aus unseren Augenwinkeln entlassen. Nun schien sie der Fliesenboden der Flughafenhalle verschluckt zu haben.

Enttäuscht fuhren wir mit der S-Bahn ins Bahnhofsviertel zurück. Aber der Zufall war auf unserer Seite: Als wir auf dem Hauptbahnhof aus dem Zug stiegen, sahen wir sie plötzlich in der Menge ausgestiegener Fahrgäste, die den Bahnsteig verließen. Jetzt gingen sie nebeneinander, begleitet von drei anderen Pakistanis, mutmaßlich ihren Einschleusern. Gemeinsam verließen die fünf den Hauptbahnhof durch das südliche Portal. Dann liefen sie, unablässig miteinander schwatzend, die Baseler Straße in Richtung Mainbrücke hinab. Doch ehe sie den Fluß erreichten, bogen sie nach rechts ab, um schließlich im Hause Schleusenstraße 6 zu verschwinden. Das verkommene Asylantenhaus des deutschen Vermieters Ernst Lerp war offensichtlich ihr Auffangquartier.

Am Samstag, dem 14. Juni, fanden wir dann das Schlupfloch, durch das unser Wild zwei Wochen zuvor verschwunden war: jene unscheinbare Tür hinter der Sexshopreklame. Ja, wir fühlten uns fast wie Jäger, wie Spürhunde, wir waren keine nüchternen Chronisten mehr, keine unbeteiligten Tatzeugen, die nur einer Geschichte auf der Spur waren, einer frechen Geschichte, einer Posse zum Nachteil des Bundesgrenzschutzes. Unsere anfängliche Verblüffung hatte sich in Entrüstung verwandelt, weil man der Autorität des Staatswesens, in dem wir unsere Steuern zahlen, so unverfroren den Respekt versagte. Der eine der beiden Immigranten vom ersten Samstag, jener in Hemd und Jeans, war am Nachmittag desselben Tages, von einem der Lotsen begleitet, mit der Bundesbahn Richtung Dortmund gefahren und hatte in Bonn den Zug verlassen. Den anderen, den Bärtigen, hatte Henning Christoph tags darauf in der Kaiserstraße des Frankfurter Bahnhofsviertels getroffen.

Diesmal waren es mindestens zwölf Männer, die – selbstverständlich getrennt voneinander – auf den Ledersesseln des Transitraumes in der Abfertigungshalle B auf das geheimnisvolle Signal warteten, das sie zu den Fahrstühlen rief. Diesmal konnten wir auch die Einschleuser ausmachen, ehe sie den kurzen Akt des Grenzübertritts in Szene setzten. Denn hin und wieder traf sich der eine oder andere von ihnen auf sehr beiläufige Weise mit einem der Einwanderer, um ihm etwas zuzuraunen. Dann flüsterten sie vor den Telefonboxen nahe der Paßkontrolle oder im rückwärtigen Bereich des Restaurants angestrengt aneinander vorbei.

Die Lotsen waren auffallend elegant gekleidete junge Männer mit ernsten, überwachen Gesichtern. Und wenn ein Einwanderer auf den Wink ihrer Augen hin gemächlich auf sie zuschlenderte, dann begegnete ihm manchmal eine Doppelstreife des Bundesgrenzschutzes, die Maschinenpistole am Schultergurt. Dann verhielten die Pakistanis eine Schrecksekunde lang ihren Schritt, um gleich darauf einen weichen, hurtigen Bogen um die Uniformierten zu beschreiben.

Auch diesmal ging alles sehr schnell. Diesmal aber behielten wir das Geschehen im Auge.

Einer der Einschleuser sammelte vier Personen mit verstohlenen Gebärden an der Ecke eines Souvenirladens. Dort verharrte die Gruppe eine atemlose Weile. Plötzlich jedoch – wie von einem Startschuß beflügelt – setzte sie sich in Bewegung. Der Einschleuser lief den vieren geschwind voran; er tänzelte dicht unter der Wand des Gebäudekerns auf die zollfreie Tür zu, und seine Schutzbefohlenen folgten ihm wie eine eingetanzte Ballettquadriga in ebenso behender Gangart. Das lief so spornstreichs ab, daß Henning Christoph, ehe die Pakistanis im Inneren der Steigenberger-Küche verschwunden waren, nur einmal auf den Auslöser seiner Kamera drücken konnte. Er kam erst wieder zum Schuß, als eine zweite Gruppe – etwa eine halbe Stunde später – auf ähnliche Art der kleinen Tür zustrebte.

Auf diese Weise gängelten die Einschleuser ihre Klientel in drei Raten durch Tür und Lift in die frostige Wirklichkeit ihres Traumlandes.

Auch am darauffolgenden Samstag, unserem letzten auf dem Frankfurter Flughafen, brachte der Pan American-Jumbo zehn Auswanderer ohne Sack oder Pack aus Pakistan mit – flüchtige Armenhäusler auf der Reise ins Land der Einschleuserverheißung, vereinzelt wohl auch Verfolgte der Militärdiktatur des Generals Zia ul-Huq auf dem Weg in die Freiheit. Auch diesmal fiel es uns nicht schwer, ihre Frankfurter Einreiseleiter zu identifizieren, wiederum andere, wie uns schien. Doch diesmal verbargen wir uns nicht vor ihnen. Statt dessen fotografierte Henning Christoph sie unverhohlen. Sie bemerkten es, aber sie beherrschten ihre Entrüstung und wandten sich ab. Ich versuchte, mit ihnen zu reden, bekam aber nur spärliche Antwort. Sie gaben vor, des Englischen nicht mächtig zu sein. Sie flohen vor uns – so schnell und so diskret es ihnen möglich war.

Die Flughafengebäude waren an diesem Tag überfüllter denn je. Einige Transiträume waren mittlerweile – mit Wissen und Billigung der Frankfurter Behörden – einigen Asylbewerbern als Übergangsbleibe geöffnet worden, solchen, die in der Stadt kein Quartier gefunden hatten, der Gnade amtlicher Duldung aber schon teilhaftig waren. Denn die Elendsetagen und Billighotels am Hauptbahnhof waren überfüllt. Der Magistrat hatte für den immer noch anschwellenden Zustrom Asylsuchender keine Quartiere mehr.

Es war eine groteske Situation. Zwischen den Asylanten, die den Behörden in dieser Eigenschaft bereits bekannt waren, hockten nun die pakistanischen Neuankömmlinge, die erst einmal die Grenzbarriere überwinden mußten, ehe sie sich den Ämtern in gleicher Eigenschaft bekanntmachen konnten. Und jeder hielt seinen Nachbarn für einen Transitweltenbummler.

Die Reporterin einer Frankfurter Zeitung, die über das Asylanten-Nachtlager in den Umsteigehallen des Jet Set berichten wollte, stieg an der Seite eines Fotografen über die müden

Beine Asylsuchender ohne Obdach und erschreckte unsere illegalen Pakistanis mit ihrem ahnungslosen Interviewbegehren. Das wollte den pakistanischen Grenzschleichern nicht in den Kopf, daß sie rechtswidrig und so diskret wie möglich nach Deutschland gekommen waren und hier von der Presse empfangen wurden. Sie wanden sich unter den Fragen der Reporterin stumm und widerstrebend in ihren Sesseln, und wenn sie es nicht mehr ertrugen, dann standen sie einfach auf und liefen ihr davon.

Eine übergeordnete Stabsfunktion in der Einschleusungsstrategie schien der Barmann innezuhaben, der seine Gäste vernachlässigte, während er wachen Auges über sie hinwegsah, ein Inder oder Pakistani auch er. Nahe der unbewachten Küchentür hatte er eine hervorragende Position: Er konnte den Transitraum überblicken und gleichzeitig die am Geschäft möglicherweise unbeteiligten Kollegen wie auch das Schleusenschlupfloch im Auge behalten. Mitunter setzte sich einer der Einschleuser für kurze Zeit ohne Drink zu ihm an die Bar und wechselte ein paar leise Worte mit ihm – oder nur einen Blick.

Auch Henning Christoph und ich blieben – zwischen Küchentür und Barmann – für eine geraume Weile an der Bar sitzen. Henning Christoph hielt seine Kamera schußbereit. Inzwischen aber kannten uns die Einschleuser. Jetzt wagten sie nicht, ihrer verängstigten, ungeduldigen Kundschaft, die in Pakistan vorausbezahlt hatte, auf den letzten Metern einer langen Hoffnungsreise voranzugehen. Wir blockierten den kleinen Grenzverkehr.

Es geschah nichts. Nur eines: Der Barmann sah mich so haßerfüllt an, daß mich schauderte. Er versuchte anfangs sogar, mir seinen Service zu versagen. In seinen Augen war so viel kaltes Feuer, daß ich seinen Blick wie eine Berührung zu spüren meinte.

Unter dem Eindruck dieses eisigen Zugriffs auf mein inneres Gleichgewicht begriff ich plötzlich die politische Dimension des Ereignisses, dem ich beiwohnte. Deutlicher als im Bahnhofsviertel, unmißverständlicher als in den Schlafkarzern der Asylbewerber, in denen sie sich selbst, ihrer Enttäuschung, ihrem ambivalenten Gefühlswachstum und ihrer haßbestimmten Meinungsbildung überantwortet sind, verstand ich auf diesem

Flughafen, auf dem die Satten und die Hungrigen in eine kurze, kalte Nähe gerieten, daß ich zum Augenzeugen des Nord-Süd-Konflikts an seiner nördlichsten Front geworden war.

Der Blick des Barmannes, auch wenn er so nicht gemeint war, belehrte mich darüber, daß er nicht als Bittsteller in dieses Land gekommen war, sondern als Gläubiger, der eine alte Schuld einfordert. Der Enkel eines Zeitalters der kolonialen Ausbeutung war in das Europa der Ausbeuter gekommen, um seinen Anteil an den Reichtümern zu fordern, die seine Ahnen erwirtschaftet hatten. Er war hier, um seine Erbschaft anzutreten.

Henning Christoph und ich verließen die Bar und gaben der illegalen Einschleusung (und vielleicht auch einer Heroineinfuhr von den Opiumfeldern der Pathanen) den Weg in die Bundesrepublik frei.

Was hat uns diese Dreisamstagsbeobachtung illegaler Einschleusungen gelehrt?

Vor allem dies: Die Deutschen haben zu ihrer Verfassung, die sie mit Soldaten- und Beamten- und Ministereid beschwören, keine selbstverständliche innere Beziehung. Sie ist den meisten Deutschen alles andere als heilig. Sie sind nicht stolz auf sie. Das Grundgesetz ist ihnen so fern wie der Katechismus dem Sünder. Der Edelmut der Verfassung ist nicht der ihre. Kein demokratisches Volk der Welt ist wahrscheinlich so flagrant das Gegenteil seiner Verfassung wie das der Bundesrepublik. Wäre es anders, gäbe es – von der gelegentlichen Plünderung einiger indischer Toren einmal abgesehen – keine illegalen Einschleusungen. Dann könnte jeder Ausländer in dieses Land einreisen, auch ohne Visum, auch ohne Paß, auch ohne „Showmoney", auch ohne „Sponsorship", der Bürgschaft eines Deutschen, daß der Fremde keinen Job und keine Sozialhilfe in Anspruch nehmen wird und daß er wieder geht. Dann brauchte der Immigrant dem Grenzschutzbeamten nur zu sagen, daß er ein politisch Verfolgter sei und Asyl verlange. Denn der Artikel 16 des Grundgesetzes sagt:

„Politisch Verfolgte genießen Asylrecht."

Politisch Verfolgte aber sind die Parteigänger des hingerichteten ehemaligen pakistanischen Präsidenten Zulfikar Bhutto ebenso wie es vormals seine Gegner und bis 1969 die Opponenten seines Vorgängers Ayub Khan waren. Politisch Verfolgte sind heute die indischen Naxaliten wie es gestern die Benachteiligten der kurzen Diktatur Indira Ghandis waren. Politisch Verfolgte sind die syrisch-orthodoxen Christen in der Türkei, die von den türkischen Kurden gejagt und mißhandelt werden, und es sind ihre Verfolger selbst, wenn sie für ein unabhängiges Kurdistan streiten. Politisch Verfolgte sind die Eritreer, denen von Addis Abeba und die Afghanen, denen von Moskau die Souveränität verweigert wird. Politisch Verfolgte sind die chilenischen Anhänger Salvador Allendes und die Bürgerrechtler der taiwanesischen Unabhängigkeitsbewegung, die – außer Amnesty International – niemand auf der Rechnung hat. Sie alle aber gelten, wenn sie mit ihrem Bündel vor einer deutschen Zollschranke stehen, im Verständnis der deutschen Mehrheit und selbst vieler Politiker zuerst einmal als „Asylschnorrer".

Als die Abgeordneten des Parlamentarischen Rats in den ersten Nachkriegsjahren den Artikel 16 des Grundgesetzes beschlossen, handelten sie unter dem Eindruck verschuldeter Kriegsverbrechen und des Schuldvorwurfs der Sieger. Die heimgekehrten Emigranten unter ihnen stimmten dem hochherzigen Verfassungsprinzip in der Erinnerung an die eigene leidvolle Emigration zu, der sich keine schweizerische oder französische Tür allzu bereitwillig geöffnet hatte. Und einige Parlamentarier beschlossen mutmaßlich so, weil sie das Volk der Deutschen politisch läutern wollten. So erhoben sich die Deutschen vier Jahre nach Auschwitz – Deutschland, wieder einmal, über alles in der Welt – moralisch über den ganzen restlichen Erdkreis. Denn nun sind sie in der Welt die einzigen, die das Asylrecht in ihre Verfassung aufgenommen haben, von Millionen Schwüren im Scheinwerferlicht der Medien und bei Fackelschein geheiligt, bindend für jeden Deutschen, ob Mitbürger oder Minister. Welche Anmaßung.

Dreißig Jahre nach der Gründung der Bundesrepublik stellt sich – während die Schweden keine Afghanen, die Briten keine Inder und die Franzosen überhaupt keinen aufnehmen – hierzulande nicht mehr die Frage, ob die Flüchtlinge vor ihren Verfolgern, sondern ob sie vor ihren Gastgebern geschützt werden müssen. Dem Artikel 16 des Grundgesetzes öffnen die

Deutschen, sofern verfassungstreu, keine Herzkammer. Er nötigt ihnen hinter Zoll- und Amtsschranken, in Ratsherren- und Ministerbüros allenthalben die gleiche Heuchelei ab, die der Frankfurter Nachkriegsmagistrat im Umgang mit den Juden erkennen ließ.

So öffnet ein stirnrunzelnder deutscher Grenzschützer einem Heimatlosen fremder Zunge und müden Herzens die Pforte zum Lande der Asylverheißung erst, wenn der Flüchtige eine Barschaft von 500 Dollar oder die Bürgschaft eines Deutschen vorweisen kann. Natürlich tut der Beamte nur seine Pflicht. Er gehorcht, wenn er den Fremdling zurückweist, weil er mittellos ist und in Deutschland niemanden kennt, nur einer Dienstanweisung des Bundesinnenministers Gerhart Baum, der das Asylrecht in der Öffentlichkeit mit bewegenden Worten verteidigt.

So verfügte die Bundesregierung im Mai 1980 für Immigranten aus Afghanistan, Äthiopien und Sri Lanka und im Juli desselben Jahres für Zuwanderer aus Indien und der Türkei den Visumzwang, während sie das politische Unrecht in diesen Ländern, namentlich in Afghanistan, offiziell beklagt. Ein wahrhaft politisch Verfolgter aber bekommt in diesen Staaten zumeist nicht einmal einen Reiepaß, wie also ein Visum?

So schloß Frankfurts Oberbürgermeister Walter Wallmann vor dem Zustrom der Asylbewerber am 2. Juli 1980 die Tore seiner Stadt mit den Worten:

„Wir sind mit den Finanzen, bei den Unterkünften und verwaltungsmäßig am Ende."

Die Bankrotterklärung war das erste ehrliche Wort in dieser Sache. Frankfurt hatte im Jahre 1979 18 Millionen Mark für Asylbewerber aufwenden müssen und in der ersten Hälfte des Jahres 1980 noch einmal 8000 Immigranten aufgenommen. Nun aber zogen die Frankfurter Behörden aus dem Wort ihres Chefs in aller Herzlosigkeit drastische Konsequenzen, die erkennen ließen, daß ihr bisheriges Handeln weder von Nächstenliebe noch Verfassungstreue bestimmt worden war: Sie sagten den Asylsuchenden, die jetzt noch kamen, nicht, wohin sie gehen konnten. Sie gaben ihnen keine Mark Überbrückungsgeld und keine Fahrkarte. Sie gaben ihnen ein zweisprachiges Papier ohne Stempel und Unterschrift. Darauf stand:

„Die Stadt Frankfurt a. M. nimmt ab sofort keine Asylbewerber mehr auf! Refugees (applicants for asylum) are no longer admitted by the City of Frankfurt a. M."

Überzeugender konnten die Beamten des Ordnungsamts kaum darlegen, was ihnen der Verfassungsgrundsatz des Asylrechts gilt. Die Abgewiesenen traten auf die Mainzer Landstraße hinaus, sie gingen den weiten Weg zu Fuß zum Hauptbahnhof, sie suchten Menschen gleicher Zunge, mit denen sie sprechen, von denen sie sich raten lassen konnten. Oftmals sahen sie sich erneut zurückgewiesen. Sie irrten orientierungslos durch die Straßen des Bahnhofsviertels, eingekreist von der Illumination eines fremden Wohlstands. Und so erfuhren sie die Feindseligkeit ihrer neuen Asylheimat in ihrer ganzen eisigen Größe.

Gelangt der Flüchtling jedoch allen Widrigkeiten zum Trotz in eine aufnahmewillige Region dieses Landes, dann enthüllt sich ihm die menschliche Substanz, die dem deutschen Asylversprechen innewohnt, im mißvergnügten Titel eines Papiers, das irgendein Amt ihm schließlich aushändigt: „Bescheinigung über die Aussetzung der Abschiebung." Kürzer und der Wahrheit näher heißt dieses Schriftstück: „Duldung."

Diese Duldung aber gilt nur in der Stadt, in deren Ausländerbehörde der Asylbewerber sie bekam. Er darf sie nicht verlassen. Er darf nicht einmal seine Verwandten besuchen, falls das Schicksal der Verteilungsquote, nach der sich die deutschen Bundesländer ihre unerwünschten Gäste gegenseitig zuschieben, diese Menschen in eine andere Stadt verschlug. Und wenn sein Asylverfahren mehrere Jahre währt, dann sieht er die einzigen Menschen, die ihm nahestehen, mehrere Jahre lang nicht.

Blieb die Familie jedoch unter der Willkür des Tyrannen und seiner Büttel in der Heimat zurück, dann wird der Emigrant auch schon mal genötigt, die Freiheit seiner Eltern oder seiner Kinder zu gefährden. Dazu äußerte sich – eine einsame Stimme der Menschlichkeit und Verfassungstreue – im Dezember 1979 die Bundestagsvizepräsidentin Annemarie Renger:

„Besitzt der Flüchtling keinen gültigen Paß mehr, wird die ‚Duldung' oft nur verlängert, wenn er sich wegen der Verlängerung oder der Ausstellung eines neuen Passes an die Vertretung seines Herkunftslandes wendet. Er kann durch einen solchen Schritt Familie, Freunde und Bekannte gefährden, ganz abgesehen davon, daß es ihm selbst kaum zumutbar ist, an die Botschaft seines Verfolgerstaates eine solche Bitte zu richten. Dennoch wurden z. B. ungerührt Flüchtlinge aus Eritrea, die von den äthiopischen Behörden grausam verfolgt werden, eben zu der äthiopischen Botschaft wegen der Paßfrage geschickt."

Doch diese Stimme wurde nicht gehört.

Im Jahre 1979 haben die Deutschen 50000 Asylbewerber aufgenommen und 1980 runde 120000, und dennoch kann niemand sagen, daß sie das Versprechen seinem humanitären Geiste nach eingelöst hätten, das die Väter des Grundgesetzes den Entrechteten dieser Erde einst gaben. Sie haben es in der Substanz zurückgenommen, als sie eine Dunkelziffer anderer Flüchtlinge von ihrer Tür wiesen, als sie Gesetze zur Beschleunigung des Asylverfahrens erließen und so das Asylantenrecht auf Widerspruch beschnitten, als Bund und Länder sich gegenseitig die Verantwortung für die Unterbringung der Flüchtlinge zuschoben, als sie die Einrichtung von Lagern begannen und den Asylbewerbern das Recht auf Arbeit verweigerten. Sie haben aus dem Asyl ein Verlies gemacht.

Nur der letzten Konsequenz mögen sie nicht ins Auge sehen, zumindest die Politiker nicht: Nämlich den Artikel 16 des Grundgesetzes unter den Augen der ganzen Welt mit Zweidrittelmehrheit zu ändern. Doch wäre diese Konsequenz die einzig aufrichtige.

Denn das Verfassungsprinzip des Asylrechts findet in den Herzen der deutschen Majorität keine Legitimation. Es weckt in dieser Welt der politischen Drangsal und Verfolgung, in der sechzehn Millionen Menschen auf der Flucht sind, nur Hoffnungen, die von der Wirklichkeit des deutschen Asyls bitter enttäuscht werden.

Gewiß könnten wir so gütig und so menschlich sein, wie wir vor aller Welt zu sein vorgeben. Gewiß könnten wir unserer Verfassung das Asylrecht und unserem Ruf den schönen Schein bewahren. Aber dann dürften wir den Fremden nicht nur unsere Abbruchhäuser, dann müßten wir ihnen auch unsere Herzen öffnen. Dann müßten wir sie nach den Regeln der Gastfreundschaft behandeln, die in den Ländern des Südens, aus denen diese Menschen in der Mehrzahl kommen, von jedermann geheiligt werden.

Gewiß fänden die Fremden in der Bundesrepublik ausreichend Platz zum Leben. Runde 100000 Einwanderer pro Jahr sind in zwei Jahrzehnten ganze zwei Millionen, weniger mithin als die Deutschen – ihrer Gebärunwilligkeit zufolge – in gleicher Frist an Volkszahl einbüßen werden. Im Dezember 1980 rechnete der Bevölkerungswissenschaftler Theodor Schmidt-Kaler den Deutschen in der Zeitschrift GEO vor, daß sie im Jahre 2000 nur noch 52 Millionen sein würden, zehn Prozent Ausländer darunter. Und im Jahre 2050 gar nur 25 Millionen. Es ist also vorstellbar, daß wir die Fremden, die wir heute nicht wollen, morgen schon brauchen. Dann aber dürften wir ihnen keinen Anlaß zum Aufstand geben. Dann müßten wir ihnen die Rechte einräumen, die wir selbst genießen, auch politische, und wir müßten ihnen die Wettbewerbs- und Aufstiegschancen gewähren, die uns selbst offenstehen. Und wir müßten lernen, mit unserer atavistischen Angst vor Volkstod und Überfremdung zu leben.

Zu alledem jedoch fehlt uns derzeit die menschliche Größe.

So sollten wir wenigstens ehrlich sein und das Grundgesetz ändern. Das schließt ja nicht aus, daß wir Flüchtlinge aufnehmen, deren Schicksal unser aller deutsches Gemüt bewegt – wie etwa die vietnamesischen Boat People, die wir ohne Prüfung des Einzelschicksals kollektiv aufgenommen haben, selbst den, der Vietnam nur verließ, weil er unter dem Regiment Hanois im einstigen Saigon seinen Spielklub oder seine Opiumhöhle nicht mehr betreiben konnte.

Solange der Artikel 16 in der Bundesrepublik jedoch Gesetz ist und nicht allein die Verfolgten, sondern auch die Verhungernden ins Land lockt, solange werden, ein Beispiel nur, Pakistanis unter der Einschleuserregie des ehemaligen pakistanischen Asylanten Murtaza Butt nächtens bei Saarbrücken – an den Gleisen einer verwaisten Bahnlinie entlang – über die grüne Grenze kommen.

Solange die Deutschen nicht ehrlich bekunden, daß ihnen Inder nun mal zuwider sind, solange werden die indischen

Einschleuser Tirlock und Ravi – in Budapest wohnhaft unter der Adresse GÖD 2123, Villamos 6 bis 8/II/12 und in Frankfurt im Hause Pforzheimer Straße 7 – ihre Landsleute von der Donau an den Main bringen und dem Grenzschutz weismachen, die Leute kämen nur, um deutsche Autos zu kaufen.

Solange die Deutschen, wenn auch selten, widerstrebend Asyl gewähren, kann es eben geschehen, daß ein anerkannter politischer Flüchtling wie der Inder Ashok Manoj, wohnhaft im Frankfurter Bahnhofsbereich, für 2500 Mark pro Stück Sichtvermerke von gestohlenen Stempeln an indische Illegale verkauft.

Solange die Deutschen andererseits über 90 Prozent aller Asylanträge abschlägig bescheiden, werden Zurückgewiesene illegal im Lande bleiben, und solange wird der indische Pizzabäcker Sukhwinder Singh, wohnhaft in Frankfurts Mailänder Straße, solcherart illegale Landsleute für einen Lohnanteil von 1000 Mark pro Sklavendeal an Frankfurter Pizzastuben vermitteln.

Aber selbst wenn über den Grundgesetzartikel 16 eines Tages die Eiswinde des Vergessens hinwegwehen sollten, werden immer noch Verzweifelte nach Deutschland kommen und hier leben. Sie werden, um einen deutschen Paß zu bekommen, deutsche Frauen heiraten, die sie nicht kennen, die sie nicht lieben, mit denen sie auch nicht leben – wie es der Inder K. in Frankfurt tat, der seiner bejahrten deutschen Eintagsbraut für den Ringtausch vor einem Kopenhagener Standesbeamten 13000 Mark bezahlte.

KAPITEL IX

# Die Mitmenschen

Wie ein greiser Soldat der Heldenaura enträt und sein ungeschmücktes Tränensabberwelken entblößt, wenn er die Uniform ablegt, so war die rassenstolze Straßenhure Gina ohne ihre schwarze Turmbauperücke nur noch eine krebsgreise Bauernmagd mit kurzem, schütterem, wie geschrumpftem Kopf, gedankenleer, als hätte sie nie gelebt. Sie war nun 48 Jahre alt. Am Tag nach ihrer Geburtstagsfeier hatte man sie ins Krankenhaus gebracht, in die Universitätsklinik am Theodor Stern-Kai, dem Bahnhofsviertel ihres dreißigjährigen Hurenwirkens gegenüber. Noch während sie gefeiert hatte, mit einem Staatsanwalt, einem Rechtsanwalt und anderen rechtschaffenen Bürgern, in der lange ersehnten Nacht ihrer Erlösung aus den Bürgerverliesen der Geringschätzung, hatte sie der Schmerz im rechten Bein übermannt. Manchmal, für Sekunden, gegen das kalte Buffet gelehnt, das sie angerichtet, vor dem Champagner hingesunken, den sie bezahlt hatte, war sie ihres tapferen Lächelns nicht mehr mächtig gewesen. Ihre bürgerfeine Geburtstagsfeier aber hatte sie trotzdem genossen.

Die Ärzte stellten fest, daß sie nun auch Knochenkrebs hatte. Die Geschwulsttöchter ihrer Metastasen waren aus Ginas schwerer Brust ins Innere ihres Körpers gedrungen und hatten sich vom Blutfluß oder vom Lymphstrom durch die Höhlen ihres Leibes ins rechte Bein mitnehmen lassen und am Oberschenkelknochen Tochtergeschwülste gebildet. Sie hatten auch Ginas Lunge befallen, aber das wußte sie noch nicht.

Wenige Tage nach ihrer Einlieferung, in der sterilen Klinikmorgenfrühe eines Sonntags, war Gina dieser Knochen durchgebrochen. Sie hatte sich nur im Bett aufgerichtet und das Bein hinausgestreckt, weil sie für einen Augenblick aufstehen wollte, da knickte der Oberschenkelknochen wie ein morscher, trockener Ast. Der jähe Schmerz machte sie schreien, wie sie nie in ihrem Leben geschrien hatte. Ärzte und Krankenschwestern liefen alarmiert in das aufgeschreckte Vierbettenzimmer, in dem sie lag, und gaben ihr Morphium. Nachmittags eröffneten sie ihr, daß sie nun kein Morphium mehr hätten, Gina habe alle Vorräte der Klinik verbraucht. In der Nacht darauf litt sie wimmernd vor sich hin, wenn der Schlaf sie floh. Am Dienstag wurde sie operiert.

Nun lag sie allein in einem Zimmer, eine Art Trapez über

dem Bett, an dem sie sich hochziehen konnte, wenn sie vom Gipfel ihres Kopfkissenberges ins Tal ihrer Schmerzen hinabgesunken war. Sie zuckte unablässig wie aus nervöser Ungeduld mit den Muskeln ihres Unterleibs. Wenn sie so ruckelte, sagte sie, ließen die Schmerzen ein wenig nach. Das Fenster ihres Zimmers ging zum Main hinaus. Jenseits des Flusses lag der Westhafen mit seinen Gebläserohren und Silos, dahinter verkümmerte schimmelgrau die Häuserfront der Speicherstraße mit ihren blinden Asylfenstern, rechts davon ragten die Luxusbettentürme des Hotels Intercontinental über den flachen Mainbrückenbogen hinaus.

Wenn Gina nicht von den Ärzten und von ihren Schmerzen sprach, dann von Lady, ihrer Pekinesin, deren Winselflehen und Wedeldemut und Hungerglotzen sie entbehrte wie die Nähe einer Freundin. Eine Geschäftsinhaberin im Bahnhofsviertel hatte die Hündin bei sich aufgenommen. Hacko, Ginas Bordellwirt, verzichtete auf die Miete und erhielt ihr die Behausung. Das Milieu ließ Mitgefühl erkennen.

Fragte man Gina, wie sie ihr Hurenleben heute beurteile, welche Erkenntnisse sie aus dem Dragonerritt ihrer Vergangenheit zöge, ob sie ihr Leben ebenso wurstig noch einmal leben würde, wenn sie es noch einmal leben müßte, dann antwortete sie nicht. Dann schloß sie in ihrem ungeschminkten, immer noch glatten, babysenilen Kindergesicht die Augen zu einem kurzen, trockenen Weinen. Hinter den Nebeln ihres Schmerzes und ihrer Lebensblindheit versanken allmählich die Erinnerungen und mit ihnen verblichen die vielen tausend Männer, die durch ihr kurzes Leben gegangen waren, ohne seine Richtung zu ändern. Manchmal sprach sie von diesen Männern, und wenn sie von ihnen sprach, dann erweckte es den Eindruck, als sähe sie nur Geschöpfe ohne Augen und Mund, doch mit monströsen Gliedern und gewaltigen Rümpfen ohne Schönheit und Schamgefühl. Es schien, als begänne Gina zu glauben, diese Männer seien alle ein und derselbe gewesen. Manchmal stöhnte sie kurz und heftig auf. Gleich darauf lächelte sie wieder.

„Gina, erzähl etwas Lustiges aus deinem Leben."

„Ach weißt, da hatt ich mal einen, als ich noch in der Fischerstub anschaffen ging. Ach, is das lange her. Die gibt's ja längst gar nich mehr. Also, der kam an meinen Tisch, und dann hat der gesagt, ich sollt ihm ‚einen blasen'. Weißt? Nen Hunderter wollt er mir geben. Ja, hab ich gesagt, des kannst haben. Und dann isser mitgegangen, und dann hab ich geblasen, weißt, genau da, wo er's gewollt hat. Also, ich hab gepustet und hab immer gepustet, fünf Minuten, zehn Minuten, immer puuuh, puuuh, weißt? Und da hab ich mal so hochgeguckt, aber der hat gesessen, steif wie'n Brett, und gesagt hat er nix. Nach ner Viertelstund hab ich gesagt, das reicht für'n Hunderter, jetzt kannst gehen. Du, da isser gegangen. Aber zur Polizei isser gegangen: Ich hätt ihn über's Ohr gehaun! Na, da mußt ich also zum Vierten Revier, und da haben die Polizisten gesagt, Gina, was hast du wieder angestellt. Nix hab ich angestellt, hab ich gesagt. Ich hab gesagt, der Gast hat gesagt, ich sollt ihm einen blasen. Ja, und da hab ich ne Viertelstund immerzu gepustet. Ich hab doch genau gemacht, was der verlangt hat. Oder? Du, die Polizisten haben vielleicht gelacht. Also, des kannst dir gar nicht vorstellen."

Später, als der Schmerz im Bein, in der Brust wieder zu klopfen begann und Ginas Vergessensredseligkeit zerriß, besuchten sie zwei Männer, die von süßen Düften umhüllt waren – ein Blonder im Pelzmantel, etwa so alt wie Gina, und sein jüngerer, ebenfalls blonder, ebenso hohlwangiger, glattrasierter Freund. Die beiden gebärdeten sich wie zwei Zuhälter in den holden Tagen ihrer Backfischzeit. Ihr Gang, ihre Gestik, die Beredsamkeit ihrer Körper, wenn sie sich weich über die Hüftknochen neigten oder eine Hand in anmutigem Bogen unter das Kinn führten, waren so zartbeschwingt, daß es schwerfiel, daran zu glauben, daß Gina und der Blonde im Pelzmantel vor langer Zeit ein außerstraßendienstliches Paar gewesen waren.

Der im Pelzmantel war, wie sich später herausstellte, in Frankfurt Friseur. Er sprach einen hellmelodiösen, kölnischen Dialekt, etwa aus der Ehrenfelder Gegend. Der andere aber sagte gar nichts. Er begrüßte Gina nicht einmal, sondern setzte sich weit von ihrem Bett entfernt auf einen Stuhl und starrte sichtlich angewidert gegen die Wand. Manchmal stand er plötzlich auf, wobei er mit einer schwungvollen Absatzdrehung in die Höhe kam, dann lief er zum Fenster, kehrte ungeduldig zurück und setzte sich erneut. Und wenn Gina ihm dabei in den Gesichtskreis geriet, schüttelte es ihn.

Der Friseur sprach Belangloses:

„Wie jeht et disch dann, Gina? Hässe Schmäzen? Süchst äwer joot us."

Was er tatsächlich wollte, sagte er nicht. So ließ er, als die beiden gegangen waren, nur Vermutungen zurück: Gina besaß in Norditalien, irgendwo am Lago Maggiore, ein Häuschen, oder nur einen Teil daran, jedenfalls ein Besitztum von einigem Wert, das einzige, das ihr aus fernen Großverdienertagen geblieben war. Es war ihr überschrieben worden, als der Friseur – in welcher Rolle, mochte sie nicht präzisieren – ihr Partner oder Gespiele war, ein Nehmender allemal. Auch als er es nicht mehr war, hatte Gina ihn in diesem Häuschen wohnen lassen, wann immer er wollte, mit wem immer er mochte, nun wohl mit dem empfindsamen Sonnenschein, der unter Ginas Atemzügen und den Desinfektionsgerüchen des Krankenzimmers seine Ansteckungsängste durchlitten hatte.

Der Friseur wird gewußt haben, daß Gina vor runden zwei Jahrzehnten einen Sohn geboren hatte, von dem sie selten und nüchtern sprach und der in Nürnberg zu fremden Menschen in die Pflege gekommen war, als er noch ein Baby war. Ein einziges Mal hatte sie ihn wiedergesehen, heimlich, als er sieben Jahre alt war. Sie hatte ihn auf der Straße abgefangen, als er aus der Schule kam, und der Junge hat nie erfahren, wer die schöne, fremde Dame war, die so bewegt zu ihm gesprochen hatte. Eine einzige Frage mag den Friseur beschäftigt haben, als er Gina mit seiner schrillen Munterkeit seine Aufwartung gemacht hatte: Wer würde, wenn sie stürbe, ihre italienische Hinterlassenschaft erben?

Gina betete jetzt ein anderes Gebet:

„Lieber Gott, laß mich den morgigen Tag noch erleben, nur morgen noch, amen."

Und wenn über den Türmen und Turmbauten Frankfurts ein neuer Morgen dämmerte, dann faltete Gina ihre bleichen, verschwitzten Hände und flüsterte ein frommes Wort der Dankbarkeit, weil Gott ihr Abendgebet erhört hatte. Doch einen Priester mochte sie an ihrem Bett nicht haben. Einen Priester brauchte sie nicht, solange sie die Todesangst ihres verzweifelten Herzens selbst in ihre ehrlichen Stoßgebete fassen konnte.

Es war Ende November 1980.

Bald, am 31. Dezember, sollte nun auch das „Schach-Café" für alle Zeiten schließen. Es befindet sich, außerhalb der Toleranzzone, im Erdgeschoß des Hauses Moselstraße 6, dem Kinderpausenlärm der Karmeliter-Schule genau gegenüber.

Dieses Café war knappe fünf Jahrzehnte lang in der ganzen heutigen Bundesrepublik ohne Beispiel gewesen. Es war dem Frankfurter Bahnhofsviertel aus seiner versöhnlichen Vorkriegsvergangenheit erhalten geblieben. Nun war es eine milieuentrückte Widersetzlichkeit gegen die seichte Natur seiner Umgebung, gegen die Nachbarschaft einer Stripteasediele, gegen das Pflasterstakkato weiblicher Schritte vor der offenen Tür, gegen das Lärmen halbwüchsiger Jungen und Mädchen vor der Schulhofpforte gegenüber, die einander bisweilen umfingen wie erfahrene Liebespaare. Die Gäste betraten dieses Café zu dem einzigen Zweck des Schachspiels, dem sie sich viele versunkene Stunden lang hingaben.

Alfred Ziegler, 49 Jahre alt und seit zehn Jahren im Schach-Café der Hausherr, vermietete seinen Gästen für eine Tagesgebühr von zwei Mark Schachfiguren und Bretter. Dann saßen sie sich im Licht nackter Neonröhren an drei langen Tischreihen gegenüber und ließen den Kaffee kalt und das Bier warm werden und schoben mit langen Fingern ihre hölzernen Krieger über Alfred Zieglers Pepitaschlachtfelder.

Die Wände des Cafés waren unten mit schlichtem Kiefernholz getäfelt und darüber dunkel tapeziert. Im rückwärtigen Bereich stand eine kleine Theke. Das Publikum war ausnahmslos männlich, meist weißhaarig und hager, wie auch der Wirt. Manchmal, wenn an mehreren Tischen gleichzeitig eine Eröffnung, ein Matt, ein Remis, ein Bauernzug diskutiert wurden, schwollen die leisen, rücksichtsvollen Gespräche zu einem Raunen an, über das sich vielleicht, seltener noch, eine einzige jäh erregte Stimme erhob, weil eine plötzliche Einsicht sie beflügelt hatte. Danach erstarben die Geräusche wieder, und das stimmlose Grübeln begann erneut. Es saßen sich Männer gegenüber, die in diesem Café seit zwanzig Jahren gegeneinander Schach gespielt hatten, ohne einander jemals ihre Familiennamen zu nennen. Während sie ihre unblutigen Kriege führten, lag ein ernster, kontemplativer Friede auf ihren Gesichtern.

Als sich Alfred Ziegler vor zehn Jahren für die Übernahme des kleinen Betriebes interessierte, versicherten ihm die Herren der Allianz-Versicherung, der das Haus Moselstraße 6 gehört hatte, dieses Café würde ihm eine Existenz auf Lebenszeit sein. „Die Allianz", hatten sie gesagt, „ist ein seriöses Unternehmen. Sie verkauft keine Liegenschaften. Sie kauft."

Also hatte Alfred Ziegler dem alten Ehepaar, dem das Schach-Café 36 Jahre lang gehört hatte, für die Einrichtung 70000 Mark Ablösung bezahlt. Er hatte eine neue Kaffeemaschine und ein paar Möbel gekauft und den alten Kellner seiner Vorgänger mit 5000 Mark abgefunden. Doch es vergingen nur fünf Jahre, bis die Allianz zu erkennen gab, daß sie das Haus Moselstraße 6, das im Jahre 1898 errichtet worden war, verkaufen wollte.

Alfred Ziegler bekundete sofort, daß er es kaufen würde – mit einem Kredit der Stadtsparkasse. Er bot der Versicherung 550000 Mark. Doch die Liegenschaftsverwaltung des Konzerns gab das Haus nicht ihm, sondern einem Mann mosaischen Glaubens, der in Berlin lebte. Und der neue Hausbesitzer kündigte Alfred Ziegler die Räume des Cafés zum Silvestertag des Jahres 1980.

So sollte ein friedfertiges Kapitel kleinbürgerlicher Kulturhistorie im Bahnhofsviertel, ehe es auf anständige Weise zu Ende geschrieben werden konnte, als Fragment verlöschen. Das Schach-Café hatte den Bombenkrieg und die mageren Jahre danach überdauert, ohne an Eigentümlichkeit einzubüßen. Es hatte allen Anspruch auf Ruhm, und nun wurde es berühmt. Denn die Frankfurter Presse protestierte gegen die Schließung. Vielleicht unter dem Eindruck dieser Proteste zog der neue Hauseigentümer kurz vor Silvester 1980 die Kündigung zurück. Er gewährte dem Schach-Café einen Aufschub von fünf Jahren.

So jedenfalls – oder so ähnlich – enden im Bahnhofsviertel viele Firmengeschichten unter der kurzen Decke kleingewerblicher Kapitalgenügsamkeit. Es sind die Geschichten kleiner Familienunternehmen des Handels und des Handwerks, die in der Gründerzeit oder den Jahren danach, von hausbackenen Erwartungen geboren, mit bescheidener Barschaft begonnen hatten. Immer mehr Geschäftsinhaber sehen sich genötigt, ihre Betriebe zu schließen oder auszusiedeln, mal ein Bäcker, mal ein Fleischer, mal ein Uhrmacher. Nicht jeder wird dazu gezwungen. Mancher verabschiedet sich ohne Gruß aus dem Bahnhofsviertel, weil er eine empfindliche Nase hat und weil er den Gestank nicht mehr erträgt, der ihm aus der Nachbarschaft in den Laden schlägt.

Dennoch behaupten sich noch so viele Ladenbesitzer gegen die Zudringlichkeit der Außengerüche und den eigenen Geschmack, daß dieser Frankfurter Stadtbezirk als ein sozial durchmischter bezeichnet werden kann. Seine Gestalt ist krank, sterbenskrank vielleicht, aber sie ist noch nicht tot. Noch gibt es Nachbarn, die miteinander plaudern. Noch leben ein paar Deutsche und eine Handvoll integrationswilliger Gastarbeiter in diesem Viertel, die vom Milieu nicht die Profite, sondern nur die Probleme haben. Noch gibt es den ziegelroten Klinkerbau einer Grund- und Hauptschule voller Leben und Lebenshoffnungen. Noch hat sie einen Rektor, der unerschrokken um jedes Stück Kreide und jede Türschloßreparatur mit den halsstarrigen Bürokraten des Schulamts den Kampf aufnimmt. Noch gibt es – nach Art eines Hafenspeichers – eine protestantische Betonkirche. Noch hat sie einen jungen Pfarrer, der für seine Gemeinde streitet.

Karsten Petersen, Seelsorger der evangelischen Weißfrauengemeinde, eines dezimierten Häufleins von 850 Kirchensteuerpflichtigen, ist nicht gerade ein Don Camillo, der mit den Fäusten dreinschlägt. Doch manchmal möchte er es sein. Nach einem Besuch des eritreischen Asylantenelends in Heinrich Gaumers Spekulationsobjekt Elbestraße 30 und 32 äußerte sich der Gottesmann spontan, unchristlich und menschlich:

„Diesem Herrn Gaumer möchte ich schon mal in die Schnauze schlagen."

Karsten Petersen gelangte erst vor zwei Jahren auf die Kanzel seiner Kirche, die Weser-, Ecke Gutleutstraße wie ein Wellenbrecher solider Gottesfurcht gegen die Ausbreitung des Lasters und der Habsucht steht. Wenn der Pfarrer von den Problemen des Bahnhofsviertels spricht, dann triumphieren in seinem schmalen Gesicht die Schatten des Zornes über die Sonntagslichter der Nächstenliebe. Er ist etwas jung in diese Gemeinde geraten, deren Hintergrund ihn grausamer über die Bösartigkeit der menschlichen Natur belehrte, als das Umfeld irgendeiner anderen Gemeinde es mutmaßlich vermocht hätte. So ist der Ausdruck staunender Entrüstung in seinem jungen Gesicht wohl nie mehr zu tilgen.

Karsten Petersen ermutigte seine Gemeinde zum Protest. Auf seine Anregung hin schmückten die letzten seriösen Bewohner des Bahnhofsviertels, Deutsche wie Gastarbeiter, an einem Donnerstag im Juni 1980 ihre zur Straße gelegenen Fenster und Balkone mit bunten Luftballons. Sie sollten sichtbar machen, daß im Bahnhofsviertel noch Menschen wohnen. Aber sie sollten aller Welt auch signalisieren, wie wenige es nur noch sind. In der Münchener Straße hingen die meisten Ballone. An den langen Wohnhausfluchten der Kaiserstraße baumelte ein einziger. Er war gelb.

Am Nachmittag jenes Donnerstags, dem eine gnädige Sonne schien, ging eine Starrsinnshundertschaft dieser Menschen unter der Führung des Pfarrers mit Luftballons und Leierkasten auf die Straßen ihres Viertels. Es war eine stille Demonstration, die dem Vierten Polizeirevier keinen GSOD abnötigte: Ein einzelner Funkstreifenwagen fuhr gebrechlichen Ehepaaren und proteststolzen, jungen Protestantenfamilien voran – durch die Straßen, die einst die ihren gewesen waren und nun den Bordellbossen gehörten.

Und Karsten Petersen stellte in aller Unermüdlichkeit seine Forderungen an den Magistrat. Er stellte sie im Gemeindeblatt, in langen Briefen an den Oberbürgermeister und ebenso in der Gemeindeversammlung, die sich der Donnerstagsdemonstration in seiner Kirche anschloß. Unter anderem forderte er:

„Klare Aussagen des Magistrats darüber, was er mit dem Bahnhofsviertel beabsichtigt,

daß der Magistrat nicht nur sein Mitleid kundtut, sondern sichtbare Zeichen dafür setzt, daß er die Bewohner des Bahnhofsviertels nicht vergessen hat,

eine Begehung des Bahnhofsviertels in Begleitung von Bürgern und Ämtervertretern, sowie durch gezielten Ankauf von Liegenschaften Zeichen zu setzen."

Und immer wieder forderte er die Erhaltung und Erweiterung von Wohnraum. Doch er begenete nur methodischer Zurückweisung im Gewande des Wohlwollens: Kein Wohnhaus, wo es möglich wäre, kein Kinderspielplatz, wo er nötig wäre, keine Nachtruhe über dem Lärm des Milieus. Zurück blieb Bitterkeit:

„Gegen dieses Recht" – so der Pfarrer Karsten Petersen – „kann man mit den Mitteln des Rechts nicht mehr kämpfen."

„Wie meinen Sie das?"

„Wenn ein Spekulant ein Haus erwirbt, möglicherweise eines, das unter Denkmalschutz steht, wenn er es verkommen läßt, um die Baugenehmigung für einen profitablen Geschäftsbau zu bekommen, und wenn er sie bekommt, dann können wir rechtlich nichts dagegen machen. Dann werde ich mich mit der Gemeinde vor dieses Haus stellen, ehe die Bagger kommen."

Pfarrer Petersen über den Frankfurter Magistrat:

„Wenn es eine echte politische Willenserklärung der Stadt gäbe, in diesem Stadtviertel das Gemisch zu erhalten, und zwar in einer Form, die für die Bewohner akzeptabel ist und die für die Prostituierten auch akzeptabel ist, dann wäre schon viel gewonnen. Aber die Stadt tut eher das Gegenteil. Sie verkauft klammheimlich das Haus Moselstraße 39. Die haben gedacht, das merkt keiner. Aber nun wissen sie: Hier ist eine Kirchengemeinde, die ihr auf die Finger guckt. Man hätte in dem Haus an der Moselstraße auch einen öffentlichen Zweck erfüllen können."

Pfarrer Petersen über die Prostitution:

„Keiner hat den Mut, endlich mal zu sagen, das ist ein normales Gewerbe. Auch die Prostituierten haben, glaube ich, ein Interesse daran, nicht ganz isoliert zu sein, mit Nachbarn ein Wort auf der Straße zu schwätzen. Solange sich jedoch jeder scheut, offen über Prostitution zu reden, nicht moralisierend, aber auch nicht geil, solange wird man Bordellbereiche schaffen und eine Mauer drum herum bauen und diese Frauen ausbeuten."

Pfarrer Petersen über die Juden:

„Da gibt es eine Gruppe von – ich glaube – polnischen Juden, die in der jüdischen Gemeinde im Augenblick wohl das

Sagen haben, die meines Erachtens aber in rabiater, ja unmenschlicher Weise vorgehen. Die kaufen hier Häuser und machen daraus, was sie wollen und lassen sich auch auf kein Gespräch ein. Aber es gibt in der jüdischen Gemeinde auch eine ganze Reihe Leute, die sehr kritisch und sehr human sind, die aber untergebuttert werden."

Pfarrer Petersen über die Fremdenfeindlichkeit:

„Was das Bahnhofsviertel so schwierig macht, das ist, daß die sozialen Strukturen total kaputt sind. Die Minderheit der Deutschen wehrt sich, sie schlägt um sich, also auch auf die Ausländer. Doch ich predige nicht: Du mußt auch für die Fremden da sein. Ich gehe ganz kleine Schritte: Ich veranstalte zum Beispiel ein Kindergartenfest, an dem die ausländischen Eltern mitwirken, wenn die da ein wahnsinniges internationales Buffet hinstellen. Dann merkt die Gemeinde, das sind doch ganz nette Leute. Dann sagen die vielleicht auch mal dem Türken auf der Treppe guten Tag."

Die Stadtväter Frankfurts haben den streitbaren Pfarrer in seinem behutsamen Partisanenkampf gegen die Übermacht der Fremdenfeindlichkeit bislang stets allein gelassen. Ihn wie auch Bernhard Wiedicke, den weißhaarigen Rektor der Karmeliter-Schule, haben sie an einer Front verraten, an der dem Fremdenhaß am ehesten zu wehren ist und an der ihm am dringlichsten entgegengetreten werden muß: in Kindergarten und Schule. Wenn man es genau betrachtet, haben sich die Stadtväter diesen beiden Männern gegenüber nicht nur der unterlassenen Hilfeleistung schuldig gemacht, sondern der Doppelzüngigkeit und des verräterischen Treubruchs. Die Karmeliter-Schule ist dafür ein Beispiel:

Von ihren mehr als 500 Schülern sind 84 Prozent Kinder ausländischer Familien aus 19 verschiedenen Nationen. Die Mehrheit gehört dem Islam an. Manche dieser Kinder wurden in der Bundesrepublik geboren und sprechen hinlänglich deutsch. Manche kamen erst im vorschulpflichtigen, einige gar erst im hauptschulpflichtigen Alter nach Deutschland und in diese Schule. Doch ein pädagogisches Konzept für eine Lehranstalt dieser Art hat das Schulamt nie entwickelt. Sie hat sich aber auch vor den Erkenntnissen des Rektors verschlossen, der um dieses Konzept nicht verlegen ist. Bernhard Wiedicke meint, daß der Wert einer Gesellschaft daran zu erkennen ist, wie sie mit ihren Kindern und Randgruppen umgeht. Und der Wert einer Behörde nicht minder:

„Die Karmeliter-Schule ist ein Stiefkind der Stadt Frankfurt", sagt er. „Man hat sich ihr gegenüber nicht nur gleichgültig verhalten, sondern tödlich fahrlässig. Hier wurde nichts auf die spezifische Situation zugeschnitten. Hier rollt Schule ab wie in der heilen Welt vor 20 Jahren. Für uns gelten die gleichen Erlasse wie für andere Schulen. Für uns gelten auch die Stellenberechnungen wie für alle anderen Schulen. Als ich 1971 an diese Anstalt kam, fand ich Höhlen vor statt Klassen. Die Schule ist im Jahre 1953 zum letztenmal renoviert worden. Erst Ostern 1980 wurden die Wände neu gestrichen, aber auch das ist ja keine Renovierung und auch das geschah erst, nachdem wir uns die Finger wundgeschrieben und die Schüler gestreikt hatten. Wenn da Wasserflecken waren, dann wurden die nicht ausgebessert. Wenn der Putz von der Decke fiel, wenn da Türen klemmten, dann ließ man das, wie es war. Wenn eine Schule fit ist, und es klemmt mal ein Schloß, okay, das ist nicht schlimm. Aber wenn die ganze Schule klemmt, dann geht nichts mehr. Allerdings handelt es sich bei den Schülern der Karmeliter-Schule nur um Bahnhofsviertel- und Ausländerkinder. Doch wir sollen sie zu sauberen Staatsdienern erziehen – in muffigen, verschimmelten Räumen. Diese Kinder lernen schon in der Schule, daß sie diskriminiert sind. Das wird Folgen haben, denn es wird in Aggression umschlagen. Was wir hier versäumen, machen wir nachher mit Polizei und Gefängnissen wieder wett."

Ich möchte meine Reportage mit der Wiedergabe zweier Zukunftsvisionen abschließen, in denen Humanität und Hoffnung wohnen. Am Ende meiner Frankfurter Reise durch die Abgründe menschlicher Verworfenheit und öffentlicher Pflichtvergessenheit und Heuchelei bin ich freilich der Zuversicht nicht mehr fähig, daß diese Visionen eines besseren Bahnhofsviertels eine Chance haben.

Das ist Bernhard Wiedickes Vision:

„Die Kinder, die hier zur Schule gehen, könnten lernen, wie man tolerant miteinander umgeht. Hier könnten sie lernen, daß es in Deutschland eine humanitäre, liberale Gesellschaft gibt, die etwas für die Kinder der Benachteiligten tut. Diese Kinder könnten das moralische Alibi der übrigen Ausländerfeindlichkeit sein. Gerade hier im Bahnhofsviertel hätten die Deutschen eine Gelegenheit, so manche Schuld von ihrem Gewissen zu nehmen. Hier müßte es doch möglich sein, eine Schule als Modell zu konzipieren – räumlich, personell, materiell. Ich brauche für ausländische Kinder mehr pädagogisches Anschauungsmaterial. Und dann stelle ich mir vor: Eine Eingangsstufe, eine Mischung zwischen Kindergarten und Schule schon im fünften Lebensjahr. Das wäre ein ideales Integrationsmittel. Eine stärkere Motivierung aller Eltern durch Sozialarbeiter. Vielleicht eine Ganztagsschule. Eine Bücherei. Ein Bastelzentrum mit Freizeitangeboten für den Nachmittag, damit die Kinder aus den Spielsalons herauskommen. Hier, im Bahnhofsviertel, könnte eine Oase der Menschlichkeit entstehen. Die Kinder sind doch unser aller Leben! Ohne Kinder ist kein Leben da. Ohne Kinder ist es tot."

Und das ist Karsten Petersens Vision:

„Das Asylantenhaus Taunusstraße 30 soll zwangsversteigert werden. Die Nachbarn haben jetzt Angst, daß dieses Haus von einem Milieuboß ersteigert wird, der dann ein Bordell reinmacht. Dann wäre der Schritt in die Taunusstraße gegangen. Hier aber sage ich, daß die Stadt mitsteigern kann. Sie kann ihr Vorkaufsrecht als öffentliches Interesse kennzeichnen. Daß man aus dem Bahnhofsviertel kein biederes bürgerliches Viertel mehr machen kann, ist klar. Das wäre Illusion. Aber ich könnte mir sehr gut vorstellen, daß die Stadt Leute vom Theater anregt, hier zu wohnen, auch andere Künstler, Maler, Bildhauer, vielleicht Architekten, Menschen, die sich vor der Nachbarschaft eines Bordells nicht ekeln. Daß hier ein spezielles Klima entsteht, eine besondere Atmosphäre. So könnte man ein lebendiges Viertel erhalten, in dem Deutsche und Ausländer, Bürger und Prostituierte, Alte und Junge mit Schauspielern und Malern in einer Nachbarschaft des Friedens leben."